HANS ERNST

SCHICKSAL ÜBER DEM LINDENHOF

HANS ERNST

Schicksal über dem Lindenhof

Roman

TITANIA-VERLAG STUTTGART

ISBN 3 7996 9206 1
Verlags-Nr. 9206

Printed in Germany
Gesamtherstellung:
Wilh. R ö c k , Weinsberg (Württ.)
Buchdruckerei — Großbuchbinderei

Es dämmerte schon, als Mathias Bleibtreu die steile Fahrstraße zum Lindenhof hinaufging, mit nichts anderem belastet als einem Rucksack, durch dessen Riemen er einen Lodenumhang gesteckt hatte. Der Rucksack barg nur das, was er für die nächsten Tage brauchen würde. Zwei schwere Koffer standen noch unten auf der Bahnstation. Er wollte sie in den nächsten Tagen abholen, vorausgesetzt, daß es ihm dort gefiel, wohin ihn das Arbeitsamt verwiesen hatte.

Er war ein großgewachsener Mensch mit einem schmalen, kantigen Gesicht. Die scharfen Kerben an den Wangen und die Strenge des Mundes deuteten darauf hin, daß das Leben nicht ganz glimpflich mit ihm verfahren war, oder er hatte viel Leid ertragen müssen. Sein Haar war dunkel, und zwischen seinen Brauen stand eine müde Falte, als lohne es sich nicht mehr, sie fortzuwischen.

Den Hut hatte er abgenommen, das Hemd an seinem Hals stand offen. Durch das schnelle Gehen war er ein wenig in Schweiß gekommen, und als er einmal stehenblieb, mußte er denken: Warum gehe ich denn eigentlich so schnell? Ich renne ja doch noch früh genug in eine neue Enttäuschung hinein.

Er sah hinunter ins Dorf Holzhausen, das so friedlich in seiner Mulde lag, umgeben von Tausenden von Obstbäumen. Nur der weiße Kirchturm mit der Sattelspitze ragte durch das dunkelgrüne Laub, und ganz am Ende des Dorfes rangierte immer noch der Zug, mit dem er vor einer halben Stunde gekommen war. Drei

Stunden Fahrzeit mit zweimal Umsteigen hatte es bedurft, um hierher zu kommen. Und es war eigentümlich, daß er während der Fahrt ein paarmal den Gedanken gehabt hatte, einfach auszusteigen und irgendwo anzuklopfen, zu fragen, ob man keinen Knecht brauchte. Es ging in den Sommer hinein, da wurden immer Leute gebraucht, wenn auch nicht mehr so viele wie früher, denn die Technik ersetzte heute in der Landwirtschaft fast die Hälfte der Knechte und Mägde von früher. Immerhin hatte er die Karte vom Arbeitsamt in der Tasche, die ihn der Witwe Sophie Braunfeld als Baumeister* zuwies. Diese Karte war wie ein Magnet, der ihn immer wieder weitergezogen hatte, wenn er woanders zu bleiben gedachte. So war er eben dann doch in Holzhausen angekommen.

Große Hoffnungen machte er sich nicht. Er wußte ja, wie sie aussahen, diese verwitweten Bäuerinnen, dick und behäbig, geistig träge und voller Launen. Es war schwer auszuhalten bei ihnen. Diese Lindenhoferin würde nicht viel anders sein, denn wenn jemand jetzt, Ende Mai noch einen Baumeister suchte, da mußte schon etwas faul sein. Richtige Bauern pflegten ihre Leute bereits im Herbst zu dingen und stellten sie am Lichtmeßtag ein.

Langsam ging er jetzt weiter. Die Laute des Dorfes blieben immer weiter zurück. Nur den Zug hörte man noch einmal pfeifen, laut und durchdringend.

Der Weg führte ihn jetzt durch einen kleinen Wald und dann über eine schmale Brücke, unter der ein Wasserfall donnerte. Vorher durch enge Felsen gebändigt, wurde die graue Ache hier plötzlich frei und stürzte

* Baumeister entspricht in Norddeutschland dem Großknecht, in der Schweiz dem Meisterknecht.

an die zwanzig Meter in die Tiefe. Unwillkürlich blieb Mathias Bleibtreu stehen und schaute über das Geländer hinweg auf das wildschöne Schauspiel der Natur. Feiner Gischt sprühte auf und benetzte ihm Gesicht und Hände. Durch die hohen Tannen, die die Klamm zu beiden Seiten säumten, fiel kaum noch Licht. Es war kühl wie in einem Dom, und jeder Vogelruf aus dem Wald erstarb im donnernden Rauschen des Wassers.

Man müßte die Kraft des Wassers nützen, dachte Mathias Bleibtreu und lächelte vor sich hin. Was hatte er in seinem Leben nicht schon alles nützen wollen! Allein das Schicksal war auf keinen seiner Wünsche eingegangen. Es hatte ihn einfach immer vom Weg abgedrängt, ohne daß er es hätte hindern können. Und doch mußte er froh sein und dankbar gegen das Schicksal — oder das, was man dafür halten mochte. Andere hatte es zermalmt, ihn hatte es wenigstens übriggelassen. Man könnte das als Gnade betrachten. Aber er erwartete nichts mehr vom Leben. Er war abgestumpft, müde und gleichgültig. Und wenn diese Lindenhofbäuerin etwa meinte, sie könnte ihre Herrschsucht und ihre Witwenlaunen an ihm auslassen, dann sollte sie sich aber gründlich täuschen. Ihn hielt ja nichts, er war frei und ungebunden, er konnte weiterwandern, so lange, bis er irgendwo das Plätzchen fand, das ihm Ruhe, Heimat und Geborgenheit bot.

Er hatte einige Bedenken, weil kein Bauer mehr da war, nur eine hinterbliebene Witwe und vielleicht ein paar freche halbwüchsige Kinder. Mit einem Mann könnte man jedenfalls anders umgehen, da könnte man voreinander stehen, sich in die Augen schauen und reden, wie man eben unter Mannsbildern zu reden pflegte. Na ja, er würde sehen.

Nach einer Weile ging er weiter. Der Weg führte jetzt noch durch einen dünnstehenden Lärchenwald, dann sah er den Lindenhof auf seiner Höhe liegen, frei und stolz unter dem dämmernden Abendhimmel, der über den Bergen noch ein wenig gelblich zitterndes Licht zeigte.

Mit weiten Augen sah er auf die sauberen, breit hingelagerten Gebäulichkeiten mit der blumenüberladenen Laube. Auf der Südseite blinkten auf einer Stellage ein Dutzend umgestülpte Milchkübel wie Altsilber. Alles machte einen gepflegten, sauberen Eindruck, sogar der Misthaufen auf der Nordseite schien wie nach einem Metermaß genau aufgebaut zu sein. Vor der Haustür sah er einen riesigen hölzernen Brunnentrog, ein Pfau marschierte mit geschlagenem Rad majestätisch auf der Gred dahin, und aus der Esse stieg kerzengerade bläulicher Rauch in die Luft.

Das alles machte einen so friedsamen Eindruck auf ihn, daß alle Hemmungen von ihm abfielen. Die Falte zwischen seinen Brauen glättete sich ein wenig, die Strenge seines Mundes verlor sich, und es war, als ziehe etwas Feierliches in sein Herz.

Langsam ging er auf den Hof zu. Als er schon so nahe war, daß er das Quellwasser im Brunnentrog plätschern hörte, trat eine Frauengestalt aus dem Haus. Es sah aus, als ob sie mit ihrem weiten, zügigen Schritt über den Hof gehen wolle. Aber als sie den Fremden durch den Apfelgarten kommen sah, drehte sie sich um und blieb beim Brunnentrog stehen. Sie war groß, schlank, und ihr hochaufgestecktes Haar schimmerte weißblond, wie von der Sonne ausgebleicht.

Erst als Mathias ganz herangekommen war, sah er, daß sie große graue Augen hatte, die von auffallend langen Wimpern umschattet waren. Mit engem Blick musterte sie ihn, aber er hielt ihrem Blick ruhig stand und dachte, daß dies etwa die Tochter sein könnte. Für eine Magd wäre sie zweifellos zu gut angezogen. Der dunkle Faltenrock reichte ihr fast bis auf die Knöchel. Darunter sah man weiße Zwickelstrümpfe. Die weiße Bluse mit Puffärmeln war am Hals eng geschlossen und mit kleinen Rüschen verziert. Es war ein Genuß, dieses Bild zu beschauen, es ging etwas wie eine feierliche Ruhe von der Gestalt aus. Erst vor dem spröden Klang ihrer Stimme zuckte er unwillkürlich zusammen.

„Wo wollen Sie hin?" fragte sie.

Der Korporal in der Wüste hatte auch so eine schnarrende Stimme gehabt. Wenigstens in den Wochen der Grundausbildung.

Natürlich wird das die Tochter sein, dachte Mathias. Und wenn die Tochter schon so herrschsüchtig und selbstbewußt neben dem Brunnentrog stehen konnte, wie mußte da erst die Mutter sein?

„Bin ich hier richtig beim Lindenhof?" fragte er dann.

Die schöngeschwungenen Brauen hoben sich leicht. Sie machte mit der Hand eine Bewegung nach dem Kopf und strich sich über die Stirn. Dabei sah er, daß an einem Finger zwei hintereinandergesteckte Eheringe glänzten.

„Allerdings", sagte sie dann. „Das ist der Lindenhof, und ich bin die Lindenhoferin."

Am liebsten hätte Mathias jetzt „Olala!" gesagt. Aber so schluckte er nur ein paarmal.

„Und wer sind Sie?" kam ihre Stimme wieder. Diesmal klang es nicht mehr so herrisch. Im Zeitraum von ein paar Sekunden registrierte er bei sich: Sie ist höchstens dreißig Jahre alt. Und sie ist schön wie das Barmädchen Yiuni in Saigon. Nur viel größer war diese Frau hier, blühender und nicht so demütig.

Er suchte in seiner Tasche nach der Karte vom Arbeitsamt, ohne sie gleich zu finden.

„Ich bin vom Arbeitsamt geschickt", sagte er dann. „Hier sucht man doch einen Baumeister?"

„Baumeister?" fragte sie mit singendem Hohn. „Warum nicht gleich einen Verwalter? Ich habe einen Knecht angefordert, der sich auf alles gut versteht, hauptsächlich auf die Maschinen. Vor Monaten schon. Was hier verwaltet werden muß seit dem Tod meines Mannes, das besorge ich schon." Sie begann ihn plötzlich zu duzen, und daran hätte Mathias eigentlich erkennen müssen, daß sie ihn bereits als zum Haus gehörend betrachtete. „Und wenn du meinst, du willst dich hier zu etwas aufspielen, was es nicht gibt, dann irrst du dich, und es ist besser, du gehst den Weg zurück, den du gekommen bist."

Bei soviel Kälte hätte ihn eigentlich frieren müssen. Aber es gab nichts mehr, was ihn erschrecken konnte. Ihre frostige Art brachte ihn nicht eine Minute aus dem Gleichgewicht, nachdem er sich bereits entschlossen hatte, hierzubleiben.

Jetzt erst nahm sich die Lindenhoferin etwas Zeit, den Angekommenen genauer zu betrachten. Sein Gewand war nicht gerade neu, aber doch nicht unsauber. Das Gesicht war etwas finster, und die Falte zwischen seinen Brauen störte sie ein wenig. Aber er stand straff aufgerichtet vor ihr, seine Augen wichen ihrem forschenden Blick keine Sekunde aus; und wenn sie an ihm vorbeigegangen wäre, so wäre er ihr mit seinem Blick gefolgt wie dem Vorgesetzten in der Kaserne.

Als sie ihn genug betrachtet hatte, drehte sie sich um und zupfte ein paar welke Blätter von den Geranienstöcken am Fenster, als sei der Fremde nicht mehr vorhanden für sie. Diese Gleichgültigkeit begann Mathias allmählich zu ärgern, und schärfer, als er es wollte, fragte er:

„Soll ich nun hierbleiben oder nicht?"

Wieder fiel ein welkes Blatt aus ihrer Hand auf das rote Ziegelpflaster nieder. Ihre Stirn umwölkte sich wie in strengem Nachdenken. Natürlich brauchte sie eine junge Kraft. Anselm, der Altknecht war jetzt fünfundsiebzig und nicht mehr viel nütze. Seine Kraft hatte sich im Dienst des Hofes erschöpft. Rheuma und Gicht plagten ihn, das Augenlicht war nur noch beschränkt intakt, es fehlte eigentlich an allem, und dieser Anselm war längst reif für das Gnadenbrot. Und trotzdem überlegte die Lindenhoferin, ob sie diesen Neuen einstellen sollte. Irgend etwas warnte sie, und sie wollte schon absagen, als er fragte:

„Dann braucht man also niemand hier?"

„Doch", antwortete sie, ohne sich umzudrehen, „einen Knecht."

„Ich will auch gar nicht mehr sein. Nur der Schalterbeamte im Arbeitsamt hat das Wort Baumeister gebraucht. Das war, wie ich sehe, nicht angebracht, weil mir scheinen will, daß Sie hier Frau, Herr und Baumeister zugleich sind."

Sie nickte, trat an den Brunnentrog und ließ kaltes Wasser über ihre Hände laufen. „Da hast du nicht ganz unrecht. Ich habe es lernen müssen. Mein Mann ist seit vier Jahren tot, und es ist niemand gekommen und hat mir gesagt, daß er mir die Verantwortung abnehmen will. Also war ich auf mich allein angewiesen. — Wie ist dein Name?"

„Mathias Bleibtreu."

Die Lindenhoferin fuhr mit dem Kopf herum. Um ihren Mund zuckte ein verhaltenes Lächeln. „Wie war das?"

„Mathias Bleibtreu."

„Ein komischer Name: Bleib treu!" Sie schüttelte den Kopf, als wundere sie sich, daß es so einen Namen gäbe. „Das klingt nach einer guten alten Zeit."

„Vielleicht bin ich aus so einer guten alten Zeit übriggeblieben."

Ihre grauen Augen musterten ihn wieder eindringlich. Dabei schwang sie die Hände langsam hin und her, damit sie trockneten. Kristallklar rann das Wasser aus einem Eisenrohr in den Trog und schuf ein Dutzend kleiner Kreise, so ähnlich, wie wenn man einen flachen Stein über einen Weiher hinwirft.

„Man könnte meinen, daß so ein Name auch verpflichtet", meinte sie.

„Das hat man mir schon öfter gesagt", antwortete er.

„Es wird schon jemanden geben, dem du treubleiben willst?"

„Jawohl. Mir selber nämlich."

„Aha. — Ist das dein ganzes Gepäck hier?" wechselte sie das Thema.

„Am Bahnhof unten stehen noch zwei Koffer."

„Die kannst du dann morgen abholen. Eine andere Frage noch. Hast du einen Führerschein?" Und als er genickt hatte: „Wir haben nämlich so ein Vehikel in der Garage stehen. Traktorfahren — na ja, das weißt du ja, das wird man dir am Arbeitsamt wohl gesagt haben. Ich habe es nämlich zur Bedingung gemacht, daß einer Traktorfahren können muß."

„Man hat mir das zwar nicht gesagt, aber ich kann es."

„Dann ist es gut. Übrigens — zwei Pferde haben wir noch. An den steilen Hängen oben kann man mit dem Traktor nicht überall hin. Ja, das wäre für den Augenblick eigentlich alles. Auf alle Fälle hast du die Zeit deines Kommens nicht schlecht gewählt. In einer Viertelstunde wird gegessen. Die Loni soll dir zeigen, wo du schläfst. Nach dem Essen setzen wir uns zusammen, dann werden wir alles weitere besprechen."

Sie rief noch mit hallender Stimme in den Flur nach der Magd Loni. Dann ging sie an ihm vorbei über den Hof. Der weite Faltenrock schlug wie eine Glocke um ihre Beine. Den Nacken hatte sie steil aufgerichtet, und ihr helles Haar leuchtete aus der Dämmerung.

Mathias starrte ihr aus schmalen Augen nach. Er war fasziniert von ihrer Art, und dennoch dachte er: Wenn es gutgeht, werde ich hier vielleicht einen halben Zentner Kartoffeln essen, aber mehr nicht.

Sie war jetzt hinter der Wagenremise verschwunden. Die Dämmerung hatte sich noch mehr ausgebreitet, und was vor einer halben Stunde noch gelblicher Schein über den Bergen gewesen war, das hatte sich jetzt in ein glühendes Abendrot verwandelt, das die Gipfel umschmeichelte und immer dunkler, fast violett wurde. Vom Dorf herauf hörte man die Abendglocke läuten, und knarrend schloß sich irgendwo ein Tennentor.

Mathias wandte sich nun der Haustür zu und betrat den Flur, in dem es so dämmrig war und kühl wie in einer Kirche.

Die Loni war eine von den beiden Mägden im Hof, ein junges, dralles Ding, mit netten Grübchen in den Wangen.

„Bist du vielleicht der neue Knecht?" fragte sie, als sie Mathias im Flur begegnete. Dabei trocknete sie ihre Hände an der Schürze ab.

„Ja", antwortete Mathias. „Und wenn du die Loni bist, dann sollst du mir jetzt zeigen, wo meine Kammer liegt."

„Dann geh nur gleich weiter."

„Nach Ihnen", wollte er sagen, aber das Mädel rannte ihm schon voran, gerade als ob sie ihm zeigen wollte, was für feste Waden sie hatte.

Das Geländer der Stiege war gediegene Kunstschmiedearbeit mit Rosetten und sonstigen Schnörkeleien, und der obere Flur hatte die Länge eines mittleren Tanzbodens. An mindestens zwölf Türen ging es vorbei. Die letzte davon stieß Loni auf und sagte nicht weniger herrisch als ihre Bäuerin: „Da kannst du schlafen."

Er nickte grimmig vor sich hin, nahm seinen Rucksack ab und ließ ihn einfach zu Boden gleiten. „Wie ist denn das? Hier sagt man wohl ganz einfach du zueinander?"

„Wie es eben Brauch ist unter Bauersleuten. Auch zur Frau sagen wir du, sie will das so."

„Aha. Aber sonst schreibt man hier Freundlichkeit ziemlich groß?"

Lonis Mundwerk war so gut gedrechselt wie ihre ganze Figur. Vielleicht hatte sich auch das Schroffe und Kurzangebundene der Lindenhoferin auf ihre Leute übertragen.

„Hast du vielleicht erwartet, daß man dir vor Freude um den Hals fällt, wenn du kurz vor der Nacht mit einem Rucksack hier aufkreuzt?“

Mathias schob das Kinn hart vor, dann antwortete er spöttisch: „Hätte man bei euch vielleicht im Auto aufkreuzen sollen?“

Die Schwarzhaarige blinzelte ihn jetzt aus schmalen Augen an. Dann lachte sie: „So abwegig wäre das gerade nicht. Mit einem Auto, wie es der Tierarzt hat. Hahaha! Du bist ein ulkiger Kerl. Und mit der Zeit wird es dir dann schon gefallen hier.“

Mathias hob seinen Rucksack auf und stellte ihn auf einen Stuhl.

„Davon bin ich grad nicht hundertprozentig überzeugt. Aber daß wir uns verstehn — und das sollst du dir gut merken — durch Unfreundlichkeit kann mich niemand wegekeln. Wenn es sein muß, habe ich eine Haut wie ein Elefant. An der prallt alles ab.“

„Das wird manchmal ganz gut sein. Die Frau ist zwar gerecht, aber sie hat auch ihre Schattenseiten.“

Mathias hatte seinen Rucksack geöffnet und Waschzeug herausgenommen.

„Schattenseiten können auch Launen sein, mein Mädchen. Und Launen läßt man meistens an seinen Mitmenschen aus. Ob aber ich gerade das geeignete Objekt dazu bin, das möchte ich dahingestellt sein lassen. Das kann ich heute noch nicht sagen und morgen auch nicht. Aber in vierzehn Tagen werde ich genau wissen, was und wie hier gespielt wird. Und wenn diese Spielregel ganz gegen mein Prinzip ist, dann werde ich meinen Rucksack hier wieder schnüren und weiterwandern. Ich werde dann nicht der erste sein, der es hier nicht aushält.“

„Das stimmt nicht“, widersprach ihm Loni. „Ich

bin bereits fünf Jahre hier, die Martha sieben, der Lenzl auch sieben und der Anselm gar schon fünfzig Jahre. Also stimmt es nicht ganz, daß der Lindenhof ein sogenannter Wanderhof ist."

„Worin besteht denn die besondere Eigenheit der Lindenhoferin? Es wäre ganz nett, wenn du mich etwas aufklären würdest, um womöglich Fehler von vornherein zu vermeiden. Es ist immer ganz gut, wenn man weiß, wie man daran ist."

„Ich glaube, die Frau wird dir gleich selber sagen, was sie uns allen von Zeit zu Zeit sagt: nämlich, wer hier im Haus eine Liebschaft anfängt, der fliegt."

Mathias schaute belustigt das Mädchen an und stellte fest, daß sie eigentlich ganz schöne Augen hatte, schwarz und rund wie reife Kirschen, und einen roten, recht lockenden Mund dazu. Sie lehnte etwas schräg am Türrahmen, und ihre Brust streckte sich durch diese Haltung ein wenig aufreizend hervor.

„So, so, der fliegt?" sagte er dann. „Ich verstehe, wegen der sittlichen Reinhaltung des Hauses. Fliegt er also, wenn einer Hunger hat nach ein bißchen Zärtlichkeit. Geflogen bin ich auch schon ein paarmal. Einmal sogar von Saigon nach Algier. Aber nicht wegen einer Liebschaft. Und ich werde auch hier deswegen nicht fliegen, selbst auf die Gefahr hin, daß hier noch mehr so nette Exemplare wie du hier herumlaufen sollten. So — und nun zeig mir einmal, wo ich mich waschen kann."

Statt ihm das zu zeigen, trat die Loni jetzt ganz ins Zimmer herein und schloß die Tür hinter sich. In ihrem Gesicht stand grenzenlose Verwunderung. „Warst du denn schon in Afrika?"

„Ach, Afrika", sagte er in einem Ton, als sei das

überhaupt nichts. „Wie kommst du überhaupt auf Afrika?"

„Weil du vorhin Algier gesagt hast."

„Ich habe auch von Saigon gesprochen, und das liegt in Indochina. Heut heißt man es Vietnam."

Immer größer und immer runder wurden die Augen der Loni. Sie sah in dem Neuen auf einmal eine exotische Erscheinung, einen Menschen aus einer andern Welt, einen Abenteurer, der vielleicht schon auf Mädchenraub gewesen war und vor dem man sich in acht nehmen mußte. Weil sie in Geographie nie ein besonderes Licht war, vermutete sie auch dieses Vietnam im tiefsten Afrika.

„Warst du dort auch Bauernknecht?" fragte sie neugierig.

Es war sonst nicht seine Art, aufzuschneiden, aber die unschuldsvolle Neugier des Mädchens reizte ihn förmlich dazu.

„Ein bißchen mehr als Knecht", sagte er. „Manchmal sogar ein Herr."

„Ja — und wie ist es da in Afrika? Kommen dort die Kinder schon schwarz auf die Welt?"

„In Vietnam sind die Menschen gelb", klärte er sie auf.

„Die Kinder auch schon?"

„Nein, die sind zuerst ganz weiß wie Schnee", log er mit der Lust eines alten Schwadroneurs. „Erst später dann werden sie in einer Freitagnacht bei zunehmendem Mond in Eidotter gebadet."

„Ah, geh? Da braucht man aber viel Eidotter, mein' ich."

„Etwa tausend Eidotter in die Badewanne", log er weiter. „Darin muß dann das Kind drei Stunden liegen. Nur hin und wieder wird es umgedreht, daß es überall gleichmäßig gelb wird."

„Nein, so was! Und was tut man dann mit dem vielen Eiweiß?"

„Mit dem Eiweiß?" Mathias drehte sich um, damit sie nicht sah, wie er mühsam das Lachen verbeißen mußte. „Aus dem Eiweiß wird eine Salbe gemacht, mit der sich die jungen Mädchen die Brüste einreiben, damit sie schöne Formen kriegen. Und damit du nicht weiterzufragen brauchst — die Kühe sind dort purpurrot und geben grüne Milch. So, und nun sag mir endlich, wo ich mich waschen kann."

„Drunten am Brunnen", antwortete die Loni ganz hingerissen und erbot sich zugleich eilfertig: „Ich kann dir aber auch einen Kübel voll Wasser 'rauftragen, wenn dir das lieber ist."

„Ja, das ist mir lieber", antwortete er und zog bereits seine Joppe aus.

Die Loni mußte nun wohl oder übel gehen, obwohl sie noch ganz gern mehr gewußt hätte aus dem seltsamen Land, in dem die Kinder in Eidotter gebadet wurden, um dann für ihr ganzes Leben gelb zu sein.

Mathias Bleibtreu trat an das offene Fenster. Der Abend war nun vollends da. Nur über den Bergen noch ein schwacher Schimmer von Helle. Stumm und schwarz stand der nahe Wald. Über die Dächer her hörte man Tausende von Grillen zirpen und das dumpfe Rauschen des Wasserfalls, manchmal etwas leiser, dann wieder urgewaltig, wie das starke Lied des Lebens. Um das Eck der Remise watschelte mit gesättigtem Quaken eine Schar Enten und verschwand in einer Öffnung an der hinteren Stallwand.

Die Loni kam zurück und stellte den Kübel mit

Wasser auf den Stuhl. „Da wär' das Wasser, Herr Oberknecht."

„Dank' dir schön, Loni. Mathias heiße ich übrigens."

„Wie mein Vater, Gott hab ihn selig." Die Loni wollte dann noch alle Fragen loswerden, die sie sich mittlerweile über Vietnam zurechtgelegt hatte, und setzte sich zu diesem Zweck ganz ungeniert auf den Bettrand.

Mathias aber zog das Hemd über den Kopf und sagte recht unmißverständlich: „Mein liebes Kind, ich will mich jetzt waschen!"

„Soll ich gehn?"

„Natürlich, du Unschuldsengel. Schon wegen der sittlichen Reinhaltung des Hauses."

„Pritschele aber nicht so am Boden umeinander", mahnte die Loni, bevor sie ging. „Bei uns wascht man sich halt sonst drunten im Stall oder draußen am Brunnen."

„Manchmal trifft man in so einem Haus auch ein Bad an."

„Das wird gerade eingerichtet, aber das wird ja dann mehr für die Frau sein und nicht für unsereinen."

„Schon wegen der sozialen Unterschiede, die muß man ja schließlich kennen", spöttelte er. „Aber Bad hin, Bad her, du wirst dich daran gewöhnen müssen, daß ich mich jeden Morgen zuerst rasieren und waschen werde und dann erst hinunterkomme. Also wirst du so nett sein und mir jeden Tag frisches Wasser heraufstellen."

„Das sind ja ganz neue Bräuche. Afrikanische vielleicht?"

„So was soll es in Europa längst geben. Aber nun geh endlich, mein Kind."

Nachdem Mathias sich gründlich den Staub des Tages abgewaschen hatte, zog er ein frisches Hemd an, suchte sich einen leichten blauen Janker heraus und ging hinunter.

*

Er kam gerade, als sie das Essen auftrugen. Die Loni mußte es den anderen bereits mitgeteilt haben, daß ein Neuer gekommen war, denn er wurde bei seinem Eintritt in die Stube mit unverhohlener Neugierde gemustert. Im Augenblick wußte er nicht recht, wie er sich verhalten sollte. Sich vorzustellen, das war hier wohl nicht der Brauch. Dieses stumme Anstarren wiederum war peinlich. Und daß eine von den Mägden jetzt ein Tischgebet sprach, war für ihn etwas wie eine Sage aus der Kinderzeit. In Indochina hatte man nicht gebetet, da hatte man geflucht, wenn die Rebellen aus dem Hinterhalt herausbrachen.

Immerhin faltete auch er die Hände und betete mit. Er hatte Zeit dabei, die Gesichter zu betrachten. Die Loni kannte er ja schon. Dann war da noch eine Martha, ein Knecht namens Lorenz, kurz Lenz genannt, und der alte Anselm.

Dieser Alte mit seinem schlohweißen Haar war es schließlich auch, der ihm mit dem Löffelstiel eine Platzlücke auf der Bank andeutete. „Das ist dein Platz“, sagte er.

Seine Stimme war hell, wie bei einem Kind. Seine Finger waren gekrümmt von der Gicht. Die Hand, mit der er nach dem Schöpflöffel griff, um sich als erster zu nehmen, zitterte so stark, daß sich eine nasse Bahn zog von der Schüssel zu seinem Teller.

Mathias wartete neugierig darauf, wann er drankommen werde. In diesem Augenblick reichte ihm die Loni den Schöpflöffel hin, daß er als zweiter herausnehme.

Was er da herausschöpfte, war eine Art Gemüsesuppe von ausgezeichnetem Geschmack. Dazu schnitzelte sich jeder Brot von dem umfangreichen Laib, der auf dem Tisch lag. Nach der Suppe gab es weichgekochte Eier und grünen Salat. Das Essen war zweifellos ausgewählter, als es sonst auf Bauernhöfen üblich war. Es war auch reichlich. Nur die Zeit für so ein Abendessen schien sehr spät zu sein, und Mathias dachte sich, daß das künftig anders werden sollte. Spätestens um sieben Uhr müßte gegessen werden. Die Zeiger an der großen Kuckucksuhr zeigten aber schon neun Uhr.

Die Stube war ziemlich groß, mehr lang als breit. Die wuchtigen Möbel waren hellblau gestrichen, mit sorgsam gemalten Blumen- oder Ährenbüscheln an den viereckigen Türchen des großen Schrankes mit dem Aufsatz aus bleigefaßten Butzenscheiben. Nur der Ofen im rechten Eck hinten war dunkelgrün, mit einer weißen Kuppel drauf. Fünf schwere Balken trugen die Decke aus Lärchenholz. Auch die Wandvertäfelung war aus diesem Holz. Das übrige war rauher Mauerputz. Vom Fenster her, deren Nischen eine Tiefe von fast einem Meter hatten, zog sich dunkelgrüner, großblättriger Efeu zuerst um den Herrgottswinkel, dann über die Hälfte der Stubendecke hin. In einer der Fensternischen gurrte ein Kanarienvogel in seinem Käfig, und auf dem breiten Lederkanapee neben dem Ofen rekelte sich ein rotgefleckter Kater.

In diesem Augenblick, als Mathias so neben dem

Essen alles betrachtet und in sich aufgenommen hatte, betrat die Lindenhoferin die Stube. Sie trat an den Tisch heran und stand im hellen Lampenlicht. Mathias konnte jetzt erst ihre Züge so richtig betrachten. Es war ein Gesicht von reifer Frauenschönheit, mit viel Hochmut, den man von der leichtumwölkten Stirn ablesen zu können meinte.

„Damit ihr es wißt", sagte sie über die Köpfe der Leute hinweg, „der Neue hier heißt Mathias Bleibtreu und ist unser neuer Baumeister."

Langsam hoben sich die Gesichter, eins nach dem andern, denn das Wort Baumeister fiel hier zum erstenmal. Man hatte nur Knechte und Mägde gekannt, aber niemals einen Baumeister, und niemand begriff so recht, warum die Frau auf einmal diesen hochtrabenden Namen an den Neuen verschenkte, denn trotz seiner über dreihundert Tagwerk Grund war der Lindenhof immerhin noch ein Bauernhof und kein Herrschaftsgut, auf dem die Worte Baumeister oder Verwalter üblich waren.

Die Frau schwächte die neue Würde auch gleich wieder ein bißchen ab, indem sie weitersprach: „Es bleibt alles wie bisher. Nur mit dem Unterschied, daß sich unser guter alter Anselm endlich den wohlverdienten Ruhestand gönnt. Den Anordnungen des Neuen ist Folge zu leisten, weil sie immer von mir kommen, wie bisher." Und die grauen Augen voll auf Mathias richtend, fügte sie hinzu: „Ich will hoffen und wünsche es sehr, daß es dir bei uns gefällt und daß du dich einfügst in den Rahmen, der auf dem Lindenhof gegeben ist."

Einiges werde ich wohl gleich ändern müssen, dachte Mathias, wollte es aber in Gegenwart der Leute nicht aussprechen. Die Frau hatte sich auch schon abgewandt, nachdem sie ein Salatblättchen aus der Schüssel genommen und es zwischen die Stäbe des Kanarienkäfigs gesteckt hatte. Eine Weile stand sie vor dem Käfig, steckte den Finger hinein und hatte einen ganz weichen Klang in ihrer Stimme. „Ja, was ist denn mit dem Hansi? Magst du gar nicht singen heut?"

Dann ging sie wieder hinaus. Der Kater war vom Kanapee gesprungen und hinter ihr hergelaufen. Im Zugwind, der von der Tür herkam, bewegten sich mit sanftem Rauschen die Efeublätter.

Sie ist ganz anders, als Bäuerinnen sonst zu sein pflegen, dachte Mathias. Wenn er dabei nur an seine Mutter dachte oder an seine Schwägerin! Aber hier sagten sie ja auch nicht Bäuerin, sondern Frau.

Das Dankgebet sprach diesmal die Loni. Dann rückte der Lenz lärmend die Bank zurück. Für die Mannsleute war jetzt endgültig Feierabend. Die Mägde mußten noch in der Küche das Geschirr abspülen.

Jetzt erst machte der Lenz den ersten Annäherungsversuch, indem er Mathias seinen Tabakbeutel hinhielt, daß er sich daraus bediene. Mathias war kein Pfeifenraucher und lehnte dankend ab, reichte aber dem andern Feuer.

„Ja, dann wollen wir halt sehn, wie alles geht", meinte der Lenz und stieß die ersten Rauchwolken gegen die Decke.

„Es wird wie bisher weitergehen", antwortete Mathias und suchte in seiner Hosentasche nach einer Zigarettenschachtel. „Warum soll sich auch was ändern?"

„Es könnte ja immerhin sein, daß du afrikanische Bräuche einführen möchtest", kam die Kinderstimme des alten Anselm aus dem Ofenwinkel.

„Mit rote Küh und grüner Milch", grinste der Lenz.

Mathias zündete seine Zigarette an, dann lachte er.

„Ach so, die Loni ist also schon geschwätzig gewesen. Ist natürlich alles Unsinn. Immerhin weiß ich jetzt, wohin ich mich wenden muß, wenn ich gern etwas anbringen möchte."

„Bisher war es bei uns so", meinte der Alte. „daß man nicht hintenherum was hat anbringen müssen. Mit der Frau kann man offen reden, und man kann ihr alles sagen, wenn einem was nicht paßt."

„Das will ich hoffen. Mir paßt nämlich etwas bereits nicht."

„Was? Du hast ja noch gar nicht richtig hereingeschmeckt."

„Trotzdem paßt es mir nicht, daß hier erst um neun Uhr zu Abend gegessen wird. Das ist normal bereits Schlafenszeit."

Das sei heute nur eine Ausnahme, sonst werde bereits um sieben Uhr gegessen. Aber heute habe die Kuh gekalbt, doch das habe er wahrscheinlich nicht mitbekommen.

„Nein, man hat mir wenigstens nichts gesagt. Im übrigen muß ich jetzt sowieso noch zur Frau. Wo finde ich sie?"

„Gleich übern Flur, die Tür neben der Stiege", antwortete der Lenz. „Ich wünsch dir halt viel Vergnügen dazu."

Mathias kam es vor, als sei versteckter Spott in diesen Worten.

*

Sophie Braunfeld, die Lindenhofbäuerin, saß in dem kleinen Stübchen auf der anderen Seite des Flurs vor einem großen Buch, das sie peinlich genau über Einnahmen und Ausgaben führte. Sie blickte kaum auf, als Mathias auf ihr „Herein“ eintrat. Ihre Hand mit dem Federhalter deutete nur auf einen Stuhl gegenüber am runden Tisch, an dem sie saß. „Nimm Platz.“

Das Licht der Lampe fiel auf ihr Haar und ließ es wie Flachs schimmern. Um den Hals trug sie eine Kette aus altem Silber, an der ein goldgefaßtes Medaillon hing. Mathias hatte Zeit und Muße, alles genau zu betrachten. Ihre Hände zum Beispiel, die lang und schmal waren und die Aderlinien nur schwach andeuteten. Auch die zwei Eheringe an ihrer linken Hand betrachtete er.

Das Stübchen selber war recht behaglich im Bauernstil eingerichtet. Auf der Rückseite hing ein großes Kruzifix, eine echte, kostbare Oberammergauer Arbeit. Auf der großen weißen Fläche wirkte es imponierend. Auf der andern Seite hing eine Reproduktion von Leibls betenden Frauen, über dem breiten Ledersofa das Bild eines Mannes in bäuerlicher Kleidung. Ein volles, rundes Gesicht mit einem leicht aufgezwirbelten Schnurrbart. Außer der Kommode, auf der eine schwarze Madonna mit dem Jesuskind auf dem Arm stand, wies der Raum nur eine Standuhr auf. Der runde Tisch mit den zwei Stühlen stand vor dem Sofa.

Die Lindenhoferin klappte jetzt das Buch zu, legte den Federhalter weg und schaute auf.

„Nimm doch Platz.“ Sie deutete auf den mit moosgrünem Plüsch überzogenen Stuhl. Sie selbst saß auf dem Sofa von gleichem Stoffüberzug.

„Hast du Papiere?“ fragte sie dann.

Mathias griff in seine hintere Hosentasche und reichte ihr, was er an Papieren hatte. Das war ein Reisepaß mit vielen Stempeln, ein Abmeldeschein seiner Heimatgemeinde und ein Entlassungsschein aus der Fremdenlegion. Letzteren hätte er eigentlich gar nicht vorweisen wollen, aber er steckte unter den anderen Papieren.

Die Lindenhoferin besah sich alles so genau, als habe sie nicht im Sinn, einen neuen Knecht einzustellen, sondern einen Betriebs-Kompagnon, dessen Einlage genau überprüft werden müsse. Dann hob sie wieder den Kopf. „Ich habe Arbeitspapiere gemeint."

„Hab ich nicht. Ich habe auf dem elterlichen Hof gearbeitet bis zu meinem dreiundzwanzigsten Lebensjahr. Dann bin ich fort, auf viele Jahre. Vor sechs Wochen kam ich zurück. Meine Eltern sind inzwischen gestorben, mein jüngerer Bruder hat den Hof übernommen."

„Und warum hat es dich wieder fortgetrieben von daheim?" forschte die Lindenhoferin weiter. Ihre Fragen hatten etwas Inquisitorisches.

„Es war nicht gut, Knecht zu sein auf einem Hof, der von Rechts wegen mir hätte gehören sollen. Und es war auch nicht gut, mit meinem Bruder zusammenzuleben."

„Wäre denn das nicht anzustreiten gewesen?"

„Vielleicht. Aber wozu streiten? Dann hätte ich um seine Frau auch streiten müssen, denn als ich hab fort müssen, damals war sie noch mein Mädchen. Nein, nein, wozu streiten? Ich war lange Jahre weg, mein Bruder hat geheiratet, und es sind drei Kinder da."

Eine Weile schwieg die Lindenhoferin. Dann klappte sie den Paß zu und reichte ihm die Papiere hinüber.

„Ich sehe, du warst auch in der Fremdenlegion?"

„Leider ja. Oder auch Gott sei Dank. Wenigstens habe ich viel gesehen von der Welt und habe die Menschen kennengelernt."

„Ich verstehe nicht viel davon, und es geht mich auch nichts an; aber ich habe immer gemeint, in die Fremdenlegion gehen nur solche, die etwas verbrochen haben, um der Strafe zu entgehen."

Über seine Stirn lief eine rote Welle. „Vielleicht habe ich etwas verbrochen? Vielleicht habe ich ein Mädchen umgebracht — oder was trauen Sie mir sonst noch alles zu?"

„Ich wollte dich nicht beleidigen", sagte sie, als sie am Ton seiner Stimme die Erregtheit merkte. „Fragen werde ich wohl noch dürfen, denn es ist ja immerhin so, daß du nun unter meinem Dach lebst."

„Legen Sie Wert darauf, daß ich gleich am ersten Abend mein ganzes Leben aufblättere?"

„Nein, das überlasse ich ganz dir, ob du reden willst oder nicht. Aber so ganz alltäglich ist es schließlich nicht, wenn einer in Indochina war, oder wo sonst die Kinder in einem Eidotterbad fürs ganze Leben gelb gebadet werden."

Da mußte er lachen, und sie horchte unwillkürlich auf beim Klang dieses Lachens.

„Ich glaube diesen Unsinn natürlich nicht", sagte sie. „Aber der Loni kann man ohne weiteres so einen Bären aufbinden. Auch den von der grünen Milch und den roten Kühen."

Er zog mehr aus Nervosität seine Zigarettenschachtel aus der Hosentasche, steckte sie aber wieder ein.

„Du kannst ruhig rauchen", munterte sie ihn auf.

Der Rauch zog in kleinen Kringeln gegen die Decke

hin. Die Zigarette hatte ein starkes, süßliches Aroma. Die Frau stand auf und holte ihm einen Aschenbecher.

„Danke“, sagte er und dachte unwillkürlich dabei, daß sie ihm bis jetzt noch nicht die Hand gegeben hatte.

„Es wäre mir ganz recht“, sagte er dann, „wenn nichts davon bekannt würde, daß ich — in der Fremdenlegion war. Nicht, daß dies unbedingt eine Schande wäre, aber ich weiß ja, wie die Menschen oft sind.“

„Ich verstehe, ein dunkler Punkt in deinem Leben.“

„So dunkel war er gar nicht. Im übrigen ist das längst ausgelöscht und verjährt. War an sich eine Bagatelle. Eine Straftat für vier Wochen Haft, aber das hat man damals nicht übersehen können.“

„Ich werde mit niemandem darüber reden“, versicherte sie. „Sonst hast du ja die Papiere niemandem gezeigt?“

„Nein, nur Ihnen.“

„Im übrigen helfen sie dir nicht viel. Fürs weitere Leben, meine ich. Du mußt dir eine Lohnsteuerkarte ausstellen lassen, eine Invalidenkarte, daß du im Alter einmal was hast. Ich komme morgen sowieso ins Dorf, dann melde ich dich an und besorge das alles.“

„Ich möchte, daß alles ganz klar ist zwischen uns, und daß Sie nicht meinen, ich hätte wirklich ein schweres Verbrechen begangen.“

„Wenn es dich erleichtert, ich höre gern zu. Aber du mußt es mir nicht unbedingt sagen. An ein schweres Verbrechen glaube ich sowieso nicht.“

Bedächtig streifte er die Asche seiner Zigarette ab. Dann sah er sie an.

„Unser Hof“, begann er nach einer Weile, „war natürlich bei weitem kein Hof wie dieser. Sechzig

Tagwerk ungefähr. Aber er liegt hoch droben im Gebirge, ganz nahe der Grenze und dicht vorm Wald. Die Rehe kamen manchmal bis zu den Stubenfenstern heran. Im Winter wenigstens. Und ich habe es als Bub ein paarmal erlebt, daß der Vater vom Stubenfenster aus einen Bock abschoß. Aber das war es nicht. Bei uns ist immer über die Grenze geschmuggelt worden. Der Großvater hatte es schon getan, der Vater, später ich und mein Bruder. Sie werden fragen, ob sich denn das gelohnt hätte. Manchmal ja. Aber oft sprang dabei gar nicht viel 'raus. Und trotzdem gingen wir. Nachts, bei Mondschein, bei Regen und Sturm. Wir mußten einfach, es lag uns im Blut. Kaffee, Zigaretten, Schnaps, mitunter auch ein Stück Vieh. Ob uns jemand verpfiffen hat, ich weiß es nicht. Eines Nachts jedenfalls liefen wir den Grenzjägern direkt in die Arme. Wir schossen sofort bei Anruf, ich wenigstens. Einer von den Grenzjägern schrie auf und stürzte. Ich mußte ihn getroffen haben, mein Bruder behauptete wenigstens, daß er gar nicht geschossen hätte. Zum Glück war der Grenzer nur leicht am Arm verletzt. Das Schlimme war nur, man hatte mich erkannt, und es blieb mir nichts anderes übrig, als zu flüchten oder ins Gefängnis zu gehen. Noch in der Nacht verließ ich die Heimat. Ein Bruder meiner Mutter lebte in Valparaiso, dorthin sollte ich auf ein paar Jahre gehen. Es kam aber ganz anders. In Antwerpen, bevor ich mich einschiffte, ließ ich mich überreden und unterschrieb einen Vertrag für die Fremdenlegion. Acht Tage später war ich bereits in Algier und ein Vierteljahr später in Indochina, dem heutigen Vietnam. — So, nun wissen Sie eigentlich alles."

Als er schwieg, war es ganz still im Raum. Einmal

gingen Schritte über der Decke, dann wieder Stille. Nur die Standuhr tickte, wie der Kolben einer Maschine bewegte sich der Perpendikel hin und her. Der Zigarettenstummel verglühte im Aschenbecher.

„Wie alt warst du denn damals?“ fragte die Lindenhoferin.

„Dreiundzwanzig.“

„Und wie lange warst du weg?“

„Fast acht Jahre. Davon fünf Jahre Hölle im Dschungel. Und alles umsonst, denn heute weiß ich, daß damals ich überhaupt keine Patrone im Lauf gehabt habe und mein Bruder geschossen hat. In meiner Verwirrung war mir alles gleich. Erst später dachte ich über alles nach und schrieb auch meinen Eltern. Aber sie haben keinen meiner Briefe zu lesen bekommen. Mein Bruder hat sie alle abgefangen und hat es verstanden, ihnen einzureden, daß ich doch nie mehr heimkäme, ja, daß ich wahrscheinlich längst tot wäre, nachdem ich ja in Valparaiso nie angekommen bin. Schließlich hat er es erreicht, daß sie ihm den Hof überschrieben.“

„Und woher weißt du das jetzt alles?“

„Weil es mir meine Schwester erzählt hat.“

„Hast du noch mehr Geschwister?“

„Außer dem Bruder nur noch diese Schwester. Sie ist in Konstanz mit einem Zimmermann verheiratet.“

Die Lindenhoferin saß eine Weile ganz still da und blickte auf ihre Hände nieder. Dann hob sie den Kopf. In ihren Augen leuchtete auf einmal ein warmer Schein.

„Da habe ich nun schon bald dein ganzes Leben erfahren. Dir hat ja das Schicksal ganz schön mitgespielt. Mit mir war es auch nicht gerade gnädig.“ Sie deutete mit der Hand auf das Bild hinter sich. „Ich war nur sechs Jahre verheiratet, dann verunglückte mein Mann im Wald. Seitdem bin ich allein, bewirtschafte den Hof allein, wollte ich sagen. Es war nicht immer leicht, und ich bin vielleicht durch all das ein bißchen eigen geworden. Selbstherrlich, sagen sie. Aber das stört mich kaum, was die Leute über mich sagen. Ich habe den Hof so gut bewirtschaftet, wie ich es verstand, und es war ein Glück, daß ich den alten Anselm dazu hatte. Aber nun geht es nicht mehr mit ihm, ich war daher gezwungen, nach einer neuen, zuverlässigen Kraft zu suchen. Wenn dein Name hält, was er verspricht, dann könnte ich beim ersten Versuch schon Glück gehabt haben. Du verstehst doch etwas vom Bauernhandwerk?"

„Ich bin mit ihm aufgewachsen. Dann freilich lagen Jahre dazwischen, in denen ich mit der Maschinenpistole besser umzugehen wußte als mit dem Pflug oder der Sense. Aber was man in der Jugend gelernt hat, vergißt man nicht mehr. Ich kann mich täuschen, aber irgendwie habe ich das Gefühl, als wären bei Ihnen Zweifel vorhanden. Darum mache ich einen Vorschlag. Sie versuchen es jetzt einmal mit mir. Sagen wir eine Art Probezeit, bis nach der Ernte."

Die Lindenhoferin überrechnete schnell die Zeit. Jetzt war es Ende Mai. Die Ernte wurde im August eingebracht. Das wäre also ungefähr ein Vierteljahr.

„Gut, ich bin einverstanden. Den Lohn nach dem geltenden Tarif. Arbeitszeit — das weißt du ja — bei den Bauern gibt es keinen Achtstundentag."

„Nein, aber man ißt auch nicht um neun Uhr abends erst."

Überrascht blickte sie auf. „Das war eine Ausnahme

heute. Der Tierarzt war da, eine Kuh konnte nicht kalben."

„Ich weiß bereits. Ich hätte auch nichts dagegen gehabt, wenn man mich dazugeholt hätte. Es bleibt also dabei. Ein Vierteljahr Probezeit. Und du sagst mir dann ganz offen, wenn du mit meiner Arbeit nicht zufrieden warst."

„Ich war in meinem Leben immer offen und ehrlich. Manchmal zu meinem Nachteil ehrlich. Ja — nun hätten wir eigentlich alles. Nein, noch etwas. Das hätte ich jetzt beinahe vergessen. Du wirst ja schon gesehen haben, daß wir ein paar ganz passable Mädchen im Haus haben. In diesem Zusammenhang muß ich dir sagen, daß ich Liebschaften im Haus grundsätzlich nicht dulde."

Mathias verzog den Mund zu einem spöttischen Lächeln und sah ihr dann fest in die Augen. „Das heißt also mit anderen Worten, wenn man Zärtlichkeit braucht und ein bißchen Wärme, dann hat man das auswärts zu suchen. Erstreckt sich das auf die ganze Gemarkung, soweit die Grenzen des Hofes reichen, oder nur auf das Haus selber?"

„Ich meine, ich habe deutlich genug gesprochen."

„O ja, sehr deutlich sogar. Damit möchte ich aber nicht sagen, daß der Lindenhof ein Klosterhof wäre. Diese Gesetze, glaube ich, gelten auf jedem Hof."

„Das weiß ich nicht. Ich halte es jedenfalls so und werde auch immer auf Zucht und Ordnung halten."

Mathias lächelte wieder spöttisch und nickte dann. „Das verstehe ich. Aber ich habe noch nie gehört, daß es zuchtlos wäre, wenn zwei Menschen erkennen, daß sie sich lieben."

Dunkle Röte flog über die Stirn der Frau.

„Das habe ich nicht behauptet. Ich habe auch nicht zuchtlos gesagt. Es geht mir um die Sauberkeit des Hauses. Das habe ich mir geschworen, und das werde ich halten. Wohin es führt, wenn man in dieser Hinsicht die Zügel schleifen läßt, dafür bietet der Puttkammer drüben das beste Beispiel. Dort laufen bereits drei außereheliche Kinder umeinander."

Im Grunde genommen gab ihr Mathias recht. Er wußte selber nicht, warum es ihn so reizte, ihr zu widersprechen, warum er wollte, daß sie errötete und verlegen wurde. Ein Weilchen suchte er nach richtigen Worten. Dann hatte er sie.

„Solche Schwüre werden von den Zeitläuften oft überholt. Und — man darf sich vor allem nicht einbilden, wenn man meint, das hinter sich zu haben, was sich Liebe nennt, daß dann auch andere als Asketen leben müssen."

Das saß. Die Röte auf ihrer Stirn blieb länger als vorhin, ihr Blick war ein bißchen unsicher geworden. Ihre Hände spielten nervös mit dem Medaillon an ihrem Hals. Meint denn dieser freche Mensch mich? fuhr es ihr durch den Sinn. Dann sagte sie fast schroff:

„Das sind Wortklaubereien, mein Lieber. Ich jedenfalls halte an meinen Grundsätzen fest. Es kann jeder kommen, und ich werde ihm das Haus nicht verwehren. Nur Liebschaften meiner Leute untereinander kann ich nicht dulden. Dann muß eben eins gehen. Meine Leute wissen das auch ganz genau. Und wenn du etwa die Absicht haben solltest, dich über das hinwegzusetzen, was hier gültig ist, dann ist es besser, du schläfst nur die eine Nacht hier und gehst morgen wieder."

Mathias lachte ein wenig. Das alles kam ihm ein

bißchen übertrieben vor. Zumindest hörte es sich recht merkwürdig an von einer Frau, die höchstens dreißig Jahre sein mochte und auf eine ganz eigenartige Weise schön war. Eine große, herrliche Blüte, an der alles bis ins Letzte ausgereift war.

Auf einmal schoß ihm der Gedanke in den Kopf, ob sie wohl recht fromm sei. Eine von jenen Frauen, deren Liebe über den Tod des Partners hinaus währte und die ihren Trost nur in der Erinnerung an das Gewesene und im Gebet fanden.

Scheu streifte sein Blick das mächtige Kruzifix an der Wand und die Madonna auf der Kommode. Auch droben im Flur hatte er eine Muttergottesgrotte entdeckt, in der eine rote Ampel brannte. Also doch so eine Art Klosterhof?

Die Lindenhoferin hörte jetzt auf, mit dem Medaillon zu spielen, und Mathias sagte:

„Ich habe nicht die Absicht, mich über eine Ordnung hinwegzusetzen, die Sie eingeführt haben. Außerdem ist das, was Sie für recht passabel halten, nicht mein Geschmack. Vielleicht beruhigt Sie das ein bißchen."

Sie zog flüchtig die Brauen zusammen, als ob sie über etwas angestrengt nachdenke. Dann sagte sie: „Zur Ernte werden wir drei oder vier Leute einstellen müssen, weil wir die nötigen Maschinen noch nicht haben. Unter diesen Erntearbeitern herrschen manchmal recht lockere Sitten, und ich denke gerade daran, ob du mir dabei nicht ein bißchen behilflich sein möchtest. Ein bißchen achtgeben, meine ich, weil ich ja schließlich die Augen nicht überall haben kann."

Mathias stand abrupt auf. „Das können Sie von mir nicht erwarten. Sie haben einen Vorknecht eingestellt, einen Baumeister, oder wie Sie mich nennen wollen. Aber keinen Aufpasser, der am Abend bei Ihnen erscheint, um Ihnen zu berichten, daß der oder die sich angelacht oder sich in den Hintern gekniffen haben. Die Sauberkeit Ihres Hofes in allen Ehren, aber es darf nicht zur Prüderie ausarten. Haben wir sonst noch Wünsche?"

Die Lindenhoferin war derart schockiert, daß sie sich nur mit Mühe dazu zwingen konnte, ruhig und sachlich mit ihm die Arbeit für den nächsten Tag zu besprechen. Anschließend meinte sie noch:

„Zunächst wirst du dir morgen einmal den Hof richtig ansehen. Der Anselm wird dir auch die Markgrenzen zeigen und was es sonst noch zu sehen gibt und was für deinen Posten wichtig ist."

Dann stand sie auf und streckte ihm die Hand über den Tisch hin: „Dann auf guten Einstand, Mathias Bleibtreu."

„Das wird nicht an mir liegen", antwortete er. Und obwohl der Druck seiner Hand eisenhart war, verzog sie keine Miene. Nur als sich die Tür hinter ihm geschlossen hatte, betrachtete sie ihre Hand, auf der deutliche Druckmale zu sehen waren.

Wenn er die Arbeit auch so hart anfaßt, dachte sie, dann ist es schon recht. Aber sonst war sie nicht ganz zufrieden. Dieser Mensch sprach eine schroffe Sprache und schien auch eine gute Portion eigenen Willen zu haben. Eine Knechtsnatur war er jedenfalls nicht, das fühlte sie. Sie nahm am Tisch wieder Platz, zog ein anderes Buch aus der Schublade und schrieb hinein:

„Am 25. Mai der Baumeister Mathias Bleibtreu seinen Dienst angetreten. Entlassen am —"

Diese Rubrik ließ sie noch frei und dachte, daß sie ihn nach der Ernte auf alle Fälle entlassen werde.

*

Die Lindenhoferin schlief unruhig in dieser Nacht. Der Mond zog am Fenster vorbei und drang mit seinem weißen Licht bis in ihre verworrenen Träume hinein. Sie erwachte dann von einem Ton, der vom Hof herein kam. Ein Tor war ächzend geöffnet worden. Dann vernahm sie einen Schritt, der gestern noch nicht da war. Es war der Schritt des Fremden, der am Abend gekommen und der so überheblich war, daß er meinte, keine von den Frauen in diesem Hause sei nach seinem Geschmack. Warum fühlte auch sie sich davon betroffen? Es war doch nur von den Mägden des Hauses die Rede gewesen. Trotzdem hatte sie gestern vor dem Einschlafen noch sehr viel daran denken müssen. Auch jetzt hörte sie seine spöttischen Worte wieder: „Man darf sich nicht einbilden, wenn man selber die Liebe schon hinter sich hat, daß dann auch andere wie Asketen leben müssen —"

So ein freches Mannsbild! Woher wollte er denn wissen, daß alle Träume ihres Blutes schon ausgeträumt waren? Mit dreiunddreißig Jahren! Sophie Braunfeld lachte verloren vor sich hin. Was wußte der Fremde schon von ihr und ihrem Leben? Wie könnte denn er ermessen, was es für eine Frau heißt, schon mehr als vier Jahre allein zu sein?

Sie hätte nicht allein sein müssen. O nein, es waren Bewerber genug gekommen in den Jahren. Gestandne Bauernsöhne, einmal auch ein Gutsverwalter. Aber es war nie das Richtige dabei. Sie hatten alle zu deutlich merken lassen, daß es ihnen in erster Linie um den herrlichen Besitz ging. Nur der Jäger Vitus Brenner nicht.

Nie hatte Vitus den Hof erwähnt. Er war der erste, der ihren Sinn umgaukelt hatte und sie überzeugt sein ließ, daß man auch ohne Hof glücklich sein könnte. Sie könnte den Besitz ja verpachten und mit ihm in dem kleinen Haus außerhalb des Dorfes Holzhausen, das er geerbt hatte, glücklich sein.

Seit dieser Jäger an einem der föhnigen Märztage auf ihren Hof gekommen war, war sie wieder etwas aufgelebt. Aber vorher war sie recht einsam gewesen. Das Rufen ihres Blutes hatte sich schon verloren gehabt in dem Meer von Pflichten und Aufgaben. Seit ihr Mann tot war, hatte sie doch immer nur rechnen und arbeiten müssen und hatte sich mit viel Mühe durchgerungen, nach einem Jahr Trauer sich wieder aufzurichten in der Erkenntnis, daß es nicht erlaubt war, immer mit verweintem Gesicht vor den Leuten zu stehen, die ihr gehorchen sollten. Ihre Trauer war eigentlich mehr Bestürzung gewesen über den Unglücksfall, Bestürzung und Angst zugleich vor diesem plötzlichen Alleinsein, weil es einfach nicht zu begreifen war, daß ein Mensch, der so kraftvoll im Leben gestanden hatte, plötzlich nimmer sein sollte, obwohl er sie auch im Leben mit manchem allein gelassen hatte, so daß diese Ehe nach außen hin ganz harmonisch ausgesehen hatte. Aber eine glückliche Ehe war es nicht gewesen.

Die Lindenhoferin stand nun auf und schob die Vorhänge ein wenig zurück. Das Sonnenlicht nistete noch hinter den Bergen im Osten. Man sah nur das gelbliche Zittern hinter feinen Schleierwolken, das ihr

Kommen zage andeutete. Vom Wald herunter schrie ein Kuckuck, so eilfertig und kraftvoll dröhnend, als würde er dafür bezahlt. Aus den Talwiesen stieg feiner Nebel auf, und von irgendeinem Hügel her war das feine Läuten des Sensendengelns zu hören.

Sie sah jetzt Mathias drunten über den Hof gehen, groß und lendenschmal. Die Ärmel seines Hemdes hatte er aufgekrempelt, und ohne sonderliche Anstrengung zog er einen der schweren Wagen aus dem Schuppen. Nur sein Gesicht rötete sich ein wenig. So mußte er aussehen, wenn er zornig war. Und Frau Sophie ertappte sich dabei, daß sie sich diesen Mann eigentlich gar nicht zornig vorstellen konnte, ja, sie dachte, er sei vielleicht einer tieferen Regung überhaupt gar nicht fähig. Sie vergegenwärtigte sich wieder, wie er gestern abend vor ihr gesessen hatte, ein Bild steinerner Ruhe, bis auf das kleine spöttische Lächeln bei der Frage, ob der Lindenhof vielleicht ein Kloster sei.

Jetzt öffnete er die Garage, fuhr eine Weile später mit dem Traktor heraus und hängte den Wagen an, um zum Anger hinunterzufahren und das Grünfutter aufzuladen, das der Lorenz gemäht hatte.

Bevor er aus dem Hof fuhr, stand er eine Weile wie verloren da. Seine Augen tasteten dabei die Reihe der Fenster ab, als ob er etwas suchen wolle.

Schnell ließ die Lindenhoferin den Vorhang zufallen. Er sollte nicht sehen und nicht wissen, daß sie in der Stunde zwischen Tau und Tag schon nach ihm ausschaute. Es war merkwürdig, daß sie sich über sich selbst zu ärgern begann, und es war genau so absonderlich, daß sie heute viel länger vor dem Spiegel stand, ihr Gesicht aufmerksam betrachtete und ihr Haar sorgfältig ordnete.

Sie war überhaupt noch nicht von den Jahren gestreift. Ihr Haar hatte noch den seidigen Glanz der Jugend, ihre Stirn war glatt und hoch. Es kann aber auch sein, daß die Stirn durch die aufgesteckten Zöpfe höher erschien. Die Augen waren klar und hell, und in den Winkeln zeigte sich noch kein Fältchen. Am längsten betrachtete sie ihren Mund. Er war voll und von schönem Schwung. Die Zähne dahinter blitzten schneeweiß, bis auf den rechten Augenzahn, der mit Gold überzogen war. Sie versuchte ein Lächeln und kam sich ganz töricht dabei vor, weil sie vor dem Spiegel ein Lächeln ausprobierte, das sie noch nie für jemanden gebraucht hatte. Nicht einmal für ihren Mann und auch nicht für den Jäger Vitus Brenner. Was war denn nur in sie gefahren? Es war auf einmal, das ließ sich nicht leugnen, eine leise Verwirrung über sie gekommen, eine gewisse Unruhe, die verschwinden mußte; denn wie sollte sie diesem Neuen gegenübertreten, wenn sein Anblick sie unruhig werden ließ?

Wie um das alles abzuschütteln, streckte sie jetzt mit einem herzhaften Gähnen die Arme über dem Kopf. Sie spürte, wie alle Muskeln und Sehnen sich dehnten und streckten. Alles an ihr war Kraft und blühendes Leben.

Schließlich begann sie sich anzukleiden, auch dies heute mit einer gewissen Sorgfalt, im kritischen Prüfen, ob vielleicht der karierte Faltenrock besser zu dem dunklen Leibchen und der Puffärmelbluse passe.

Dann ging sie hinunter. Die Loni war gerade vom Stall herübergekommen, um den Kälbertrank zu holen. Sie sah verwundert auf, weil sie dachte, daß sich das Gesicht der Frau ein wenig verändert habe. Es war, als habe sich etwas Versteinertes gelockert, oder es habe sich etwas freigemacht, das tief verwahrt gewesen war in der stillen Brust.

„Hast du das Kaffeewasser schon aufgestellt?" fragte die Lindenhoferin, was die Loni zu einem erneuten verwunderten Aufschauen zwang. Kaffee gab es doch sonst nur sonntags.

„Aber heute ist doch Werktag", sagte sie.

Die Frau fuhr sich mit der flachen Hand über die Stirn. „Ach ja, wie komme ich denn bloß auf den Gedanken, daß heute Sonntag wäre?" Dann nahm sie den großen kupfernen Kessel, der schon mit Milch gefüllt war, zog die Ofenringe weg und hängte den Kessel über das offene Feuer.

Die Loni wollte schon mit dem Kälbertrank hinaus, als ihr noch einfiel: „Wie ist denn das jetzt? Der Neue will haben, daß ihm jeden Tag das Waschwasser in die Kammer hinaufgestellt wird. Komisch, was der für neue Sitten einführen will!"

Die Lindenhoferin ging zum Fenster und riß vom Kalender ein Blatt ab, knüllte es aber nicht zusammen, um es wegzuwerfen, sondern schob es in den Ausschnitt ihrer Bluse. Dann fragte sie: „Hat er das verlangt?"

„Ja, gestern, wie ich ihm die Kammer gezeigt habe."

„Dann wirst du es schon tun müssen, Loni, wenn er es haben will."

„Das sind ganz neue Sitten. Unsere Mannsbilder haben sich bisher immer noch herunten gewaschen. Und sie haben sich auch bloß einmal in der Woche rasiert. Der feine Herr aber will sich jeden Tag rasieren."

Die Frau hörte wohl den leisen Spott heraus oder

eine versteckte Aufsässigkeit. Vielleicht hätte sie vor einer Woche der Loni noch beigepflichtet. Jetzt aber sagte sie ziemlich schroff:

„Das kann doch jeder halten, wie er will. Wenn er es so halten will, dann muß der Herr Baumeister jeden Tag eine Viertelstunde früher aufstehen, und das ist, so denke ich wenigstens, seine Sache und geht niemanden etwas an."

„No ja, ich hab mir halt bloß denkt", meinte die Loni, nahm den Bottich mit dem Kälbertrank und ging hinaus.

Die Lindenhoferin ertappte sich wieder dabei, daß sie wie gedankenlos vor sich hinstarrte, so wie Kinder es manchmal tun, wenn sie nicht wissen, was für ein Spiel sie beginnen sollen. Doch dann straffte sie sich und ging hinaus.

Die Sonne kam gerade hinter den Bergen herauf und überschüttete das Land mit einem wundersamen Licht. Von Holzhausen herauf hörte man die Glocken zur Frühmesse läuten, und mit einem schrillen Pfiff fuhr der Frühzug aus dem kleinen Sackbahnhof. Etwas später hörte man noch das grelle Horn des Postomnibusses, der in eine andere Richtung fuhr.

Langsam ging sie über den Hof und traf hinterm Haus beim Entenweiher den alten Anselm.

„Warum bist denn du schon wieder auf, Anselm? Jetzt brauchst du doch nicht mehr der erste zu sein in der Früh'."

Der Alte sah sie mit seinen kleinen, rotgeränderten Augen an. „Heute hat es schon noch sein müssen. Und überhaupt, du brauchst mich nicht gleich zum alten Eisen zu werfen. So von einem Tag auf den andern ausgeschaltet zu werden, schmeckt nicht gut. Wenn ich für gar nichts mehr nütz sein soll, was wäre denn mein Leben noch wert? Rasten heißt rosten, und der Weg zur Grube ist dann nimmer weit."

Frau Sophie legte ihre Hand auf die krumme Schulter des Alten. „Aber Anselm, was sind denn das für dumme Gedanken? Ich brauche dich nach wie vor. Wir sind schon zu lange beieinander, als daß nun eins auf das andere vergessen könnte."

„Wie lang denn noch, dann setzt der Neue hier seinen Willen durch. Bitt' schön, versteh mich nicht falsch, ich hab nichts gegen ihn; aber es wird doch manches anders werden jetzt. Vielleicht merkst du das selber dann gar nicht."

Dazu konnte die Lindenhoferin nur auflachen, ganz hell und stark, wie man es von ihr nur selten hörte. „Das glaubst du doch selber nicht, Anselm. Wenn es drauf ankommt, entscheidet mein Wille. Das weißt du genau, und ich denke nicht daran, es zu ändern."

„Wollen wir's hoffen."

„Er macht sonst keinen schlechten Eindruck, das mußt du doch zugeben, Anselm. Zum mindesten hat er gleich gewußt, was er zu tun hatte heute morgen. Ich habe es ihm nicht angeschafft."

Mißtrauisch blinzelte der Alte sie an. Klang das nicht schon wie ein Lob? Ein Bauernmensch mußte doch wissen, daß man das Kühgras in der Frühe heimfahren muß, wenn es schon gemäht ist.

„Das hat er doch von selber wissen müssen", sagte der Alte störrisch.

Ihre Hand glitt von seiner Schulter. Sie sah über den Weiher hin, dessen Wasser grünlich schillerte. Leise bewegten sich die langen Strähnen der Trauerweide im Morgenwind, der immer stärker aufkam.

„Es bleibt weiterhin schön", sagte sie, als sie den blauen Dunst gewahrte, mit dem die Berge umflossen waren.

Von der andern Höhe hörte man scheltende Stimmen. Das war beim Puttkammer, dessen Hof vom Lindenhof durch einen tiefen Taleinschnitt getrennt war.

„Du mußt doch einsehen, Anselm", sprach die Lindenhoferin weiter, „daß eine junge Kraft nötig war. Ich habe dich damit auch nicht überrumpelt, sondern ich hab das schon längere Zeit mit dir besprochen, immer wieder. Ob wir Glück haben mit dem Neuen, das wird sich erst beweisen müssen. Was macht er denn dir für einen Eindruck? Aber einmal ganz ehrlich sein, Anselm!"

Jetzt sah der Alte sie ganz offen und frei an. „Keinen schlechten. Aber am ersten Tag kann man ja noch nicht viel sagen."

„Auf alle Fälle wirst du ihm heute vormittag die Gemarkungen zeigen. Geh mit ihm bis zum Luchtenwald hinauf und übern Kranzgraben 'runter. Und wenn du meinst, dann führ ihn auch auf die Alm. Ihr könnt gleich ein paar Tage oben bleiben, die Zäune richten und das Dach der Hütte. Wahrscheinlich wird der Frühjahrssturm wieder eine Menge Schindeln abgedeckt haben. Wenn das Wetter gut bleibt, kann die Martha Ende nächster Woche mit dem Vieh hinaufziehn." Die Lindenhoferin mußte jetzt zum Hof zurückgehen, denn sie sah das Grasfuhrwerk schon über den Berg heraufkommen. Im Weggehen fiel ihr noch ein: „Im übrigen habe ich eine Probezeit mit ihm vereinbart. Wenn er nicht brauchbar ist oder sonst nicht ganz paßt, kann er nach der Ernte wieder gehn."

Klein, mager und krummgebeugt, blieb der Anselm zurück. Mit seinem langen dünnen Haar trieb der Morgenwind ein tändelndes Spiel. Seine Augen blickten hinter der hohen Gestalt her. Dann seufzte er und schüttelte den Kopf. „Der wird nach der Ernte so wenig gehn, wie ich vor fünfzig Jahren gegangen bin, als man mich nur für vier Wochen Erntearbeit eingestellt hatte."

Damals waren die längst verstorbenen Lindenhofers noch jung, und der Hoferbe Urban war noch gar nicht auf der Welt gewesen. Eine lange Zeit, in der viel geschehen und den Strom der Zeit hinuntergeschwommen war. Fünfzigmal hatte er hier die Kirschbäume und den Flieder blühen sehen. Die Glocke auf dem Dach hatte so hell und freundlich gebimmelt, als der Sohn und künftige Erbe auf die Welt gekommen war. Sie hatten gerade das Korn drunten im Tal auf der großen Breite gemäht. Ach ja, war das eine Feier gewesen damals! Schöne, zufriedene Jahre auf dem Lindenhof.

Dann war der Tod durch die Zeit gegangen und hatte die Lindenhofers geholt, zuerst ihn, dann sie. Und er, der Anselm, war immer noch dagewesen. Auch dann, als der junge Lindenhofer Hochzeit feierte und diese Frau auf den Hof brachte. Blutjung war sie gewesen, und wie ein verschüchtertes Schmalreh war sie neben dem Hünen Urban zum Altar geschritten. Sie war aus einem Tal der Armut aufgestiegen zu der lichtumfluteten Höhe, auf der der Lindenhof stand. Ein bißchen fremd war sie sich vorgekommen am Anfang. Schüchtern und ängstlich bewegte sie sich in diesem gediegenen Reichtum und in der bäuerlichen Welt, denn sie selbst stammte aus einer Handwerkerfamilie, in der so manchesmal Schmalhans Küchenmeister gewesen war. Nein, sie hatte es nicht leicht gehabt auf diesem Hof und — bei diesem Mann. Doch hatte sie nach einiger Zeit begriffen, daß der Anselm hier ein bißchen mehr war als nur Großknecht, daß er vieles wußte, daß man vor ihm nichts zu verbergen brauchte und zu ihm kommen konnte, wenn einem schwer ums Herz war. Und als dann das Unglück mit dem Bauern geschah und das Grab drunten im Kirchhof für ihn geöffnet werden mußte, da war es eben der Anselm gewesen, der wie ein zuverlässiger Turm in all dem Unglück stand. Zu ihm war die junge Frau in ihrer Not geflüchtet, an seiner Schulter hatte sie sich ausgeweint, und in seine Hände war das Schicksal des Hofes gelegt worden, ohne besonderen Auftrag, nur weil die junge Frau noch nicht mit allem vertraut war und es doch eine Zeit dauerte, bis sie sich aus der Erstarrung gelöst hatte und hineingewachsen war in ihre eigentliche Bestimmung als Lindenhofbäuerin.

Und nun war ein neuer Großknecht gekommen, ein Neuer, den sie Baumeister genannt hatte. Wenn sie dies genau bedachte, so war das nicht deswegen gewesen, weil die Worte Knecht und Magd allmählich verpönt waren, das klang so nach Sklaverei, und in der Fachsprache hieß es heute bereits landwirtschaftliche Hilfskräfte. Nein, deswegen hatte sie es nicht getan. Er selbst hatte ihr dieses Wort in den Mund gelegt, und sie hatte es bereitwillig aufgenommen. Und wenn davon die Rede war, daß er nach der Ernte fortgehen werde, so glaubte sie jetzt schon nicht mehr daran. Er würde dableiben und seine Wurzeln ausstrecken. So wie Anselm einst seine Wurzeln ausgestreckt hatte in einem fremden Boden, der einem Herzen von Jahr zu Jahr vertrauter werden konnte, bis man diesen Boden liebte und den Acker mit dem Gefühl bestellen konnte, als sei er der eigene.

Ja, ja, Anselms Zeit ging zu Ende. Der Alte begriff das seit dem gestrigen Abend. Man konnte lächeln dazu, ein bißchen traurig sein und ein bißchen ergeben, um doch zu wissen, daß es der Kreislauf allen Seins so bedingte. — —

Vorn fuhr soeben der Traktor mit dem Kuhfutter in den Hof und vor die Stalltür. Mathias koppelte den Traktor ab und ließ ihn neben der Remise stehen. Dann sprang er herunter und ging ins Haus.

Ohne anzuklopfen betrat er das kleine Stübchen und blieb erschrocken auf der Schwelle stehen.

Verwundert drehte die Lindenhoferin den Kopf über die Schulter. Sie goß gerade das Primelstöckchen auf dem Fensterbrett.

„Oh, Entschuldigung", stammelte er etwas verwirrt. „Ich dachte, ich hätte meine Streichhölzer gestern hier liegenlassen."

Sie stellte die kleine Gießkanne ab und griff in ihre Kitteltasche. „Hier sind sie."

„Danke." Sie standen einander gegenüber. „Guten Morgen, übrigens", sagte er.

„Guten Morgen. Gut geschlafen die erste Nacht auf dem Lindenhof?"

„Ich schlafe immer gut", antwortete er und fügte hinzu: „Wie ein Murmeltier."

Sie hätte nun sagen können, daß ihr Schlaf sehr unruhig gewesen sei — aber solche Vertraulichkeiten waren hier nicht am Platz. Zum Anselm hätte sie das sagen können, aber nicht zu diesem Menschen, der gestern erst hereingeschneit war und der sich von allen Knechten, die sie bisher kannte, recht wesentlich unterschied; denn noch keiner hatte in früher Morgenstunde an einem Wochentag so peinlich sauber rasiert vor ihr gestanden. Sie kannte nur Knechte mit einem Sechstagebart, weil keinem die Zeit vor dem Aufstehen dazu ausgereicht hätte, auf sein Äußeres solchen Wert zu legen, denn aufgestanden wurde auf dem Lindenhof immer noch Punkt vier Uhr.

Plötzlich fühlte sie, daß sie unter seinen forschenden Blicken unsicher werden wollte. Steil legte sie den Kopf zurück und sagte mit veränderter, völlig sachlicher Stimme: „Anselm wird dir jetzt alle Felder und Wiesen zeigen, und morgen — ich habe mit Anselm schon darüber gesprochen — fahrt ihr auf die Alm hinauf und seht dort nach dem Rechten. Da nehmt ihr aber die beiden Pferde, daß die auch einmal wieder aus dem Stall kommen. Wahrscheinlich werdet ihr an einem Tag gar nicht fertig, und es ist am besten, wenn ihr über Nacht oben bleibt." Ihr Mund verzog sich zu einem spöttischen Lächeln. „Ich weiß nicht, ob du dein Rasierzeug auch auf die Alm mit hinauf nimmst."

Er merkte den Seitenhieb wohl, begriff ihn nur nicht.

„Wahrscheinlich werde ich es tun", sagte er. „Oder bestehen hier diesbezüglich besondere Vorschriften?"

„Nein, nein", lachte sie jetzt. „Bloß hat sich bisher keiner von unseren Mannsleuten während der Woche rasiert. Nicht einmal mein Mann nahm sich dazu die Zeit."

„Ich bin nicht dein Mann und halte es so, wie ich es gewohnt bin."

Das war ein scharfer Peitschenhieb. Gleichzeitig drehte er sich um und ging hinaus.

Die Lindenhoferin biß sich auf die Lippen. Warum mußte sie sich auch auf so ein Gespräch mit ihm einlassen! Sie nahm sich vor, künftig besser auf der Hut zu sein.

*

Es war ein Morgen von wundersamer Stille, als Mathias mit dem alten Anselm auf die Wildsteigalm fuhr. Das einzig Lärmende in dieser schönen Morgenstunde war der Traktor, den Mathias genommen hatte, obwohl ihm die Frau ausdrücklich gesagt hatte, daß er die zwei Pferde nehmen solle.

Zuerst ging es durch den Bergwald recht steil aufwärts auf einem Sträßlein, das so steinig und ausgewaschen war, als sei hier schon seit Jahrzehnten nichts mehr gerichtet worden. Hernach wurde es etwas besser. Es ging eine Weile über sanfte Almgründe mit ein paar einsamen, verkrüppelten Wetterföhren und grauen Findlingssteinen. Dann sah man, über eine Kuppe kommend, die Hütte der Wildsteigalm in einer sanften Mulde stehen. Hinter ihr zog sich das Almfeld hoch hinauf, man meinte, daß es bis zum Fuß der Berge hinreiche, indessen lagen aber dazwischen noch ein paar andere Almen. Der Anblick war so berauschend schön, daß Mathias den Traktor anhielt und mit großen Augen in die Runde schaute. Blauschimmernd standen die Berge, an den Gipfeln von gleißendem Sonnenlicht umflutet. Zum Greifen nah, möchte man meinen, und doch wäre es töricht, eine Ewigkeit mit Stunden zu messen, die es sicherlich noch bis zu einem der Gipfel war.

So schweigend, wie die Natur ringsum war, saß

der alte Anselm neben Mathias, und man könnte fast meinen, der Alte mit seinem Schweigen sei auch etwas wie Ewigkeit. Vielleicht ist keine Zeit des Tages so geschaffen wie solch eine tauglitzernde Morgenstunde, die großen Dinge so unbeschränkt in sich hineinfallen zu lassen. Das Herz möchte jauchzen vor Glückseligkeit, und doch ist alles von einer seltsam süßen Schwere, das Sonnenleuchten, die Schatten, die stille Luft. Man starrt zu den Bergen hinauf, als müßte sich dort etwas begeben. Aber nichts geschieht.

Mathias ließ den Traktor wieder anspringen, sie legten den Rest des Weges bis zur Hütte zurück. Hier erst sagte Anselm:

„Hättest du denn nicht die Gäule nehmen sollen?"

„Ja doch, aber dann wären wir jetzt erst beim ersten Drittel des Weges. Wenn es nicht zuviel zu tun gibt, können wir am Abend wieder heimfahren."

Auf der Alm sah es aber bös aus. Die Frühjahrsstürme hatten arg an der nicht mehr neuen Hütte gerüttelt. Es fehlten eine Menge Schindeln, andere waren locker. Der Schnee hatte Almzäune niedergedrückt, es gab eine Menge Arbeit.

Als Mathias den Schaden besichtigt hatte, schob er den Hut aus der Stirn und sagte trocken: „Gute Nacht, da schaut es ja sauber aus."

Während er bereits auf dem Dach saß, dachte er, daß es wohl besser gewesen wäre, die Lindenhoferin hätte ihm den Lorenz mitgeschickt. Mit dem Alten war nicht viel anzufangen. Er konnte nicht mehr auf das Dach steigen, ohne schwindlig zu werden. Darum sagte Mathias:

„Anselm, beschäftige dich doch mit dem Zaun ein wenig, so gut es dir gelingt. Und wenn es dir zu schwer wird, dann setz dich dort in den Schatten. Wir werden schon fertig werden. Der Tag ist ja lang."

Er holte sich ein paar Arme voll Schindeln, die im Schuppen aufgestapelt waren, auf das Dach und begann mit der Arbeit, während sich Anselm über den Zaun machte.

Das werden wir gleich haben! hatte Mathias gedacht, als er Säge, Hammer und Nägel zurechtlegte, um das Werk frisch zu beginnen. Aber dann dauerte es doch eine ganze Weile, bis er sich zurechtfand, weil ihm diese Werkzeuge nicht mehr vertraut waren. Und es war ihm auch ungewohnt, so frei auf einem Dach zu sitzen, ohne Angst haben zu müssen, daß ihn im nächsten Augenblick eine Maschinengewehrgarbe aus dem Dickicht durchsiebte. Nein, er war immer noch nicht ganz frei von der Last der Jahre, die ein ungerechtes Schicksal ihm auf die Schultern gelegt und aus ihm einen Menschen voller Mißtrauen, voller Spannungen gemacht hatten. Er mußte sich erst daran gewöhnen, in einer Welt zu leben, in der es keine Gefahren mehr gab, wenigstens keine Gefahren für das Leben, in einer Welt, in der die Sonne ruhig auf- und wieder unterging, und daß das, was dazwischenlag, ein stilles Tagwerk war, ohne Angst und Bedrängnis.

Allmählich ging es dann besser. Es bog sich zwar noch mancher Nagel krumm unter seinem Hammerschlag, aber dann fand er heraus, daß er auch kleinere Nägel verwenden konnte. Es kam System in seine Arbeit, sie ging flott vorwärts, Stelle um Stelle wurde erneuert, und die alten Schindeln flogen vom Dach. Er warf sie in weitem Schwung auf das Almfeld hinaus, und bei jedem Wurf meinte er, etwas Beklemmendes von sich selbst wegzuwerfen. Er wurde so fröhlich dabei, daß er vor sich hinzupfeifen begann, eine fremde Melodie, ein Marschlied vielleicht, weil ihm das noch im Blut lag, und weil er die Lieder aus der Kinderzeit vergessen hatte. Aber es hörte sich gut an, und manchmal ließ der alte Mann am Almzaun den Holzschlegel sinken, lauschte der fremden Melodie und dachte, daß ein Mensch, der soviel Fröhlichkeit an die Arbeit verschenkte, kein schlechter Mensch sein könne und wohl auch ein fröhliches Herz haben müsse.

Aber so ganz fröhlich war das Herz des Mannes auf dem Dach wohl nicht. Eher ein wenig unruhig, wenn er zwischen den Hammerschlägen auch an die Menschen dachte. An den Bruder im fernen Berghof, der ihn so hinterlistig um die Jugend und sogar um den elterlichen Hof betrogen hatte. Oder an die kleine, schon etwas gebeugte Frau, die dem Bruder drei Kinder geboren hatte und die Wahrheit nicht wußte. Und war einmal so ein liebes, flinkes Dirndl gewesen, die Barbara. Ach ja, so vieles fiel ihm ein da droben auf dem Dach, indessen die Sonne immer heißer niederzubrennen begann. Und obwohl er es eigentlich nicht wollte, mußte er auch an die Frau da unten auf ihrem Hof denken, an die Lichtblonde, die den Mund so spöttisch verziehen und ihn fragen konnte, ob er sein Rasierzeug auch auf die Alm mitnehme.

Eine seltsame Frau, diese Lindenhoferin. Es wäre interessant zu wissen, wie es in ihrem Herzen aussah. Ihrem ganzen Benehmen nach war ihr Herz etwas versteinert. Oder wollte sie es nur so zeigen, denn Mathias war auch das warme Aufleuchten in ihren Augen nicht verborgen geblieben.

Die Zeit verging, und die Sonne stieg immer höher, brannte unbarmherzig auf das Dach und das Almfeld herunter. Immer öfter ließ der alte Anselm seinen schweren Schlegel sinken, saß dann da und horchte auf seinen rasselnden Atem, der aus der mageren Brust kam. Sein Haar glänzte in der Sonne wie ein Häuflein Schnee, und manchmal wischte er sich mit einem blaugeblümten Taschentuch den Schweiß von der Stirn. Ach ja, dachte er wohl dabei, noch einmal so jung sein wie dieser Mathias auf dem Dach, der wieder einmal zu pfeifen begonnen hatte, so laut, daß das Echo im Wald weiterzog wie ein Vogelruf. Der Wald stand so still wie in einer Verzauberung, aber dann hämmerte auf einmal irgendwo ein Specht seinen rasenden Wirbel ins Holz.

Bei diesem Klang duckte sich Mathias unwillkürlich, denn es hörte sich an wie das Hämmern einer Maschinenpistole. Aber dann lächelte er vor sich hin. In diesem Frieden hier hämmerte keine Maschinenpistole. Höchstens klang einmal der Schuß eines Jägers, ganz weit weg, der nicht einmal den kreisenden Habicht erschrecken ließ, der über die Fichtenwipfel in der Tiefe hinzog und dann auf das Almfeld niederfiel wie ein Stein. — —

Zu Mittag saßen sie beisammen im Schatten unterm Hüttendach und verzehrten das, was ihnen die Bäuerin vorsorglich in einen Korb gepackt hatte. Es war viel, weil es auch für den morgigen Tag noch ausreichen sollte. Auch Bier war dabei. Anselm hatte die Flaschen unter einem Felsbrocken in die Erde vergraben, damit es frisch blieb. Die Hitze hatte ihre Kehlen ausgedörrt, und der Anselm trank seine Halbliterflasche in einem Zug leer. Hernach meinte er:

„Die andern vier Maß gehören wahrscheinlich erst für morgen?"

„Die gehören genau für den Zeitpunkt, wann wir Durst haben", antwortete Mathias. „Wir werden heute hier fertig und fahren zurück. Und wenn die Frau meint, wir müßten noch Bier zurückbringen, dann werde ich ihr erklären, wie heiß es auf so einem Dach ist, und wieviel Durst man da bekommt. Aber ich glaube gar nicht, daß sie etwas sagt, denn bei aller Eigentümlichkeit, die ich ihr zuschreibe — ich glaube nicht, daß sie geizig ist."

„Nein, geizig ist sie nicht", bestätigte Anselm. „Aber sie kann recht zornig werden, wenn man ihr zuwiderhandelt. Und du hast den Traktor genommen statt der Pferde. Da kann es schon sein, daß sie dich anraunzt."

Mathias setzte die Flasche an die Lippen und trank sie leer.

„Wir sind zwei Stunden früher heraufgekommen und kommen zwei Stunden früher heim. Das sind vier Stunden Gewinn und vier Stunden Arbeitszeit. Wenn sie das nicht begreifen sollte, dann tut sie mir leid."

„Ja, aber du hast gegen ihren ausdrücklichen Befehl gehandelt."

„Befehl? Was heißt hier schon Befehl? Wenn ich schon höre, daß eine Frau befiehlt! Die soll sich ruhig mit dem abfinden, was ich für besser halte. Mir kommt es überhaupt so vor, als hättet ihr alle Angst vor ihr."

Der Alte lächelte dünn. „Angst ist wohl nicht das richtige Wort. Eher ist es Respekt, den man ihr nicht gut versagen kann."

„Respekt, ja, das lasse ich mir eher gefallen. Aber auch der Respekt muß da zurücktreten, wenn die Vernunft es anders will."

Mathias zündete sich eine Zigarette an, sah eine Weile den Rauchwolken nach und sprach dann weiter: „Vielleicht wird sie annehmen, ich hätte den Traktor nur genommen, um sie zu ärgern. Dann werde ich ihr antworten, daß mir das vollkommen fernliegt, und daß sie sich schon daran wird gewöhnen müssen, mich so selbständig handeln zu lassen, wie ich es für gut finde, weil sie sich sonst keinen Baumeister hätte zu suchen brauchen, sondern einen geduldigen Braunbären, der so tanzt, wie sie pfeift. Kapiert, Alter?"

Anselm mußte über den komischen Vergleich lachen. Dann schüttelte er den Kopf. „Wenn das nur gutgeht! Du hast einen so eigensinnigen Schädel wie sie, und eines Tages — das kann ich leicht erleben — da werdet ihr ganz hart aufeinanderprallen."

„Kann sein", gab Mathias zu. „Aus dem Weg gehen werde ich diesem Krach allerdings nicht. Ich werde dann höchstens mein Bündel wieder schnüren und weiterwandern, mit einem Zeugnis von ihr: Hat treu gedient, war aber ein aufsässiger Mensch. So, mein guter Alter, nun werden wir's wieder anpacken. Da oben auf dem Dach bin ich jetzt fertig. Nun nehme ich den Schlegel, und du hältst mir nur die Stempen. Noch lieber ist es mir, du bleibst hier im Schatten sitzen, weil ich nicht glauben kann, es sei in ihrem Sinn, wenn du dich in dieser Gluthitze noch so abrackerst. Mir macht die Hitze nicht soviel aus. Es können höchstens dreißig Grad sein. Im Dschungel hatten wir fünfzig."

Blieb also der Alte im Schatten sitzen. Hell und kriegerisch klangen Mathias' Hammerschläge durch den stillen Nachmittag.

Endlich kam kann doch etwas Schatten, je weiter die Sonne nach Westen zog. Der Alte war eingeschlafen, und Mathias zog allein den Stacheldraht von Pfosten zu Pfosten. Darin hatte er ja Übung. Zuerst riß er sich ein paarmal die Finger wund, aber dann ging es ganz gut. Nur die Schatten wurden immer länger, und aus der Tiefe kroch die Dämmerung herauf. Mathias erkannte nun doch, daß sie heute nicht mehr fertig werden konnten. Zu groß war der Schaden an den Zäunen. Als über den Bergen das feuerschöne Glänzen erlosch, ließ er die Stacheldrahtrolle liegen und stieg über das Almfeld hinunter.

Die halbverfaulten, trockenen Schindeln, die er vom Dach geworfen hatte, und ein paar Pfosten dazu gaben ein Feuer ab, das warm und tröstlich seinen roten Schein an die Dunkelheit verschenkte. Unvermittelt schnell war die Nacht hereingebrochen. Aber sie war so warm, daß man neben dem Feuer im Freien hätte schlafen können. Aber das wollte Mathias gar nicht. Nur am Feuer sitzen wollte er und dabei bedenken, wieviele solcher Feuer er schon entzündet hatte. Feuer unter einem fremden Himmel, Feuer in kühlen Nächten oder im Regen. Und manchmal hatten sie die Feuer ganz schnell ersticken und nach dem Gewehr greifen müssen, mit zitternden Händen, den Feind erwartend.

Hier erwartete er niemanden. Keinen Feind und auch den Tod nicht. Höchstens, daß sich der Alte zu ihm setzte, der im Innern der Hütte noch umeinanderkramte. Und Anselm kam. Er kauerte sich auf der anderen Seite des Feuers nieder, und Mathias sagte ihm, dies sei nicht gut, denn der Rauch ziehe westwärts und damit in sein Gesicht. Also rückte Anselm auch auf die andere Seite herüber und starrte ebenfalls schweigend in die Flamme, wie sie stieg, wieder sank und wieder stieg in das nächtliche Dunkel hinein, wie sie einmal gelblich glänzte und dann wieder rot.

Ja, der Alte schwieg, und Mathias dachte an die Frau unten auf dem Hof. Er wollte es eigentlich gar nicht, aber sie schob sich einfach in die Bilder hinein, die ihn aus der Vergangenheit grüßten, traurige und schwermütige Bilder, in die ein Frauengesicht mit so hellen Augen und so hellem Haar gar nicht hineinpassen wollte.

Einmal schrie ein Nachtvogel. Es hörte sich wie ein Weinen an. Der Ruf kam aus den dunklen Bäumen herüber und wanderte über die schweigenden Almfelder davon.

„Eine Eule", sagte Anselm. Sein kleines Kindergesicht war vom Feuer erhellt, das weiße Haar schimmerte rötlich beglänzt.

Mathias stocherte mit einem Stecken in die Glut. Funken sprühten hochauf und leuchteten ganz nah, wie fremde Sterne.

„Ist sie eigentlich glücklich verheiratet gewesen?" fragte Mathias plötzlich in die Stille hinein.

Der Alte gab lange keine Antwort. Das Weinen des Nachtvogels war wieder da, und am Himmel löste sich eine Sternschnuppe. Endlich fragte er ganz unschuldig: „Meinst du die Sophie?"

„Du sagst Sophie. Ja, ja, das kannst du dir erlauben. Du warst schon vor ihr auf dem Hof, hast du gesagt. Du müßtest eigentlich alles wissen, was mich interessiert."

„Was interessiert dich denn? Warum willst du überhaupt von ihr etwas wissen?"

„Ach nur so halt. Über etwas müssen wir doch reden."

„Ja, aber muß es ausgerechnet die Frau sein, über die wir reden?"

„Bitte, ich brauche auch nichts zu wissen."

Das Feuer fiel immer mehr in sich zusammen. Nur ein Häuflein roter Glut war es noch. Mathias saß da und schaute zu den Sternen hinauf, ein schimmernder Reigen im dunklen Samt. Und er mußte wieder über das Unbegreifliche des Schöpfungswunders nachdenken. Dieselben Sterne hatten auch über dem Dschungel geleuchtet, nur nicht so tröstend wie hier. Man hatte nur Sehnsucht bekommen dabei und hätte schreien können vor Heimweh.

Nach einer Weile fragte Mathias doch wieder: „Warum hat sie eigentlich keine Kinder?"

Das Gesicht des Alten lag jetzt ganz im Schatten. Nur sein Haar leuchtete auch in der Dunkelheit noch weiß. Er läßt nicht aus, dachte er. Und immer muß es die Frau sein. Aber irgendwie hatte er das Gefühl, daß er diesem Fremden vertrauen dürfe. So nahm er seine Pfeife mit dem Gummi einer Bierflasche am Mundstück und zwei neckischen Troddeln daran aus dem fast zahnlosen Mund.

„Wahrscheinlich wäre das gut gewesen, wenn sie Kinder hätte haben dürfen. Aber es hat nicht sollen sein. Eines war auf dem Weg, das war dann leider eine Fehlgeburt."

„Und warum hat sie nicht wieder geheiratet?"

„Das weiß ich nicht. Es wird wohl nie der Richtige gekommen sein."

„Oder sie ist zu anspruchsvoll. Das, meine ich, könnte man am ehesten annehmen. Sie strotzt ja geradezu vor Hochmut."

Anselm schüttelte den Kopf und hob die lange

Pfeife, als ob er seine weiteren Worte taktmäßig unterstreichen wolle. „Vielleicht kennst du die Menschen überhaupt nur schlecht."

„Ich kenne die Menschen besser, als du denkst, Anselm. Aber möglicherweise täusche ich mich bei ihr. Ich kann mir noch kein Urteil erlauben. Ich bin ja erst ein paar Tage hier. Kann mir aber auch nicht vorstellen, daß eine Frau, die so ausschaut wie die Lindenhoferin, allein bleiben will fürs ganze Leben."

„Du — da will ich dir was sagen, Mathias." Der Alte richtete sich ein bißchen auf und ächzte dabei, weil ihm das Kreuz weh tat vom Sitzen. „Bis vor kurzem hab ich tatsächlich gemeint, daß sie wirklich allein bleiben will."

Mathias stocherte abermals in der Glut, aber es wollten keine Funken mehr sprühen. Das Feuer war schon fast erloschen. Er warf den Stecken neben sich und verschränkte die Hände um die angezogenen Knie.

„Es gibt Frauen", sagte er dann nachdenklich und langsam, „die wollen nie mehr heiraten, weil sie meinen, sie könnten nicht mehr das Glück der ersten Ehe finden. Aber darauf hast du mir ja vorhin keine Antwort gegeben, als ich gefragt habe, ob sie glücklich gewesen ist."

Das Feuer war nun gänzlich erstorben, und wie ein weißer Schleier legte sich die Asche über die letzte Glut. Irgendwo hörte man Steine gehen in der Wand, aber das war weit weg, so weit vielleicht wie die Sterne, die mit der wachsenden Nacht immer mehr zu werden schienen.

„Der Urban, mein Gott", begann der Alte nach einer langen Weile zu sprechen. „Er war halt ein Bauernmensch, weißt du. Nicht besser und nicht schlechter wie andere auch. Die Sophie kam aus dem Flachland, und mir ist oft gewesen, als hätte sie gefroren auf der einsamen Höhe am Lindenhof. Und daß sie Wärme gebraucht hätte, viel Wärme, wie ein junger Vogel, der aus dem Nest gefallen ist. Ob das der Urban jemals gefühlt hat — ich weiß es nicht. Er hat sich halt gefreut an ihrer Schönheit und Jugend, wie sich ein junger Bauer freut, der es weiß, daß er das schönste Weib hat im ganzen Tal. Und das ist wahr. Schön ist sie gewesen, die Sophie, mit ihren kaum zwanzig Jahren. Der Urban ist mächtig stolz auf sie gewesen, hat sie überall mitgenommen, auf jede Kirchweih, auf jede Festlichkeit. Aber sie ist immer so still geblieben, hat nie richtig lachen können, so herzlich und laut, wie ein junger Mensch lacht, wenn er glücklich ist. Das war dem Urban auch wieder nicht recht, und er hat sie angeschrien: ‚Was machst denn schon wieder für ein Gesicht? Was fehlt dir denn? Hast du nicht alles, was dein Herz begehrt?‘ Aber sie hat nie was darauf gesagt, hat nie geklagt oder gejammert. Auch dann nicht, wenn er mit einem Rausch heimgekommen ist und unten am Wegkreuz schon geschrien hat: ‚Weiberl, schlag's Bett auf, dein Urban kommt und will ins warme Nesterl schlupfen!‘“

Der Alte schwieg und richtete seinen Blick zu den Sternen hinauf. Der Nachtvogel weinte wieder, und einmal ging ein Windstoß über den Wald, der sich anhörte, als hätten die Zweige tief Atem geholt.

Auch Mathias lauschte auf den Wind, und die Erinnerungen fielen ihn wieder an. War das nicht so, als wenn der Wind durch den Dschungel strich? Ein fremder Wind und doch auf eine wunderbare Weise vertraut, weil er dort nicht anders ging als in der Heimat. Und er hatte damals nicht gewußt, wohin der Wind ihn einmal treiben werde, ob es der Wind aller Menschenschicksale war oder ein nicht zu begreifender Wind, der so rätselhaft war wie das Menschenleben.

„Es wird schon so sein, daß sie nicht glücklich gewesen ist", nahm Mathias nun das Wort. „Wenn eine Frau nicht erfüllt wird von dem, was sie erwartet hat, dann verlernt sie das Lachen. Und dies verändert einen Menschen oft fürs ganze Leben, wenn er keine Wärme spürt, keine Nestwärme kriegt."

„Ob sie das bei dem Jäger findet jetzt, das bezweifle ich sehr stark", sprach der Alte mehr für sich selber. Aber Mathias hatte es gut verstanden und spürte merkwürdigerweise einen kleinen Stich dabei.

„Was für ein Jäger?"

„Der Vitus Brenner. Heimlich wie ein Fuchs schleicht er sich nachts an den Hof heran. Dann ruft er wie ein Käuzlein, und sie, die sonst so stolze Lindenhoferin schleicht sich aus dem Haus wie ein Dieb, grad als ob sie sich nicht helfen könnte und ihm folgen müßte."

„Ach, so ist das?" wunderte sich Mathias und dachte bei sich: Das Haus will sie sauber halten, drum schleicht sie sich nachts wie eine niedrige Magd aus dem Haus. Sie rennt der Liebe nach und hebt doch die Brauen, wenn man sie fragt, ob ihr Hof vielleicht ein Klosterhof sei.

Auf dem Dach hatte er heute in glühender Hitze gesessen und eine Fata Morgana in die flimmernde Luft gestellt. Bild um Bild hatte er aneinander gereiht von einer seltsam schönen Frau, die wie eine keusche Dulderin auf einem Berghof saß und peinlich darauf bedacht war, daß alles sauber bleibe im Haus.

„Zum Teufel“, sagte er plötzlich und stand auf. „Alles auf dieser Welt ist doch nur Schein. Komm, Alter, legen wir uns schlafen.“

Er stapfte auf die Hütte zu, und Anselm folgte ihm.

„Du brauchst aber nichts zu sagen von dem, was ich dir erzählt habe“, verlangte der alte Anselm.

Mathias griff nach seiner Schulter und versuchte ihm, soweit die Dunkelheit dies zuließ, in die Augen zu schauen. „Mein lieber Alter, wenn ich gar nichts im Leben draußen gelernt hätte, das Schweigen habe ich gelernt. Aber weil du es schon anschneidest, dann Vertrauen gegen Vertrauen. Darum behalte es auch für dich, was ich für ein Narr war. Ich habe nämlich angefangen, in ihr eine Heilige zu sehen. Aber nun bin ich belehrt und weiß, wie Heilige im Bauernglauben ausschaun.“

Das Lager dieser Nacht war dürftig und hart. Aber Mathias war zu müde, um noch lange grübeln zu können. Nur ein paar Minuten hörte er noch, wie der Alte mit rasselndem Atem ein Vaterunser herunterbetete, dann schlief er ein.

*

Als Sophie Braunfeld merkte, daß Mathias nicht mit dem Almkarren und den Pferden weggefahren war, sondern mit dem Traktor, färbte sich ihr Gesicht mit einer hellen Röte des Zorns.

Niemand hatte es bisher gewagt, sich ihren Anordnungen zu widersetzen, nicht einmal Anselm, dem doch ein gewisses Recht dazu gegeben gewesen wäre. Wenn dieser Mathias Bleibtreu doch das Gegenteil von dem tat, was sie anordnete, dann war es ja zwecklos, wenn er des Abends bei ihr im Stübchen erschien, um sich sagen zu lassen, was am andern Tag zu geschehen habe.

Aber er sollte nur nicht glauben, daß er sich soviel herausnehmen konnte! Sie würde ihm die Leviten schon anständig lesen und es ihm anheimstellen, entweder zu gehen oder sich in die Ordnung fügen, die sie nun einmal nicht aus den Händen lassen wollte und durfte.

Den ganzen Tag überlegte sie, was sie ihm alles sagen würde. Es mußte unbedingt überlegen klingen. Mit aller Schroffheit und Härte wollte sie ihn abkanzeln und ihm klarmachen, daß er hier überhaupt nichts anderes zu spielen habe als die Rolle eines dienenden Knechtes.

Und doch merkte sie am Mittag schon, als sie die Stube betrat und sein Gesicht am Tisch fehlte, daß etwas an ihrem großen Zorn zu wackeln begann und daß er gegen Abend fast ganz in sich zusammenfiel. Daß sie keine Stütze mehr fand, die ihn halten wollte. Und was war schon Zorn, wenn er nicht hellicht im Herzen brennen konnte?

In dem gleichen Maß aber, mit dem ihr die Sicherheit des Zornes verlorenging, wuchs in ihr die Erkenntnis, daß es eigentlich ganz richtig gewesen war, was er getan hatte. Mit dem Traktor waren sie auf alle Fälle viel schneller oben. Und der Traktor wurde in diesen Tagen unten gar nicht gebraucht. Er stünde doch nur in der Garage. Zum Schluß blieb von dem ganzen herrlichen Zorn nur noch ein Gefühl des Beleidigtseins übrig, eine flüchtige Empörung, weil sie nicht gefragt, sondern einfach übergangen worden war.

Mit diesem Gefühl ging sie am Abend über die Stiege hinauf, ging den langen Flur entlang und betrat die Kammer ihres Baumeisters Mathias Bleibtreu. Hier stand sie und sah sich um. Ihr Herz klopfte dabei laut und schnell, wie in Angst, bei einem Unrecht ertappt zu werden. Aber es war doch ihr Haus, es waren keine Türen verschlossen, und sie war schon des öfteren einmal in eine Magd- oder Knechtskammer gegangen, um nachzusehn, ob alles in Ordnung sei.

Jawohl, dieses Recht war ihr gegeben. Aber nicht das Recht, auf den Kasten hinaufzugreifen, um nach dem Schlüssel für den versperrten Schrank zu suchen.

Die Schranktür quietschte ein bißchen, als sie öffnete. Das erste, was ihr in die Augen fiel, war das Bild eines Mädchens von exotischer Schönheit, das er mit ein paar Reißnägeln an die Innenseite der Schranktür geheftet hatte. Daneben hing an einem blauen Band eine runde Medaille, wahrscheinlich ein Orden für Tapferkeit.

Die Lindenhoferin betrachtete das Bild ganz genau. Das Mädchen sah aus wie ein Geschöpf, wie man es manchmal auf Illustrierten sah, mit wenig an, schmalen, langbewimperten Augen und lachendem Mund. Das Haar war ein schöner Putz des Kopfes, um den schlanken Hals trug es eine schillernde Kette aus Glasperlen und an den Ohren lange Ohrringe von derselben Art.

Mit spitzen Fingern hob sie das Bild am unteren Ende ein wenig hoch und konnte lesen: „Zur Erinnerung an Yiuni —“

Als ob sie sich die Finger daran verbrannt hätte, zuckte ihre Hand zurück. In diesem Augenblick hätte sie sich auch nicht von der Stelle rühren können, selbst wenn Mathias zur Tür hereingekommen wäre.

Darum hatte er so hochmütig, ja wegwerfend gesagt,

in diesem Hause sei nichts für seinen Geschmack. So mußte man also aussehen, wie dieses Mädchen mit dem unaussprechlichen Namen Yiuni, um Gnade vor seinen Augen zu finden.

Sie öffnete die andere Schranktür. Pedantisch genau war die Leibwäsche aufeinandergeschichtet. Drei oder vier Anzüge hingen auf der anderen Seite, ein Hut lag oben im Fach.

Als sie den Schrank wieder verschlossen hatte, saß sie eine ganze Weile auf der Kante seiner Bettstatt, die Stirn gesenkt und müde, als hätte sie ein schweres Tagwerk hinter sich. Nun ärgerte sie sich, daß sie hierhergekommen war, ärgerte sich um so mehr, weil sie den Grund nicht erkannte, warum sie es getan hatte. Es war wie ein Zwang gewesen, der sie hierhergetrieben hatte.

Die Hände im Schoß gefaltet, saß sie da, hob einmal den Kopf und sah sich im Raum um. Schmucklose Wände, ein Tisch, ein Stuhl, eine alte Kommode, auf der wiederum peinlich genau die wenigen Toilettenartikel nebeneinander lagen: Rasierpinsel, Rasiermesser, Seife, Zahnbürste und Mundwasser. In der Mitte der Kommode stand eine Schüssel mit Wasser.

Es fiel der Lindenhoferin ein, daß im Speicher droben so eine Art Waschgestell aus Eisen mit Schüssel und Handtuchhalter stand. Kein Prunkstück, aber immerhin noch besser als diese Primitivität hier.

Vielleicht auch noch Vorhänge ans Fenster, einige Bilder. Sie erinnerte sich, daß im Speicher auch ein paar Bilder herumlagen, bunte Öldrucke, ein Wildererdrama und das blutende Herz Marias.

Und das alles für einen Menschen, den du doch nach der Ernte wieder wegschicken willst, Sophie Braunfeld? Sei einmal ganz ehrlich, Lindenhoferin, und suche dir die Frage zu beantworten, warum du so unruhig bist, seit dieser Mann in dein Haus gekommen ist! Ja, ja, du bist unruhig und machst dir Gedanken um ihn, du denkst hinter ihm her wie ein verliebter Backfisch und hast eine ganz merkwürdige Regung empfunden vorhin, als du das Bild des Mädchens an der Schranktür gesehen hast. Sei nur ehrlich, Lindenhoferin, so ehrlich, wie du bei der Steuer bist oder beim Milchverkauf, wenn du so peinlich darauf schaust, ob nicht ein Tropfen Wasser in den Milchkannen nach dem Auswaschen verblieben ist. Dann gib nur weiterhin zu, daß etwas anders geworden ist in deinem Leben. Du weißt nur noch nicht, was es ist. Aber gib es nur zu, so wie du es dir in heimlichen Stunden oft zugibst, daß du wenig Wärme und Zärtlichkeit in deinem Leben empfangen hast. Dein Mann hat dich schon gerngehabt, auf seine Weise eben, mit einer schweren Liebe und sich nur deines Besitzes bewußt. Aber seine Liebe hat dein wirkliches Wesen nicht erfassen können. Dein Blut ist davon nur flüchtig angerufen worden, dein Herz aber hat manchmal leise dabei geweint, und deine Seele hat überhaupt nichts mitbekommen.

Empfindet denn deine Seele jetzt etwas, wenn du dich fröstelnd in die Arme des Jägers Vitus Brenner schmiegst? Dein Herz hat in der letzten Zeit manchmal leise aufgejubelt. Bis vorgestern, bis dieser Fremde vor dir gestanden hat. Da ist es wie ein Wind im Frühling über dein Herz hingegangen. Es ist etwas aufgebrochen in dir, und es ist ganz zwecklos, wenn du dich in den Mantel des Stolzes hüllen willst, denn deine Hände sehnen sich danach, sein Gesicht zu berühren, ganz leise nur mit den Fingerspitzen, denn dein Gefühl sagt dir ja, daß dieser Mann durch eine Hölle gegangen ist.

Und weil die Lindenhoferin nicht unehrlich sein konnte, gab sie das alles zu. Auch den Wunsch, ihre Hand ganz leise auf seine Stirn zu legen, um das Uferlose dabei zu empfinden, die Entbundenheit aus aller Wirrnis, in die sie nun so unversehens hineingeraten war.

Das alles zu erkennen und sich nicht mehr wehren zu können gegen dieses Erkennen, war schuld daran, daß die Frau nun errötete, zuerst kaum merklich in der Dämmerung, in der sie so still saß, dann immer stärker bis unter das Haar, das sich weißblond aus der braunen Stirn hob.

Dann stand sie schnell auf, glättete das Bett wieder und verließ den Raum. Im Flur blieb sie stehen und horchte, ob niemand um die Wege sei. Dann schlich sie hinunter, mit einem scheuen, fast demütigen Ausdruck im Gesicht.

*

Am andern Morgen war sie bereits wach, als sie den Schritt des Lorenz über die Stiege herunterkommen hörte. Unmittelbar darauf kamen auch die Mägde. In der Küche wurden mit heftigem Klirren die Herdringe weggezogen, dann schepperten draußen auf der Hausbank die Milchkübel. Ein wenig später hörte sie den Schritt des Knechtes am Fenster vorübergehen, und wie aus weiter Ferne kam das Tönen des Sensenwetzens vom Anger herauf.

Es war noch sehr früh am Tag. Aber die Vögel

pfiffen schon. Eine Amsel schluchzte betörend in der Trauerweide beim Weiher, und dann war der tönende Schrei des Hahnes wieder da, der seinem Hühnervolk den Tag ankündigte.

Obwohl die Lindenhoferin bei diesen alltäglichen Lauten immer noch eine halbe Stunde liegenblieb, heute stand sie auf und trat ans Fenster. Es war schon so hell, daß sie bis weit in den Anger hinunterschauen konnte, auf dem der Lorenz mähte. Da heute weder der Anselm noch Mathias da war, die Mägde aber im Stall zu arbeiten hatten, mußte wohl sie die Gäule einschirren und das Gras holen.

Natürlich die Gäule, weil ja der Herr Baumeister gestern mit dem Traktor auf die Alm gefahren war. Gestern hatte sie sich darüber geärgert, heute lächelte sie.

Bevor sie aber hinausging in den Stall, stieg sie mit einem Fernglas zum Speicher hinauf. Dort hatte man vom Giebelfenster aus einen weiten Blick in die Ebene hinaus, aber auch in die südliche Richtung zu den Bergen. Der Blick dorthin war schon frei. Nur einzelne Nebelschleier schwammen rötlich beglänzt über den Bergen davon. Saftig und grün leuchteten die Almen. Nur vor der einen Alm, die sie suchen wollte, hob sich wie eine Kulisse der dunkle Fichtenwald. So sehr sie auch am Glas herumschraubte, sie konnte nichts erkennen. Nur als sie es etwas tiefer richtete, sah sie einen Mann über den Grat des Hügelrückens hingehen, ein Gewehr hinter dem Rücken. Genau konnte sie alles ausmachen, die dunkle Kniehose mit den hellen Strümpfen, den grünen Rock und den Rucksack. Alle Dinge schimmerten in der Linse des Fernglases in vielen Farben.

Enttäuscht ließ Frau Sophie das Glas sinken und schlich wieder hinunter, spannte die Pferde ein und holte drunten im Anger das Kühgras.

Gegen Mittag dachte sie, daß es vielleicht nur noch vier oder fünf Stunden dauern könnte, dann mußten die beiden von der Alm zurückkommen.

Es war jetzt noch die stille Zeit vor der Heuernte, in der sich die Lindenhoferin keine Vorwürfe zu machen brauchte, wenn sie sich nach dem Essen im Stübchen drüben ein wenig hinlegte. Sie schlief nicht, hatte nur die Hände hinter dem Kopf verschränkt und starrte mit großen Augen zur Decke hinauf.

Ich darf wegen des Bildes in seinem Schrank gar keine Anspielung machen, dachte sie. Sonst weiß er ja, daß ich in seinen Sachen gewühlt habe. Allerdings, daß sie oben gewesen war, das mußte er ja erkennen. Das Waschgestell stand jetzt dort. Das Bild mit dem blutenden Herzen Marias hing über seinem Bett und dazu ein kleiner Christus. Wegen der Vorhänge wollte sie morgen einmal schauen, wenn sie ins Dorf kam. Vielleicht fand sie etwas Nettes, ein schönes Muster, weiß und rot kariert.

Es braucht nicht alles gar so schön zu sein! spöttelte eine zweite Stimme in ihr. Nach der Ernte wird sowieso wieder niemand mehr in dieser Kammer schlafen. So von ihren Gedanken hin und her gerissen, wollte sie ihn jetzt doch wieder entlassen nach der Ernte, weil sie das Gefühl hatte, daß sie immer tiefer in eine Wirrnis hineingeriet. Die Situation war bereits in ein drohendes Stadium geraten. Müßte sie sonst unentwegt an diesen Mann denken?

Da wurde robust die Tür aufgestoßen. Es war die Martha, die genauso robust sagte: „Bäuerin, der Viehhändler Matz ist da. Soll ich ihn wieder fortschicken?"

Ärgerlich richtete sich die Lindenhoferin auf. „Anzuklopfen brauchst du wohl nicht?"

Da schloß die Martha die Tür, klopfte an und erschien wieder. „Der Viehhändler Matz wär' draußen."

„Ja, ich komme gleich. Aber wenn du schon einmal drinnen warst, brauchst du nicht mehr anzuklopfen."

Sie ordnete ihr Haar ein wenig, strich die Falten an ihrem Rock glatt, fuhr in die Lederpantoffeln und ging hinaus.

Im Hof stand der graue Wagen des Viehhändlers Tobias Matz. Der Viehhändler war mehr dick als groß, ein lustiger Kerl, der jeden Viehverkauf zuerst mit einem Witz einleitete. Das mausgraue Hütl saß wie ein Tüpferl auf dem i auf seinem breiten Schädel.

Als er der Lindenhoferin ansichtig wurde, ging sein gesundes, rotes Gesicht in die Breite. Mit dem Finger sein Hütl aus der Stirn schiebend, sagte er: „Zacklzement! Was tust denn du grad? Du wirst ja mit jedem Tag schöner und jünger."

„Geh, du Sprüchmacher!" lachte die Lindenhoferin. „Ich mag wetten, daß du das gleiche vor einer halben Stunde auch der Puttkammerin drüben gesagt hast."

„Stimmt, aber da hab ich gelogen. Doch bei dir ist es wahr. Du liebs Herrgöttle von Biberach, wenn ich dich so anschau, merk' ich erst, was ich daheim für ein Graffl hab. Was hast denn du bloß für ein Mittel, daß du dich so jung erhältst?"

„Außer meinen Jahren gar keines."

„Stimmt auch wieder", lachte der Matz und zog aus einer Lederhülse eine Virginia. „Aber die meine wär auch erst fünfunddreißig und wiegt gut ihre zwei Zentner."

„Dann paßt sie genau zu dir.“

„Sie frißt auch für drei. Und wenn ich ihr hundertmal sag —“ er setzte seine Virginia in Brand und wußte hernach nicht mehr, was er hatte sagen wollen. Darum kam er jetzt gleich zu seinem üblichen Witz.

„Da begegnen sich auf einem Spaziergang der Doktor und der Totengräber. Der Doktor will besonders nett und höflich zu dem Mann sein und betitelt ihn: Guten Morgen, Herr Versenkungsrat. Der Totengräber will nicht minder höflich sein und antwortet: Guten Morgen, Herr Lieferant!“

Weil die Lindenhoferin darüber nicht lachen konnte, wie es der Matz erwartet hatte, lachte er selber um so lauter. Dann schwenkte er auf das Geschäftliche über.

„Was ist jetzt mit deiner Mißgeburt von Stier? Ist er dir immer noch nicht feil?“

„Doch, ich geb ihn her, wenn du mir einen anständigen Preis dafür bietest.“

„Schaun wir ihn noch mal an“, sagte der Matz und stiefelte in den Stall. Kurz und geduckt stand der Stier da, nicht ganz zweijährig, schön fett, so wie ihn die Wurstfabrikanten wünschten. Ein Prachtexemplar seiner Rasse, aber der Matz nannte ihn Mißgeburt.

„Elfhundert, wie ich schon gesagt hab, und keinen Pfennig mehr.“

„Das ist mir zu wenig. Hab zwar die Marktpreise in den letzten Tagen nimmer gehört, aber elfhundert ist mir auf alle Fälle zu wenig.“

Sie traten wieder hinaus ins Freie. In diesem Augenblick fuhr Mathias mit dem Traktor in den Hof. Anselm war schon hinten beim Weiher abgestiegen, weil er nicht dabeisein wollte bei dem großen Krach, den es jetzt unweigerlich geben mußte.

„Hast du da einen Neuen?“ fragte der Viehhändler und zündete seine erloschene Virginia wieder an.

„Ja, einen Ernteknecht“, antwortete die Lindenhoferin und spürte genau, daß sie sich selbst etwas vorlog.

Die Virginia brannte, und der Matz drängte nochmals: „Also, Lindenhoferin, weil du es bist, und weil ich noch öfter mit dir einen Handel machen will — elfhundertfünfzig. Das ist aber mein letztes Wort.“

„Ich weiß nicht recht“, meinte Frau Sophie und schaute wie gebannt über den Hof hin.

Mathias war vom Traktor gesprungen und kam nun langsam über den Hof. Er warf die Zigarette weg und trat mit dem Fuß darauf. Dann nickte er zu den beiden her.

„Mathias“, rief ihm die Lindenhoferin zu, und ihre Stimme klang ganz eigentümlich hell. „Komm einmal her, du verstehst doch sicher auch was vom Viehhandel?“

„Ich weiß nicht. Um was geht es denn?“

„Er will mir den gefleckten Stier abkaufen. Übern Kopf um zwölfhundert Mark.“

„Elfhundertfünfzig, hab ich gesagt“, verbesserte der Matz.

Mathias lachte, zog sein Taschentuch heraus und wischte sich damit über die Stirn. „Das wär ein schlechtes Geschäft. Ich hab ihn zwar noch nicht genau angeschaut, aber nach meiner Schätzung hat er fünfzehn Zentner.“

Der Viehhändler zog erschrocken die Augenbrauen hoch. „Du willst mich wohl zu einem armen Mann machen? Wo soll denn das Krischperl seine fünfzehn Zentner herhaben?“

„Schaun wir uns doch das Krischperl noch mal an", riet Mathias. „Wenn man euch Viehhändler hört, verdient ihr nie was. Dabei hat heute jeder ein Mordstrumm Haus und ein paar Autos."

„Warum nicht gleich fünf?" fragte der Matz bissig und folgte dann doch in den Stall.

Mathias griff den Stier ab, maß mit schmalen Augen Länge und Breite und sagte dann trocken: „Unter vierzehnhundert würde ich ihn auf gar keinen Fall hergeben."

Die Bäuerin warf ihm einen erstaunten Blick zu. „Meinst du wirklich, Mathias?"

„Laß ihn doch auswiegen und verkauf ihn nach dem Gewicht, dann wird es sich schon herausstellen."

Die Lindenhoferin hatte von allem nur herausgehört, daß er sie soeben zum erstenmal geduzt hatte. Sie wußte selber nicht, warum sie sich darüber freute. Ihn voll ansehend, fragte sie: „Wenn er aber dann weniger bringt als zwölfhundert?"

Mathias sah sie fast mitleidig an. „Das glaubst du doch selber nicht, Bäuerin. Und wenn ich mich wirklich getäuscht haben sollte, dann zahle ich das andere drauf."

Wohl oder übel mußte der Matz jetzt darauf eingehen. Der Blick, dèn er dabei Mathias zuwarf, war nicht gerade freundlich. Er war überzeugt, daß er der Lindenhoferin den Stief noch für zwölfhundert abgeschwatzt hätte, wenn dieser Kerl nicht dazugekommen wäre.

„Also gut, dann müßt ihr ihn morgen früh zur Waage hinuntertreiben", entschied er sich schließlich.

„Kommt gar nicht in Frage", sagte Mathias. „Durchs Treiben verliert er zuviel Gewicht. Für was hast denn du deinen Anhänger, daß du ihn abholen kannst?"

Dem Matz war die Virginia wieder ausgegangen. Während er sie nochmals anzündete, schielte er über das brennende Zündholz in die Gesichter der beiden. Es kam ihm ein bißchen verdächtig vor, daß ein Erntekrecht, den man sonst doch nur auf vier, höchstens sechs Wochen dingte, hier so viel zu sagen hatte.

„Ich bin aber dann um fünf Uhr früh schon da", verkündete er, ging zu seinem Wagen, stieg ein und kurbelte das Fenster herunter, um den beiden noch versichern zu können, daß sich der Viehhandel kaum mehr lohne, und daß er bei diesem Stier ganz bestimmt draufzahlen werde.

„Muß er ihn unbedingt nehmen?" fragte Mathias lachend. Die Lindenhoferin schüttelte den Kopf. Dann sahen sie zu, wie der Viehhändler langsam im Hof eine Kehre zog und hinausfuhr.

„Ich glaube", sagte Mathias, „der hätte mich am liebsten verwünscht, weil ich ihm ins Geschäft gepfuscht habe."

„So ganz ist das noch nicht entschieden", antwortete die Bäuerin. „Es kann auch sein, daß du draufzahlen mußt." Dann sah sie in sein Gesicht, das in den zwei Tagen auf der Alm noch brauner geworden war. Einen Augenblick war ihr zu Mute, als müsse sie ihm die Hand geben, aber dann sagte sie nur:

„Es war ein Glück, daß du so früh heimgekommen bist." Ihre Stimme war auf einmal ganz weich und klingend. Das ließ ihn unwillkürlich aufhorchen. Hatte ihm doch der Anselm auf der ganzen Heimfahrt klarmachen wollen, daß er sich auf einen fürchterlichen Krach gefaßt machen müsse. Aber nichts von dem. Bis jetzt wenigstens nicht. Und nach soviel Weichheit in der Stimme konnte sie doch nicht auf einmal wieder umschwenken zu Schelten und Schreien.

Sie gingen nebeneinander zur Haustür. Beim Brunnen blieb er stehen, legte seine Joppe auf die Bank und begann sein Hemd aufzuknöpfen. Dabei sagte er:

„Du mußt entschuldigen, daß ich den Traktor genommen habe und nicht die Pferde, wie du gemeint hast."

Ja, das war eine Frechheit, hätte sie jetzt sagen und überhaupt die ganze Skala der Vorwürfe, die sie sich zurechtgelegt hatte, auf ihn herabprasseln lassen müssen. Aber er hatte sich doch so nett entschuldigt, daß ihre ganze Rede im Konzept schon hängenblieb. So sagte sie unschuldig wie ein Kind, das etwas nicht verstanden hatte: „Aber nein, wieso denn?"

„Ja, weil ich eben doch etwas anderes getan habe, als du es wolltest. Aber laß dir einmal erklären. Wären wir mit dem Fuhrwerk hinauf, dann würden zunächst einmal vier Stunden Arbeitszeitverlust dringewesen sein, und wir wären erst heute am späten Nachmittag heimgekommen."

„Dann hätte ich wahrscheinlich den Stier doch für zwölfhundert Mark hergegeben."

„Das noch nebenbei."

„Nein, nein, es war schon recht so. Willst du dich waschen? Ich bringe dir gleich ein Handtuch."

Sie ging ins Haus, Mathias zog das Hemd über den Kopf und wusch sich gründlich den Staub der letzten zwei Tage vom Körper. Als er einmal den Kopf hob, sah er den weißen Schädel des Anselm hinter dem Querstadel hervorlugen. Er hob die Hand und winkte ihm. „Komm nur, Anselm, es ist schon alles vorbei."

Die Bäuerin kam mit einem Handtuch, wartete geduldig, bis er prustend den Kopf aus dem eiskalten Wasser zurückzog, und legte ihm dann das Handtuch über die nackte Schulter.

„Kommt hernach 'rein zum Vespern."

Mathias dachte, daß er die gute Laune gleich ausnützen und eingestehen könnte, daß sie von dem mitgegebenen Bier nichts mehr heimbrächten. Der Anselm hatte auch darüber Vorhalte befürchtet.

„Was ich noch sagen will, Bäuerin — Bier haben wir keins mehr mit heimgebracht. Die Hitze auf dem Dach war zu groß und —"

„Aber nein, wie kommst du denn darauf? Wenn man Durst hat —"

„Muß man trinken, wenn man was hat", unterbrach er sie. „Und wir hatten was."

„Ich habe mir schon Vorwürfe gemacht, ob ich euch nicht zu wenig mitgegeben hätte", sagte sie und ging wieder ins Haus.

„Siehst du, was hab ich denn gesagt?" lachte Mathias und blinzelte den Anselm an. Der schüttelte den Kopf.

„Ich weiß selber nicht, ganz verwandelt ist sie."

In der Stube, in der es so schön kühl war, tischte die Lindenhoferin den beiden eine Brotzeit auf, als seien sie zu Besuch gekommen. Rauchfleisch und Butter, Käse und Brot. Dazu einen Krug frisches Bier. Sie saß dabei und ließ sich erzählen, wie es droben auf der Alm ausgesehen habe. Mathias sprach kaum etwas, um so eifriger redete Anselm und verschwieg nicht, daß Mathias das Dach ganz allein ausgebessert habe und er selber eigentlich gar nicht viel nütze gewesen sei. Dies ließ nun Mathias wieder nicht gelten und nahm den Alten in Schutz.

„Für dein Alter werkelst du noch ganz schön. Wer hätte mir denn geholfen die Stempen einschlagen, wenn nicht du?“ Und dann wechselte er das Thema und sagte, daß man morgen unbedingt mit dem Silogras-Mähen anfangen müsse.

Dies wäre eigentlich am Abend, wie gewöhnlich, im Stübchen abzusprechen gewesen. Aber Mathias dachte nicht daran, sich an das Hergekommene zu halten.

„Morgen mähen wir Gras für den Silo“, wiederholte er.

Die Lindenhoferin konnte, um ihr Ansehen nicht ganz zu verlieren, nur sagen: „Ja, daran habe ich auch schon gedacht.“

„Das ist recht, es freut mich, Bäuerin, wenn wir uns verstehen. Drunten in Anger steht das Gras so hoch und dick, daß wir ruhig anfangen können. Ich werde hernach noch den Messerbalken am Traktor befestigen und die Maschinenmesser schleifen.“

Jetzt nickte sie überhaupt nur noch ganz ergeben, als wolle sie damit andeuten: Es hilft ja nichts, wenn ich was sage. Der tut ja doch, was ihm paßt. Das einzig Tröstliche dabei war, daß nur der alte Anselm Zeuge von soviel Eigenmächtigkeit war und nicht die andern auch. Nur um überhaupt noch einen eigenen Standpunkt zu dokumentieren, fragte sie jetzt den Anselm:

„Wie steht es droben auf der Alm? Können wir nächste Woche das Vieh hinauftreiben?“

„Ohne weiteres. Ich glaub, beim Sellhammer haben sie schon aufgetrieben. Wenigstens hab ich gestern g'meint, ich hör was läuten, übern Luchtenwald her.“

„Dann kann die Martha — heut haben wir Freitag — sagen wir, am Montag aufziehn“, bestimmte die Bäuerin und sah dabei den Mathias so an, als wolle sie damit sagen: Dies geht nun doch nach meinem Willen.

Mathias deutete den Blick anders und sagte: „Davon verstehe ich zuwenig. Wir hatten keine Alm, und ich kann nicht beurteilen, ob es rentabel ist."

„Unrentabel wäre es, die Almgründe nicht auszunützen", erklärte die Bäuerin. „Es sind immerhin achtzig Tagwerk Almgrund."

„Soviel hab ich geschätzt, den Zäunen nach. Aber wie gesagt, da bin ich nicht im Bilde und kann nicht wissen, was besser ist."

„Alles kann man auch nicht wissen", meinte die Lindenhoferin, und ihr Gesicht hatte dabei den Ausdruck stiller Genugtuung.

Mathias nahm einen tiefen Schluck Bier und lehnte sich zurück.

„Soviel ich gesehen habe, lieferst du täglich an die vierhundert Liter Milch an die Molkerei. Droben auf der Alm wird die Milch verbuttert. Fragt sich nur, was bringt mehr ein? Die vierhundert Liter Milch oder die ein oder zwei Zentner Butter wöchentlich."

„So kann man da wohl nicht rechnen", erklärte die Lindenhoferin.

„Wie denn dann? Hier unten kann elektrisch gemolken werden. Droben auf der Alm gibt es keinen Strom, also ist auch der Arbeitsvorgang viel umständlicher." Er stand auf, zog den Lederriemen an seiner Hose enger und schob sich hinter dem Tisch hervor, ging dann über den Hof, um den Mähbalken an den Traktor zu schrauben.

Ein bißchen betreten schaute die Lindenhoferin zum Fenster hinaus. Dann fragte sie den Anselm: „Wie ist er denn so in der Arbeit?"

„Wie ein Wilder hat er geschuftet. Sonst wären wir ja noch nicht da. Und wenn ich ehrlich bin — zuerst hab ich mich auch geärgert, weil er den Traktor genommen hat; aber dann hab ich doch einsehen müssen, daß es richtig war."

„Ich hab ja auch nichts gesagt, oder?"

„Nein, du hast nichts gesagt, und — das wundert mich."

„Ja, mich selber. Und morgen will er Gras für den Silo mähen. Zu früh ist es doch nicht?"

„Ach, woher denn. Warum sollen wir nicht einmal die ersten sein? Auf den Puttkammer brauchst nicht warten, die hinken ja allweil hintnach."

Die Lindenhoferin war jetzt ans Fenster getreten und schaute zu, wie Mathias mühelos den schweren Mähbalken hob und befestigte.

„Wissen möcht ich, was in seinem Kopf so vorgeht."

„Der weiß schon, was er will."

„Das mit der Alm paßt ihm offenbar gar nicht recht."

„Er hat aber zugegeben, daß er davon nichts versteht."

„Jetzt bin ich bloß neugierig, ob er mit dem Stiergewicht recht hat", sagte die Lindenhoferin noch, dann ging sie in die Küche hinaus. Es war schon bald Zeit, das Abendessen herzurichten. Der Lorenz und die zwei Mägde waren beim Kartoffelhacken drunten am Acker und mußten auch bald kommen. Anselm war bereits im Stall und warf den Kühen etwas Klee vor. Während die Bäuerin in der Küche hantierte, dachte sie darüber nach, daß an dem Gespräch vorhin in der Küche etwas unvollendet geblieben war. Mathias hatte gewisse Zweifel angemeldet. Am Abend, wenn er ins

Stübchen kam, konnte man ihm vielleicht diese Zweifel ausreden oder zergliedern.

Sie mußte in den Pflanzgarten und etwas Schnittlauch holen. Dabei blieb sie doch wieder vor ihm stehen und mußte sagen: „Wie du das schnell kannst! Sonst haben sie immer zu zweit lange hingemurkst."

Er richtete sich auf und fuhr sich mit dem Handrücken über die Stirn. „Da ist doch nichts dabei. Man muß bloß wissen, wo man hinlangen muß. Unmöglich ist gar nichts, und wenn es sein muß, spann ich auch eine Sau ein."

Ja, so ulkige Einfälle hatte er zuweilen, und die Lindenhoferin mußte lachen. Sie stand vor ihm, das Messer in der Hand, eine blaue Schürze über dem Rock, und lachte. „Ja, das traue ich dir zu", sagte sie. „Übrigens, ich habe nachgedacht, es kommt so ziemlich aufs gleiche 'raus — Milch oder Butter."

Mathias schaute sie nachdenklich an. Eine ganze Zeit. Dann sagte er: „Dann kommt es eben nicht aufs gleiche raus, denn du mußt ja die Butter droben erst holen und in die Molkerei bringen."

„Nein, auf den Wochenmarkt in die Kreisstadt."

„Ja, eben. Dann mußt du die Zeit rechnen, den Transport und so weiter."

„Ich kann mit dem Wagen hinauffahren. Zeit spielt also weniger eine Rolle."

„Ja, aber du brauchst Benzin, Reifenabnützung und was sich sonst noch alles anhäuft. Ich glaube, man muß da doch anders rechnen."

Sie sah über ihn hinweg ins Tal hinunter und fragte erst nach einer Weile: „Was würdest dann du tun?"

„Nur Jungvieh auf die Alm. Und wenn du nicht selber genug hast, dann nimmst du von andern Bauern

Jungvieh mit und verlangst fürs Stück so und so viel. Wir daheim haben auch immer zwei oder drei Stück für den Sommer einem Bauern mitgegeben, der eine Alm hatte. Ich weiß bloß nicht mehr, was wir dafür bezahlt haben. Aber das läßt sich ja ausrechnen."

„Für heuer ist das wohl schon zu spät. Aber so abwegig scheint mir dein Vorschlag nicht zu sein. Wir werden heute abend nochmal darüber reden. — Übrigens, von Autos verstehst du wohl nicht viel?"

„Es kommt drauf an."

„Mein Wagen springt immer so schwer an."

„Will mal nachsehen. Kann ich die Schlüssel haben?"

„Sie hängen im Stübchen gleich neben der Tür."

Das, was die Lindenhoferin so großartig „meinen Wagen" nannte, war ein graues, verwittertes Vehikel, so eine Art Kübelwagen mit Vierradantrieb, den der Urban Braunfeld noch gekauft — und wohl auch nicht mehr neu gekauft hatte.

Mathias öffnete die Kühlerhaube und beugte sich darüber, holte sich das Bündel Werkzeug hervor und begann zu arbeiten. Zunächst schraubte er die Zündkerzen heraus und lächelte. „Das glaub ich freilich, daß er schlecht anspringt."

Er putzte die Zündkerzen mit der Stahlbürste, kontrollierte den Elektrodenabstand und schraubte sie wieder ein. Dann nahm er den Vergaser auseinander, säuberte ihn und besserte ein defektes Kabel aus. Dann ließ er den Wagen anspringen, der sofort reagierte. Er drehte ein paar Runden im Hof, hielt dann vor dem Küchenfenster, an dem die Lindenhoferin mit strahlendem Gesicht stand, und fragte: „Wann war denn der Wagen zum letztenmal beim Kundendienst?"

„Ich glaube, vor zwei Jahren."

„Aha, dann wundert mich nichts. Auf alle Fälle, jetzt geht er wieder."

„Wie du einfach alles fertigbringst?" fragte sie staunend und lobend zugleich.

„Ich hab dir ja schon gesagt, wenn es sein muß, spann ich auch eine Sau ein."

Danach brachte er den Wagen wieder in die Garage, und dann brauchte er wirklich heißes Wasser und viel Seife, denn seine Hände waren ölverschmiert bis zu den Ellenbogen hinauf. Aber erst mit Bimsstein und etwas Benzin bekam er sie wirklich ganz sauber, und heute wurde es durch sein Verschulden mit dem Abendessen etwas später. Er hatte nicht auf die Uhr geschaut und schaute auch hernach nicht auf die Uhr, ging langsam über die Jährlingsweide hinauf, saß dann später noch am Weiher, und als er endlich ins Haus ging, war das Licht im Stübchen erloschen. Die Lindenhoferin hatte vergeblich auf ihn gewartet, hatte resigniert die Cognacflasche mit den zwei Gläsern wieder weggestellt und war zu Bett gegangen.

*

Es war so schön, wenn das Land noch im Schweigen der Frühe lag. Die ganz leisen Töne, wenn der Tau von den Blättern tropfte, der feine Morgenwind in den Kronen der Lindenbäume hinterm Haus, der beglänzte Nebel zwischen den hellen Birken im fernen Moor draußen, das Verblassen der Sterne. Das Bellen eines Hofhundes, weit entfernt, und das rührige Geschnatter der Enten, die schon aus ihrem Pferch zum Weiher wollten.

Um diese frühe Stunde kam der Viehhändler Matz mit seinem Anhänger, um den Stier abzuholen. Aber Mathias war noch früher dran gewesen und hatte dem Stier bereits einen Kübel voll Kraftfutter vorgeworfen, das schon vertilgt war. Der Barren war reingeschleckt, und der Viehhändler nickte zufrieden.

„Du bist ja schon früh dran“, begrüßte ihn Mathias.

„Zu euch Bauern kann man nie früh genug kommen“, antwortete der Matz. „Habt ihr ihn etwa noch mal vollgefüttert? Der Wampen nach könnte man es fast annehmen.“

„Dann hast du ihn gestern zu wenig angeschaut.“

„Hilfst mir jetzt beim Verladen?“

Natürlich half ihm Mathias und ärgerte sich, daß nun wohl er selber mit hinunterfahren mußte ins Dorf, damit das Wiegen ehrlich vonstatten ging. Und er wollte es ganz ehrlich tun, nicht den alten Bauerntrick anwenden, etwa mit dem Fuß auf die Waage zu treten während des Wiegevorgangs.

In diesem Augenblick aber trat die Lindenhoferin aus dem Haus, in Halbfeiertagskleidung, ein seidenes hellblaues Fransentuch um die Schultern geschlungen, das Haar noch schöner aufgesteckt als sonst.

„Ach, Mathias, möchtest du mir nicht den Wagen aus der Garage fahren?“

Dies hätte er sowieso im Sinn gehabt, er zögerte nur noch ein paar Sekunden, weil ihn ihr Anblick doch etwas faszinierte.

Als der Stier im Anhänger verfrachtet war, kratzte sich der Matz hinter den Ohren, denn jetzt, im Freien, wirkte das Tier größer und imposanter als drinnen im Stall. Jetzt hätte er bedenkenlos dreizehnhundert bieten wollen. Er bot sie auch, aber nun bestand die Lindenhoferin aufs Wiegen.

Langsam fuhr sie mit ihrem Jeep hinterher, Mathias aber bestieg den Traktor, ließ ihn im Hof noch eine Weile leerlaufen, bis er merkte, daß auch die andern davon wachgeworden waren. Dann fuhr er auf die große Hangwiese hinunter und begann zu mähen.

Die Sonne kam herauf, aber sie hatte nicht den makellosen Glanz wie sonst. Es war, als trübte ihr der jämmerliche Wind von Westen her den hellen Glanz. Mathias schaute ein paarmal in diese westliche Richtung. Das Wetter wollte anscheinend umschlagen. Er maß dann mit den Augen die Breite aus, die er mähen wollte, gerade soviel, daß man das Grün am Nachmittag heimfahren und im Silo bergen konnte, bevor der Regen kam. Es wäre eine schöne Blamage, wenn es dreinregnen würde und die Lindenhoferin sagen könnte: „Ich hab ja nicht angeschafft, daß gemäht werden soll."

Die Frühmeßglocke läutete vom Kirchturm, und auf dem andern Hügel drüben begann jetzt auch eine Mähmaschine zu rattern. Das war der Hummer von Moos. Der Frühzug fuhr mit schrillem Pfiff aus der Station, und hernach sah man den gelben Kasten des Postomnibusses in die andere Richtung hinausfahren, wo es zur Kreisstadt ging.

Weil sie schon einmal da war, ging die Lindenhoferin in die Frühmesse. Den „Bergesel", wie man im Dorf ihren Jeep nannte, hatte sie im Schatten der Kastanienbäume beim Adlerwirt untergestellt, war nochmals zurückgegangen, um nachzusehen, ob sie die Bremse wirklich angezogen hatte, weil er schon einmal selbständig geworden und über den Dorfplatz hinuntergerollt war, zum Glück direkt in den Streuhaufen des Moserbauern hinein.

In der Kirche war es wohltuend kühl. Die Kerzen am Altar brannten bereits, der Mesner ging mit einem Staubtuch umher und wischte den Staub von einem der Seitenaltäre. Er hätte ruhig auch einen Besen mitnehmen können, denn zwischen den ausgebreiteten Armen des Märtyrers, des heiligen Sebastian hingen recht deutlich sichtbar Spinnweben, genau wie am Schnitzwerk des Predigtstuhles, von dem aus sonntags der Herr Pfarrer seine geharnischten Predigten auf die Häupter seiner Lämmlein niederprasseln ließ; denn die Zeiten waren viel lockerer geworden, und es mangelte an der rechten Demut.

Die Lindenhoferin aber empfand an diesem Morgen so etwas wie Demut. Ihr Herz war voller Bedrängnis einerseits, andererseits war es fröhlich beschwingt. Sie wollte mit beidem zu ihrem Herrgott kommen, mit dem bedrängten und mit dem fröhlichen Herzen, auf daß er ihr helfe, die Bedrängnis fortzunehmen und das Fröhliche auf den rechten Weg hinzuweisen.

Der Marr, ein krummrückiger alter Kleinhäusler hastete, mit Gebetbuch und dem Rosenkranz in der Hand, an ihr vorbei. Wahrscheinlich, dachte die Lindenhoferin, stand dieser gekrümmte Greis Gott näher als sie, denn Gottes Liebe mußte doch den Geplagten dieses Lebens mehr zustehen als den Jungen und Aufrechten. Aber es war wohl müßig, solchen Dingen nachzugrübeln, wenn es doch galt — und darum war sie hauptsächlich in das Kühle der Kirche getreten — Gott zu bitten, daß er ihr Klarheit schenke, besonders ein bißchen Hilfe in der Verwirrung, in die sie hineingeraten war.

Als sie nach einer halben Stunde — so lange hatte die Messe gedauert — heraustrat, verweilte sie noch einige Minuten vor dem Grab ihres verstorbenen Mannes. Mit einem stillen, nachdenklichen Gesicht stand sie da, gerade als ob sie bis in die Tiefe des Grabes hinein fragen hätte mögen, ob sie denn in allem recht tue. Aber es kam keine Antwort heraus. Nur eine Amsel sang im Wildrosenstrauch hinter dem Grabkreuz des Seilermeisters Steindl.

Der Himmel hatte ein mattes Blau. Manchmal verkroch sich auch die Sonne hinter Nebelschleiern. Beim Adlerwirt trieben die Metzger gerade aus dem Stall ein Schwein, das erbärmlich schrie, als wüßte es um sein nahes Ende, und daß der Gemeindeschreiber Schellhorn um halb zehn Uhr im Schlachthaus erscheinen werde, um von diesem edlen Borstentier das köstliche Stichfleisch heiß aus dem Kessel heraus zu bekommen.

Die Läden hatten inzwischen auch geöffnet. Das heißt, viele Läden gab es in Holzhausen nicht. Der Kramer gleich neben der Kirche führte so ziemlich alles, von der Schuhcreme über Limburger Käse bis zur weiblichen Unterwäsche und Hosenträgern für die Mannsbilder. Dann war weiter unten noch der kleine Laden der Emilie Boriegl, in dem auch Milch und Butter zu haben war. Dann die Bäckerei Wolf und der Metzgerladen beim Adlerwirt.

Das Ladenglöcklein beim Kirchkramer läutete melodisch. Es waren eigentlich mehrere Glöcklein hintereinander, die beim Öffnen und Schließen der Ladentür von einem dünnen Stäbchen berührt wurden und zusammen einen melodischen Klang ergaben. Der junge Hilfslehrer Dörner behauptete, es seien die Anfangstöne der Ouvertüre von Lortzings Oper „Der Wildschütz".

Auf alle Fälle kam auf das Glöckleinläuten hin die Kirchkramerin Verena Langenbergsteiner, die so behäbig und breit war wie ihr Name, aus ihrer Küche geschlängelt und strahlte freundlich.

„Ah, die Lindenhoferin ist heut schon herunten. Hab dich schon in die Kirche huschen sehen. Ist vielleicht gar der Jahrestag von deinem Seligen?"

„Nein, ich hab was zu tun gehabt herunten. Und man kann ja auch außer der Zeit einmal in die Kirche gehn."

„Da hast recht. Man kann gar nicht genug tun für sein Seelenheil. Was darf es denn sein? Ein Packl Rauchtabak, wie gewöhnlich?"

„Ja, auch. Und Zigaretten. Gute aber. Eine große Schachtel. Und was hast denn für einen Wein?"

„Ganz gute Sorten, von zwei Mark fünfundsiebzig bis acht Mark."

„Dann nehm ich den Gumpoldskirchner um acht Mark."

Zucker brauchte sie noch, ein Pfund Bohnenkaffee, Reis, Essig und Öl. Es fiel ihr immer noch etwas ein. Zum Schluß machte es über zwanzig Mark. Ein Grund für die Kirchkramerin, erst recht freundlich zu sein.

„Sonst geht es dir allweil gut?" knüpfte sie das übliche Gespräch an.

„No ja, viel Arbeit halt. Aber wenn man gesund ist —"

„Das kann man bei dir wohl sagen. Du schaust grad aus wie das blühende Leben. Hast jetzt einen neuen Knecht? Freilich, mit dem Anselm ist halt gar nichts mehr los, gell?"

„Mit siebzig wird bei uns auch nimmer viel los sein", antwortete die Lindenhoferin und dachte sich: Woher weiß denn die schon wieder, daß ich einen neuen Knecht habe?

Aber gerade bei der Kirchkramerin hatte sich Mathias bei seinem Ankommen Zigaretten gekauft und nach dem Weg zum Lindenhof gefragt.

Hernach ging sie noch zur Metzgerei, und dann war die großmächtige Einkauftasche voll.

Der „Bergesel" sprang sofort an, und die Lindenhoferin war sogleich wieder bereit, ihrem Baumeister alles Lob zuzugestehn, weil er sich in allem so zu helfen wußte. In der Mechanikerwerkstatt in der Kreisstadt hätten sie sicherlich für die Reparatur wieder vierzig oder fünfzig Mark verlangt. Wenn man selber von den Dingen nichts verstand, dann verlangten die, was sie wollten.

Immer mehr verschwand die Sonne hinter dünnen Wolkenschleiern, und im Westen wurde der Himmel immer grauer. — —

Von weitem schon sah sie den Mathias auf dem Traktor. Er hatte fast die ganze Breite gemäht, während der Lorenz mit der Sense den Graben und den Rain ausputzte.

Am Ende der Wiese hielt sie an und wartete, bis Mathias herankam. Er stellte den Traktor ab und sah sie erwartungsvoll an.

„Wie steht's denn? Muß ich was draufzahlen?"

Sie lächelte ihn still an und sagte: „Fast dreihundert Mark mehr hat er gebracht, als mir der Matz sonst bezahlt hätte. Du hast gut geschätzt, Mathias." Sie langte in die Tasche und holte die Zigarettenschachtel heraus. „Da — fang auf! Ich weiß nicht, ob es die richtige Sorte ist.“

Ganz kurz leuchtete es in seinen Augen auf. Dann zündete er sich gleich eine Zigarette an. „Ich danke recht schön.“

„Geh, ist doch kaum der Rede wert. Bist ja schon bald fertig mit der Breite. Aber ’s Wetter, mein ich, schlägt um?“

„Ja, bis zum Abend kann es regnen. Sag zum Anselm, er soll ein paar Wagen herrichten und soll mit der Martha und der Loni ’runterkommen.“

„Ist recht“, antwortete Frau Sophie, und es fiel ihr gar nicht ein, gekränkt zu sein, weil er jetzt einfach anordnete, was zu geschehen hatte.

Im ersten Gang fuhr sie den Steilhang hinauf, rief von weitem dem Anselm das zu, was ihr Mathias gesagt hatte, und eilte beschwingt und ganz aufgelockert ins Haus.

Noch nie oder nur selten hatte sie mit solcher Freude am Herd gestanden. Sie stellte Rindfleisch auf für eine Suppe und bereitete saure Leber vor. Sie war nicht geldgierig, aber es freute sie so, daß Mathias recht gehabt hatte. Dieser Mathias, das hatte er bewiesen, erfaßte blitzschnell alles. Ihm hatte sie es zu verdanken, daß sie jetzt fast dreihundert Mark mehr in der Tasche hatte, und darum war sie bereit, ihm manches nachzusehen. Auch seine kleinen Eigenmächtigkeiten. Und nicht nur das allein. — —

*

Sie hatten genau das in den einen Silo gebracht, was Mathias am Vormittag gemäht hatte, dann war der Regen gekommen aus diesem grauen Wolkensaum, der den ganzen Nachmittag so drohend im Westen gestanden hatte.

Es war ein guter Feierabend jetzt, in dem Bewußtsein, daß es geschafft war. Sie saßen in der Stube bis auf die Bäuerin, die nie am Abend auf längere Zeit hier war, sondern drüben in ihrem Stübchen.

Draußen stöhnte der Wind um die Kanten der Mauern, rauschte der Regen so laut, daß es den nahen Wasserfall übertönte.

Im kleinen Stübchen brannte bereits die Lampe. Die Vorhänge waren zugezogen, damit niemand hineinsehen konnte, und das war ganz gut, denn die Frau hatte zwei Weingläser auf den Tisch gestellt und die Flasche mit dem Gumpoldskirchner. Mathias sollte ihn mit ihr trinken auf das gute Geschäft am Morgen, an dem er den größten Anteil hatte. Nun aber saß sie da, hatte den Kopf in die Hände gestützt und horchte auf seinen Schritt vor der Tür.

Aber Mathias kam nicht. Er war auch gestern nicht gekommen, und es sah ganz so aus, als wolle er sich an den Brauch nicht halten, jeden Abend hier zu erscheinen, um sich anzuhören, was am andern Tag zu geschehen habe. Dies wollte sie aber schon gar nicht mehr sagen, weil er es besser wußte als sie selbst. Aber sie hätte gern mit ihm geplaudert. Sie wußte so wenig von seinem Leben. Und es war auch so, das gestand sie sich ehrlich ein — seine Anwesenheit gab ihr eine gewisse Sicherheit. Nur schien er davon nichts zu merken, oder er wollte es nicht merken.

Draußen ließ der Regen etwas nach. Er rauschte nur

noch ganz sanft. Nur in der Dachrinne lärmte das Wasser noch vernehmlich. Einmal ging die Eisentür am Stall und später nochmals. Dann wurde es ganz still im Haus.

Nein, Mathias kam wirklich nicht. Wenn sie sich nicht täuschte, war er überhaupt ein bißchen verändert. Genaugenommen seit gestern, als er von der Alm zurückgekommen war. Manchmal war es ihr, als beobachte er sie heimlich aus einem schmalen Spalt seiner Augen heraus. Wenn sie dann hinsah, schaute er schnell weg und hatte dabei etwas wie einen leisen Spott um die Mundwinkel.

Dabei würde sie seine Nähe jetzt brauchen, denn, wie sie sich's auch deuten mochte, es war eine kleine, erbärmliche Angst in sie gekommen.

In der vergangenen Nacht hatte das Käuzchen wieder gerufen. Aber sie hatte es nicht hören wollen, hatte das Deckbett über die Ohren gezogen, um nicht zu hören, daß jemand sie zur Liebe rufen wollte.

Sie wußte jetzt, sie durfte den Ruf nie mehr hören, durfte ihm nie mehr folgen. Ein jähes Erkennen war über sie gekommen, daß ihr Herz nach jahrelanger Einsamkeit ein wenig in die Irre gegangen war, aus der sie sich nun wieder lösen mußte. Wie hatte sie nur glauben können, Vitus Brenner, der Jäger, könnte der Mann sein, der sie aus ihrer Einsamkeit erlösen würde?

Doch, doch, Sophie Braunfeld, das hast du sogar ganz fest geglaubt, bis zu dem Augenblick, da dieser Mathias über deine Schwelle getreten ist. Du hast auf den Käuzchenruf gewartet. Du hast die Küsse des Jägers genommen und die deinen dafür gegeben. Herrische, wilde Küsse, wie du sie vorher nie erlebt hattest. Es hat dich berauscht, und deine Bereitschaft ist immer größer geworden. In dein Herz hat sich etwas gesenkt wie der Glaube an ein neues Glück. Du bist zum Weiher hinter das Haus gegangen, weil du deinen Dienstboten keinen Anlaß zum Klatsch geben wolltest, indem du dem Jäger zur Nachtzeit die Tür deines Hauses aufsperrtest.

Draußen vor dem Fenster ging ein Schritt vorüber. Die Lindenhoferin hob den Kopf und lauschte. Unter Tausenden hätte sie diesen Schritt schon herausgekannt. Sie horchte mit gespannten Sinnen. Ihr Herz klopfte schmerzhaft schnell. Vielleicht sah Mathias den Lichtspalt in der Tür.

Aber der Schritt ging vorüber, ging über die Stiege hinauf. Dann fiel weit hinten eine Tür ins Schloß. Und wieder Stille.

Weit zurückgelehnt, die Hände im Schoß gefaltet, saß sie jetzt mit geschlossenen Augen da und ließ ihre Gedanken spielen.

Jetzt wird er die Schranktür öffnen, dachte sie. Er wird davorstehen und das Bild dieser exotischen Schönheit betrachten, dieses Mädchens mit dem unaussprechlichen Namen Yiuni oder so ähnlich. Dieses Bild, das er durch ferne Länder getragen hat bis hierher, um es an seiner Schranktür zu befestigen. Eine heimliche Liebe wahrscheinlich, von der niemand etwas wissen sollte, denn sonst war es ja Brauch, daß man ein Bild auf den Tisch stellte oder auf eine Kommode. An die Wand könnte man es hängen, aber nicht mit Reißnägeln innen an einer Schranktür befestigen.

Jetzt stand sie auf, räumte die Gläser und die Weinflasche weg und löschte das Licht. Im Haus war nun alles still. Sie ging, wie jeden Abend, nochmals in den Stall hinaus. Die Tiere lagen in einer langen Reihe, die Leiber gewölbt wie sanfte Hügel in der Dämmerung. Manchmal rieb sich eins mit der Stirn am Futterbarren, dann klirrte die Kette leise.

Ein paar Tage noch, dann würde der Stall leer sein bis auf ein paar Kühe für den Milchverbrauch des Hauses. Die andern zogen auf die Alm. Hinten in einer der leeren Pferdeboxen waren bereits die Herdenglocken mit dem breiten Lederriemen aufgestapelt.

Es war warm im Stall, ganz föhnig warm. Eine von den beiden Fuchsstuten stand auf und wieherte leise. Die Lindenhoferin strich ihr über die warmen Nüstern und klopfte den schlanken Hals. Dann nahm sie ein Büschel Heu und steckte es auf die Raffel.

Eine Weile stand sie dann vor dem kleinen Stallfenster. Rabenschwarz gähnte die Nacht herein. Der Wind hatte etwas nachgelassen. Aber er würde unweigerlich nochmals Regen nachziehen.

Jetzt wird er mich morgen, wenn es regnet, doch fragen müssen, was zu tun ist, dachte sie und empfand dabei etwas wie eine diebische Vorfreude. Ich wollte das gestern abend mit dir besprechen, würde sie dann sagen. Aber du bist ja nicht gekommen — —

Sie sah auch an der letzten Stalltür noch nach, ob sie verschlossen war, richtete bei einer Kuh die Streu ein wenig und ging wieder hinüber ins Haus, in ihre Kammer, die zu ebener Erde links von der großen Bauernstube lag. Die Vorhänge zog sie dicht zu und begann ihre Zöpfe zu lösen. Wie ein heller Mantel, leicht gewellt, fiel das Haar über ihre Schultern. Dann horchte sie auf. Es hatte wieder zu regnen begonnen, der Wind hatte ganz nachgelassen. Mit gleichmäßiger Stärke rauschte und plätscherte es auf das Steinpflaster im Hof, gurgelte es in der Dachrinne.

Wenn er mich fragt, werde ich sagen, er solle einmal sämtliche Maschinen überprüfen; es ist schon lange keine sorgende Hand mehr an ihnen gewesen. Und der Lorenz könnte die Pferde zur Schmiede bringen, sie neu beschlagen zu lassen. Und die zwei Mägde könnten morgen den großen Waschtag halten, denn wenn es wieder schön wird und die Heuernte beginnt, hat man für diese Dinge keine Zeit mehr. Ich selbst werde ins Dorf fahren und sehen, ob ich den pensionierten Straßenwärter Dingl und seine Frau wieder zur Heuernte haben kann.

Dann horchte sie wieder auf den tiefen Ton des strömenden Regens, der um das Haus war, groß, schwer und tröstend wie Meeresrauschen. Der Regen ist gut, dachte sie. Es hatte seit Mitte April nicht mehr richtig geregnet. Gut für die Erde, gut für die Felder und gut für die Menschen, die bei solchem Regen nicht durch die Nacht irren können. Tröstlich war es, unter einem schützenden Dach zu ruhen, die Hände über der Brust gefaltet, und sich daran zu freuen, daß man sich innerlich schon losgelöst hatte von einer irrenden Leidenschaft und sich vorbereitete auf ein Neues, das zu empfangen man bereit war, wenn es nach den Jahren der Einsamkeit und den Wochen kurzen Irrens ans Herz pochen wollte.

Einmal glaubte sie einen Schritt über sich zu hören. Aber dann war es wieder still. Nur die Melodie des Regens sang vor dem Fenster, bald leise, dann wieder lauter, aber doch immer die gleiche Melodie, nur in verschiedenen Tonarten.

Und doch war da oben kurz einmal ein Schritt über die Dielen gegangen. Eine Tür war geöffnet und wieder geschlossen worden. Mathias Bleibtreu war nur einmal auf den Balkon hinausgegangen, um in die Nacht zu schauen, ob sich in der Schwärze nicht doch am westlichen Firmament ein hellerer Streifen abhöbe, an dem man deuten könnte, ob es morgen wieder schöner werde.

Aber die Nacht war rabenschwarz, kein Sternlein am Himmel; und das, was sich im Osten als müde Helle anzeigen wollte und doch nicht durchkam, das war der Mond, der unbeirrt über die Erde ging, ob sie nun unter ihm blank war oder vom Regen verdeckt.

Nun saß Mathias wieder auf der Kante seines Bettes, und vielleicht waren seine Gedanken viel schwerer als die Gedanken der Frau Sophie, denn er hatte an ihrem Wesen herumzurätseln und verstand sie nicht, obwohl manches so deutlich in ihrem Blick war. Wenn er kindisch wäre, dann könnte er auch die Schachtel Zigaretten, die sie ihm am Morgen geschenkt hatte, mit etwas in Zusammenhang bringen. Aber Mathias war nicht kindisch und gliederte alles in gedanklicher Reihe aneinander, bis sich ein Bild daraus ergab, das sich nur in keinen rechten Rahmen bringen ließ. Sie tat einerseits so kühl, als dürfe sie die Ordnung des Hauses nicht durchbrechen, andererseits war sie in seiner Kammer gewesen und hatte bei aller Bedachtsamkeit nicht daran gedacht, daß bei diesem Besuch etwas zurückbleiben könnte, eine kleine Perle vielleicht aus einem ihrer Ohrringe, die er am Boden gefunden, oder dieses lange blonde Haar, das auf seinem Deckbett gelegen hatte. Ein ganz dünner Faden nur, aber hell glitzernd, als er das Licht eingeschaltet hatte. Und dieser blonde Faden auf seinem Bett war auch so ein Punkt in seiner langen Gedankenreihe, an den er anknüpfen wollte und doch nicht konnte, weil sich etwas Dunkles hineinzwängte in seine geheimen Wünsche, die dort endeten, wo er seine Wange in das blonde Haar schmiegen möchte — nicht in das einzelne, das er wieder in seinen Händen hielt, sondern in die ganze blonde Pracht ihres Kopfes. Hinstreichen wollte er über diesen seidenen, goldenen Mantel. Aber wahrscheinlich streichelte der Jäger dieses Haar, und für ihn verblieb nur der winzige dünne Faden, eine glänzende, zerbrechliche Brücke, die sich in seinen Händen ausspannen ließ, beinahe so weit wie seine Arme reichten.

Dann nahm er ein Streichholz und zündete den seidenen Faden an, der in Sekundenschnelle verbrannte und an nichts mehr erinnerte. Dann löschte er das Licht und wollte schlafen. Aber er lag hellwach, zwang sich an anderes zu denken, an die Arbeit von morgen, die ganz im Widerspruch zu dem stand, was sich Frau Sophie ausgedacht hatte.

Er wußte nicht, wie lange er so gelegen hatte, bis er das Käuzchen rufen hörte. Er wußte nur, daß er sofort hellwach war und aufstand.

*

Die Lindenhofbäuerin Sophie Braunfeld, gerade im Einschlafen, fuhr erschreckt hoch, als sie den langgezogenen Ruf vernahm, und sie meinte, ihr Herz setze für ein paar Sekunden den Schlag aus. Und nochmals kam er, der hochgezogene, weinerliche Ruf des Käuzchens, der sich schließlich so anhörte, als lache es hinter der rauschenden Regenwand.

Sie hatte sich aufgerichtet, saß im Dunkeln, gewärtig, den neuen Ruf zu empfangen, und zugleich wissend, daß sie ihm nicht ausweichen durfte, wenn sie etwas aus ihrem Leben auslöschen und wieder Ordnung hineinbringen wollte. Licht getraute sie sich nicht zu machen. Ihr Herz schlug schnell und aufgeregt. Es wurde erst wieder ruhiger, als über eine lange Zeit hin in die Melodie des Regens kein anderer Ton mehr seinen Mißklang hineinwarf.

Er wird wohl wieder gegangen sein, dachte sie, legte sich flach auf den Rücken und zog die Decke bis weit über das Kinn.

Aber dann wurde sie jäh aufgeschreckt. Irgend etwas klirrte. Das mußte die Fensterscheibe gewesen sein. Dann polterte etwas auf den Boden.

Ein Stein! fuhr es ihr durch den Sinn, und sie wußte zugleich, daß sie dem Unvermeidlichen nicht mehr ausweichen konnte. Daß sie aufstehen mußte, um Klarheit zu schaffen zwischen sich und dem Jäger Vitus Brenner, der sich ein Recht erzwingen wollte wie ein eigensinniger Knabe.

Sie knipste die Nachttischlampe an, griff nach ihren Kleidern, steckte das Haar flüchtig auf und nahm aus dem Schrank eine Regenpelerine mit Kapuze.

Leise ging sie aus dem Haus, blieb vor der Tür nochmals stehen und schaute alle Fenster ab, ob keines mehr erhellt sei. Der Regen hatte wieder etwas nachgelassen, und die Dunkelheit war durch den höhergestiegenen Mond etwas aufgelockert. Aber auch so hätte die Lindenhoferin den Weg zum Weiher gefunden. Sie rechnete nur nicht damit, daß der Jäger bereits unter dem weit vorspringendem Schuppendach auf sie wartete. Sie sah ihn erst, als er die Hände nach ihr ausstreckte, und wich unwillkürlich einen Schritt zurück.

Ein gedämpftes Lachen empfing sie. „Habe ich dich erschreckt?“

Stumm, die Pelerine am Hals zusammenhaltend, stand sie vor ihm.

„Die Fensterscheibe ist ja nun glücklich kaputt“, sagte sie. „Hat denn das sein müssen?“

An seinen regennassen Kleidern hing der Geruch von Wald und Moos. Seine Hand griff nach ihr.

„Ja, das hat sein müssen, Sophie. Seit zehn Tagen hab ich dich nimmer gesehn, und vorgestern, da hast du mich vergeblich eine lange Zeit rufen lassen. Hab mir schon Gedanken gemacht, daß du krank sein könntest. Aber dann hab ich dich heut früh vom Dorf heraufkommen sehn. Später bist du am Brunnen gestanden.“

Sie wollte sich von seiner Hand befreien, aber er hielt sie fest wie mit Eisenklammern.

„Warum hätte ich denn krank sein sollen?“ fragte sie ärgerlich und empfand einen heftigen Widerwillen gegen alles. Daß sie hier stand, daß sie nicht im Haus geblieben war, und daß sie überhaupt jemals auf den Käuzchenruf gehört hatte.

„Man macht sich halt Gedanken“, schmeichelte der Jäger. „Warum bist du denn nicht gekommen?“

Sie hob die Schultern und ließ sie wieder sinken. „Es hat mich einfach nicht gefreut.“

„Aha, nicht gefreut. Du wärst ja heute auch nicht gekommen, wenn ich dir den Stein nicht in die Kammer geworfen hätte.“

„Du hast recht, ich wäre auch heute nicht gekommen.“

Mit einem heftigen Ruck riß er sie an sich, daß sie

mit der Stirn leicht gegen den Lauf der Büchse stieß, die er hinter dem Rücken trug.

„Und warum nicht?"

Mit einemmal fühlte sie, daß sie ihn nicht reizen durfte. Sie hatte seine Augen glitzern sehen, gefährlich, wie bei einem Raubtier.

„Ich glaube, Vitus", begann sie vorsichtig, „wir sollten einmal ganz vernünftig miteinander sprechen."

Er hielt sie fest an sich gedrückt, und sie spürte seinen heißen Atem über ihre Schläfen wehen.

„Das hört sich schon anders an. Vernünftig lasse ich allweil mit mir reden. Du brauchst mir aber gar nicht damit zu kommen, daß ich mir die Sache aus dem Kopf schlagen soll. Das geht nimmer, Sophie."

„Glaub das nicht, Vitus. Im Leben geht so manches, wo man zuerst meint, es wäre unmöglich."

Er hielt ihr Gesicht von sich ab und betrachtete es. Der Regen hatte auf einmal aufgehört. Die Nacht war etwas heller geworden. Aber bei jedem Windhauch rauschte es schwer und sprühend von den Bäumen ins Gras. Das Haupthaus war jetzt deutlicher zu sehen, und einmal war es der Lindenhoferin, als wäre da oben auf dem Balkon, oder war es an einem der Fenster, hinter den Geranienstöcken ein Lichtfünklein aufgeglüht. Ihr Herz krampfte sich wie im Schreck zusammen, und ihre Stimme dämpfte sich noch mehr.

„Wir können hier nicht stehen bleiben", flüsterte sie und erzwang es, daß sie dann doch hinten am Weiher standen. Die Bank war naß, sie konnten sich nicht niedersetzen. Aber die Trauerweide mit ihren dichten, langen Fäden war wie ein Dach.

Ringsum roch die Erde bitter und schwer. Ganz kurz waren in der Mitte des Firmaments die Wolken aufgerissen, und man sah den Mond. Wie eine große, fremde Laterne gaukelte er auf der Fläche des Wassers.

„So, jetzt beichte einmal, was los ist!“ drängte Vitus Brenner und legte dabei seinen Arm um ihre Schultern.

Mit Mühe bezwang sie ihre Gereiztheit, nur den Ton ihrer Stimme konnte sie nicht lenken, und es klang ziemlich schroff, dieses: „Was soll denn schon los sein?“

„Du bist verändert. Das merke ich doch.“

Ich muß wieder zurück, dachte sie wie in Qual. Das Lichtpünktlein vorhin könnte auch eine Zigarette gewesen sein.

„Weißt du was, Vitus? Ich glaube, es ist am besten, wenn du an einem der nächsten Tage an einem Nachmittag oder auch am Vormittag vorbeikommst. Dann wollen wir uns einmal über alles in Ruhe unterhalten.“

Ein kurzes, herrisches Lachen. Sein Atem ging rasch. Sie merkte, daß er angestrengt über ihre Worte nachdachte. Schließlich nickte er.

„Meinetwegen. Aber bilde dir nur nicht ein, daß du mich abhalftern kannst! Den Laufpaß geben, wie man so sagt. Ich bin kein kleiner Bub mehr, mit dem man Hanswurst spielen kann.“

Im Mondlicht schimmerten die Doppelläufe seiner Flinte. Einmal ruschelte es im Schilf des Weihers, dann war es wieder still.

„Ich hab dir doch keine Hoffnung gemacht“, sagte sie kläglich. So kläglich und zugleich unsicher, ob ihn nicht doch etwas, was zwischen ihnen gewesen war, zu Hoffnungen berechtigt haben könnte. Dies schien sogar ihn einen Augenblick nachdenklich zu machen.

„Keine Hoffnungen?“ Er schob das kantige Kinn vor, als denke er nach. „Wie man’s nimmt“, sagte er mürrisch. „Mir langt es jedenfalls, daß du mir das Blut aufgejagt hast. Man soll einem Menschen nicht ein Zuckerstückchen hinhalten, und wenn er danach schnappen will, es wieder wegziehen. So ähnlich war es doch allweil bis jetzt, Sophie. Das kann den gutmütigsten Menschen aus der Fassung bringen. Du kannst mich doch nicht die ganze Zeit zum Narren gehalten haben?"

„Nein, das habe ich nicht. Auch das mit dem Zuckerstückchen stimmt nicht ganz. Du willst mehr sehen, als gewesen ist, und wenn das meine Schuld sein sollte, dann muß ich es bedauern, Jäger."

Er schüttelte den Kopf. „Was redest denn du auf einmal? Was ist bloß in dich gefahren? Haben wir nicht darüber gesprochen, daß du den Hof verpachten willst, wenn du einen Pächter findest, der gut zahlt?"

„Ja, das stimmt. Mit dem Gedanken habe ich einmal gespielt. Aber ich glaube gar nicht, Vitus, daß du die wirkliche Ursache zu diesem Gedanken gewesen bist. Warum soll ich mich meiner Lebtag abschinden, habe ich mich gefragt. Und für wen soll ich mich abschinden, habe ich mich gefragt. Ja, wenn ich Kinder hätte, dann hätte alles einen Sinn und eine Bedeutung. Dann bin ich einmal in der Kreisstadt gewesen auf dem Finanzamt. Du bist auf dem Stadtplatz gestanden und hast mich gefragt, ob ich dich nicht mitnehmen möchte. Mir war es recht, daß ich nicht allein war, weil es schon dunkelte. Mir war es auch recht, als du gemeint hast, ob ich nicht ein Glas Wein mit dir trinken möchte und was essen. Hernach auf der Heimfahrt, da bist du neben mir im Wagen gesessen und hast mir so schön erzählt."

„Warum wärmst denn jetzt auf einmal die alten Geschichten wieder auf?" unterbrach er sie mürrisch.

„Weil das auch dazugehört, wenn du mich verstehen sollst. Du hast mir erzählt, daß du auch so einsam und allein bist wie ich und daß du froh bist, wenigstens diesen Beruf zu haben, der dich ganz ausfüllt. Das hat mir alles so gut gefallen an dir."

„Sonst wärst ja wohl auch nicht zu unserm ersten Stelldichein gekommen?"

„Ganz recht. Ich wäre sonst nicht gekommen. Und ich weiß es noch wie heut, Ende März ist es gewesen, da sind wir hier auf der Bank gesessen. Kalt war es noch, und du hast mich in deinen Mantel gehüllt. Hast mir erzählt von deinem kleinen Häusl, das du geerbt hast, und wie schön wir da drinnen wohnen könnten, mit deinem Gehalt und mit dem Pachtgeld, das ich für den Hof kriegen könnte. Ich will ganz ehrlich sein, Vitus, ich hab dann mit dem Gedanken gespielt. Ich hab geträumt von einem ruhigen Leben, ohne Sorgen und ohne schwere Arbeit. Und das war verkehrt, Vitus. Träumen darf man nicht. Ich hab dann auch gleich erkannt, daß dieses Träumen zu nichts führt, daß ich Bäuerin bin mit Leib und Seele, daß mich der Boden nimmer losläßt. Vielleicht verstehst du das nicht, Vitus, aber —"

„Ich versteh nur soviel", unterbrach er sie barsch, „daß es der schönen Lindenhoferin gefallen hat, ein bißl zu spielen. Und jetzt ist die Madam satt vom Spiel, der Jäger soll nur wieder hingehn, wohin er gehört, in die Wälder."

„Du bist ungerecht, Vitus."

„Und du bist gerecht, meinst du? Ich will dir einmal was sagen. Mir kommt es schon bald so vor, als ob da ein anderer dahinterstecke. Aber wenn das der Fall wäre, glaub ja nicht, daß ich mich so leicht auf die Seite stellen lasse, wie eine alte Pflugschar, die man nimmer brauchen kann!“

„Soll das eine Drohung sein?“ fragte sie und war nun wirklich zornig geworden.

„Das kannst du auffassen, wie du willst. Du hast mir versprochen, daß du einmal zu mir auf die Jagdhütte kommst und über Nacht droben bleibst — und jetzt kommst du mir so daher!“

„Du lügst dir selber was vor, Vitus. Daß ich einmal zu dir auf die Jagdhütte käme, ja, das stimmt, das hab ich gesagt. Vielleicht, damit ich meine Ruh’ krieg, weil du so gedrängt hast. Aber vom Übernachtbleiben war überhaupt nie die Rede.“

„Das hätte sich dann schon von selber ergeben, wenn du gekommen wärst.“

War sie bisher nur zornig, so übermannte sie jetzt ein Ekel, daß sie ihm am liebsten ins Gesicht geschlagen hätte.

„Du bist schon arg eingenommen von dir“, sagte sie scharf. „Das sagt mir jetzt aber auch, daß man immer seinem Gefühl nachgeben soll. Und etwas hat mich stets gewarnt vor dir, Vitus. Und wenn du mir jetzt drohen willst, dann sag ich dir, daß ich mich überhaupt nicht fürchte vor dir, und daß ich immer noch das tue, was mir paßt. Jetzt erkenne ich dich auf einmal, als würde ein Schleier von meinen Augen weggezogen. Nein, Vitus, du bist nicht der ehrliche Freund, für den ich dich gehalten habe, sondern ein bösartiger Mensch. Und ich glaube, wir haben uns nicht mehr viel zu sagen. Geh du deiner Wege und laß mir meinen Frieden.“

„Wenn du ihn finden kannst.“

„Den hab ich schon, den gibt mir das Bewußtsein, daß ich deinetwegen vor niemandem die Augen niederschlagen muß."

Sie wandte sich um und wollte gehen. Da riß er sie wild zu sich herum. „Das könnte dir so passen, du Weibstück, du verdammtes! Her mit deinem Mund!"

Mit geschlossenen Augen, machtlos in die eiserne Klammer seiner Arme gepreßt, mußte sie sich stumm der rohen Gewalt des Mannes überlassen. Seine Küsse rissen an ihren Lippen, die sie fest zusammengepreßt hatte. Bis er sie schließlich von sich stieß. „Herrgott, bist du kalt!"

Ohne eine Antwort zu geben, ging sie davon. Es war ihr, als habe er sie soeben geschlagen. Mit gesenktem Nacken schlich sie zurück ins Haus.

Leise schloß sie die Tür hinter sich. In ihrer Kammer ließ sie die Pelerine achtlos von ihren Schultern zu Boden gleiten und hob sie nicht auf. Angekleidet wie sie war, warf sie sich über das Bett und weinte bitterlich. — —

Da erst trat droben Mathias Bleibtreu vom Balkon in seine Kammer zurück. Um seinen Mund war ein verzerrter Zug.

So also sah die Welt der Ordnung aus, die diese Frau anderen predigen wollte! Sie selber schlich sich nachts aus dem Haus. Es brauchte nur einer zu rufen, dann ging sie. Sogar in einer Regennacht, wie diese es gewesen war.

Auf einmal durchzuckte ihn der frivole Gedanke, daß er vielleicht in der kommenden Nacht einmal diesen Käuzchenschrei ausprobieren könnte. Und wenn sie dann kam, dann wollte er sie nur fragen, ob er nun mit seiner Meinung recht gehabt habe, daß der Lindenhof kein Klosterhof sei.

Ach ja, da kenn sich einer mit den Weibern aus! Vielleicht war nur Yiuni wirklich eine rühmliche Ausnahme gewesen. Aber Yiuni war zu den Sternen gegangen. Sie war an seinem Herzen gestorben. Eine Kugel der Rebellen hatte sie mitten in die Stirn getroffen.

*

Am andern Morgen begegnete er der Bäuerin zufällig, als er vom Stall herüberkam, und wunderte sich, daß sie heute schon auf war. Auf den ersten Blick sah er, daß tiefe Schatten unter ihren Augen lagen und daß auf ihrer Stirne ein runder blauer Fleck war. Auch ihre Stimme klang müde und verdrossen, als sie ihm für seinen Morgengruß dankte. Sie gingen nebeneinander den Flur entlang bis zur Haustür.

„Schlecht geschlafen?" fragte er.

Sie sah ihn unsicher von der Seite her an. Was wußte er, was wußte er nicht? Und was ging es ihn überhaupt an, ob sie gut oder schlecht geschlafen hatte? Sie ging auf seine Antwort gar nicht ein und fragte nur:

„In die Kirche wirst du ja wahrscheinlich nicht gehn heute. Anschaffen mag ich es dir gar nicht, weil du dann mit Fleiß nicht gingst."

Ja, es war Sonntag heute, und Mathias konnte sich erinnern, daß sie daheim einen Knecht gehabt hatten, der sich sonntags einmal nach der Stallarbeit wieder niedergelegt hatte und beim Mittagessen dann seine

Invalidenkarte ausgehändigt bekam und ein karges Zeugnis mit dem Bemerken: „War zwar treu und fleißig, had sich awer am Sonndag, statt in die Kirch' zu gehn, ins Bett geflackt."

Ja, so waren damals noch die Zeiten. Der Knecht hatte gehen müssen, obwohl es mitten in der Heuarbeit war. Heute wagte eine Bäuerin nur ganz schüchtern mit der Frage anzuklopfen und wußte es gleich so hinzubiegen, daß die Antwort gar nicht mehr enttäuschend ausfallen konnte.

Zu ihrer Überraschung sagte Mathias: „Du wirst dich wundern, ich gehe ins Hochamt. Irgendwas muß man doch für sein Seelenheil tun. Wenn du mit dem Wagen hinunterfährst, könntest du mich mitnehmen."

Wieder schaute sie ihn von der Seite her mißtrauisch an. „Ich fahre in zehn Minuten zur Frühmesse hinunter."

Sie waren inzwischen vor die Tür hinausgetreten. Es war wie ein Wunder. Gestern hatte es noch so ausgeschaut, als käme es zu einem Landregen. Jetzt war der Himmel zwar nicht wie reingekehrt, aber es schien die Sonne zwischen mächtigen Wolkenschüben durch, die nach Westen hin immer kleiner und weniger wurden. Nur etwas kühl war es noch, und weißer Nebel lag über den Wiesen.

„Was für ein schöner Tag heut wird", sagte die Bäuerin. „Und in der Nacht hat es geregnet."

„Ja, genau bis um elf Uhr. Dann hörte es auf, und es kam der Mond. Vorher hätte man keinen Hund hinausjagen mögen."

Das Blut schoß ihr ins Gesicht. „Ich weiß schon, was du meinst."

„So? Das glaube ich weniger."

„Doch, ich weiß es, aber wie soll ich dir das erklären?“

„Gar nicht, weil du mir keine Rechenschaft abzulegen brauchst. Du fährst jetzt zur Frühmesse und bittest den lieben Gott, daß er dir verzeihen soll, falls du wider seine Ordnung verstoßen hast.“

Was in ihrem Gesicht gerade noch von der dunklen Röte der Scham bedeckt gewesen, wurde jetzt kreideweiß. Ihre Augen sprühten im Zorn. „Du bist doch ein ganz unverschämter —“

„Pst, pst“, wehrte er ab. „Nur keine Beleidigungen!“

Vom Dorf herauf hörte man jetzt die Frühglocke läuten. Ganz hell und dünn klang sie in der geläuterten Luft. Die Nebel begannen hochzusteigen, und man hörte die erste Lerche.

Die Loni erschien unter der Stalltür. „Mathias, die Melkmaschin' ist wieder kaputt!“

Er ging durch den Flur zurück, wo am Ende neben der Stalltür die Zentrale der Melkmaschine angebracht war. Eine Sicherung hatte es nicht herausgeschlagen, auch sonst waren die Hebel in der richtigen Stellung. Mußte also an der Leitung selbst, an irgendeinem der vielverzweigten Drähte oder an einem der Saugpfropfen eine schadhafte Stelle sein. Nach einer Viertelstunde mühsamen Suchens fand er sie und umwickelte die Stelle mit einem Isolierband.

Als er hernach wieder in den Hof hinaustrat, fuhr die Lindenhoferin gerade weg. Der Morgenwind bauschte die langen, breiten Schleifen ihres Bänderhutes auf. Das blonde Haar darunter sah man noch kurz aufleuchten, dann war der Jeep schon über die Steilstelle in den Wald hinein verschwunden. Einen Augenblick vermengten sich Motorengeräusch und das Rauschen des Wasserfalls, dann hörte man wieder nur noch den Wasserfall allein, lauter und dumpfer dröhnend als sonst.

Der Lorenz zog den niedrigen Wagen mit den Gummirädern aus der Remise, während die Martha die zwei Pferde aus dem Stall führte. Dann luden sie die Milchkannen auf, die von heute morgen und die vom Abend aus dem Kühlraum. Mathias zählte die Kannen, es waren genau zwanzig mit je zwanzig Litern; also insgesamt vierhundert Liter Milch pro Tag.

Heute fuhr der alte Anselm die Milch zur Molkerei hinunter. Sonst war das Marthas oder Lonis Arbeit. Und während Anselm langsam zum Steilweg hinfuhr und die Bremsen betätigte, stand Mathias da, schaute zu den Bergen hinauf und rechnete. Vierhundert Liter pro Tag bei einem derzeitigen Milchpreis von dreißig Pfennigen, das machte eine Monatseinnahme von 3600 Mark. Nicht schlecht, dachte er, wußte aber, daß man im Durchschnitt nicht so rechnen durfte. Aber es kam noch dies dazu und jenes. Der Stier war verkauft worden, jeden Monat fast ein Kalb. Schweine waren im Stall und an die hundert Hühner. Nein, schlecht war sie keineswegs gestellt, die Lindenhoferin. Man mußte sich nur wundern, daß sie sich noch immer mit den paar alten Maschinen behalf, die ihr Mann angeschafft hatte. Begriff sie nicht, daß die Zeit nicht stehengeblieben war, und daß es heute schon Maschinen gab von einer solch technischen Vollkommenheit, daß man ohne weiteres Dienstleute einsparen konnte. Man bekam ja sowieso kaum noch jemanden. Er war nur neugierig, woher sie zusätzliche Kräfte zur Heu- und Getreideernte nehmen wollte. Rechnete sie dabei nicht, daß die auch ein Heidengeld kosteten, und daß dies nicht mehr abging wie früher, mit ein paar Mark in der Woche und freiem Essen?

Na ja, was ging es ihn an? Eigentlich gar nichts, selbst wenn er versucht war, dieser Frau helfend zur Seite zu stehen, denn bei aller Tüchtigkeit, die ihr nicht abzusprechen war, stand sie allen Neuerungen fern. Sie rechnete noch nach dem alten Schema und wußte nicht, daß vieles davon überholt war. Am Brauchtum festhalten, ja, das war schön und anerkennenswert, aber man durfte auch nicht hintennachhinken. — —

In der Stube war zum Frühstück aufgedeckt. Sonntags gab es Kaffee, und wenn die Bäuerin nicht da war, konnte man ihn ruhig stärker kochen als sonst. Man konnte auch Rahm dazu nehmen statt Milch. Das, was die Loni aber an diesem Sonntagmorgen auftrug, war schon der reinste Mokka. In Algier hatte Mathias solchen getrunken, aus ganz kleinen Tassen allerdings und nicht aus solch großmächtigen Schalen wie hier.

„Der hat's aber in sich", sagte er und schnitt sich ein großes Stück von dem goldgelben Guglhupf ab.

„Na ja, einmal in der Woche darf man schon was Starkes haben", lachte die Loni und blinzelte den Lorenz an, der seinen sonst so zerzausten Schnauzbart heute recht keck aufgezwirbelt hatte. Die Martha sprach kaum etwas. Sie war überhaupt eine stille Person, großgewachsen, etwa fünfundzwanzig Jahre alt. Sie sagte auch noch nichts, als die Loni, wieder den Lorenz anblinzelnd, sagte, daß sie gestern abend gemeint habe, ein Käuzchen hätte ums Haus geschrien. „Hast du nichts gehört, Martha?"

Da erst legte die Martha ihren Löffel weg, nahm ihre Tasse, stand auf und sagte: „Mich geht das nichts an. Und was der Mensch braucht, das braucht er halt."

Verwundert blickte Mathias ihr nach, als sie mit der leeren Tasse hinausging. Was nur er gemeint hatte gehört und beobachtet zu haben, war offenbar im Haus schon allgemein bekannt. Und in diesem Augenblick tat ihm die Lindenhoferin leid.

Er ging in seine Kammer hinauf, nahm seinen besten Anzug, einen dunkelbraunen Lodenanzug mit Hirschhornknöpfen aus dem Schrank und zog sich an. Dabei betrachtete er lange das Bild an der Schranktür und seufzte: „Ach ja, Yiunilein, da warst halt du noch eine. Mit dir kann sich doch keine messen."

Als er wieder hinunterkam, waren die Loni und der Lenz schon fort.

Die Martha stand in der Küche und spülte das Geschirr ab.

„Mußt du heut das Haus hüten, Martha?" begann er ein Gespräch.

„Ich setze bloß das Fleisch zu und wart', bis die Bäuerin kommt. Dann gehe ich in die Zehnuhrmesse, weil ich ja jetzt doch den ganzen Sommer nimmer 'runterkomm."

„Ach ja, richtig, du ziehst ja morgen auf die Alm." Er setzte sich auf die Bank beim Fenster und zündete sich eine Zigarette an. „Gehst du gern 'nauf, Martha?"

Sie stand am Herd und drehte das etwas von der Hitze gerötete Gesicht. „Ja, Mathias, ich geh gern 'nauf. Da droben bin ich so allein, kein Mensch redet mir was ein, ich bin mein eigener Herr."

„Ja, das verstehe ich. Es kann bloß nicht jeder Mensch allein sein. Was anderes jetzt, Martha: Kennst du den Jäger — wie heißt er doch gleich?"

„Den Brenner Vitus meinst du? Ach, der. Ist nicht

viel los mit dem. Aber ich weiß schon, warum du fragst. Misch dich nicht drein, Mathias. Ich hab auch schon manches gemerkt und sag nichts. Es ist bloß schad, daß die Bäuerin auf so einen Hallodri 'reinfällt. Der lügt doch das Blaue vom Himmel herunter."

„Hat er dich auch schon angelogen?"

„Hätte er. Aber bei mir hat er kein Glück gehabt. Dann hat er es bei der Burgl probiert von der Warter-Alm. Die ist auf seine Sprüch 'reingefallen. Dann hat er sie sitzenlassen. Die arme Burgl. Im Herbst vorigen Jahres ist sie abgestürzt. Ein Kaiberl hätt' sie gesucht, sagt man, das sich verlaufen hat. Ich glaub das heut noch nicht. Keinen andern Ausweg wird sie sich halt gewußt haben in ihrer Enttäuschung."

Mathias' Stirn hatte sich umwölkt. Er spürte innerlich einen eigentümlichen Schmerz. Es tat nicht richtig weh, nur war es, als läge ein Stein auf seiner Brust, der sich nicht abwälzen ließ. Er stand auf und streifte die Asche seiner Zigarette am Herd ab.

„Du hast aber grad vorhin g'sagt, Martha, was der Mensch braucht, das braucht er einfach."

„Wärme hab ich gemeint. Wärme und Gutsein. Das bräucht' unsere Bäuerin, wenn sie auch so tut, als hätte sie das längst vergessen. Bei ihrem ersten Mann, so hat man mir gesagt, hat sie auch wenig Wärme gefunden. Und jetzt sucht sie das Gleiche bei dem Jäger und merkt gar nicht, was das für ein kalter, berechnender Teufel ist."

Bum-bum-bum-bum, machte sein Herz. Ganz schnell schlug es, fast so schnell wie damals in der Festung Dien Bien Phu, als die Rebellen in dichten Scharen anrückten. Hundertzwanzig Schläge in der Minute, schätzte er. Dann ein kurzer Seufzer.

„Es ist nur so, Martha, weißt du — man kann in solchen Sachen keinem Menschen was einreden."

„Und trotzdem müßte man es tun, bevor es zu spät ist."

„Die Grenze muß jeder selber kennen", sagte er, zerdrückte die Zigarette auf dem Herdrand und ging hinaus.

Draußen atmete er tief die frische Morgenluft ein und dachte sich, daß er es vielleicht gestern noch fertiggebracht hätte, ihr etwas auszureden. Aber er hatte das Käuzchen schreien hören und die Schritte der Bäuerin durch die regenverhangene Nacht. Damit hatte sich etwas vor sein Wunschbild geschoben, hatte es ausgelöscht. Wenn es nur nicht so weh täte! Daran erkannte er eigentlich, daß sie seinem Herzen längst näher stand, als er sich's selber zugeben wollte. Das war schon im ersten Augenblick da, als er vor ihr stand und noch gar nicht wußte, daß sie die Lindenhoferin war. Eine kleine, züngelnde Flamme, die jäh aufgesprungen war, die sich entzündet hatte an ihrem herrlichen Blondhaar, an ihrem gutgeschnittenen Gesicht mit den hellen grauen Augen und dem blühenden Mund.

Gemächlichen Schrittes machte sich Mathias auf den Weg ins Dorf. Viel weniger Wolken waren jetzt da, dafür warme Sommersonne und über den Bergen kleine flaumige Wolkentiere, an ihren östlichen Rändern golden beglänzt, die der Sonne entgegenzuschwimmen schienen.

Auf der Klammbrücke verhielt er den Schritt, beugte sich über das Holzgeländer und schaute hinunter in die weißschäumende Gischt. Wie feiner Nebel sprühte es ihm ins Gesicht, und die Steine drunten in der

Klamm waren alle so reingewaschen, daß sie aussahen wie Bernsteinbrocken. Es war faszinierend, so von ruhiger Warte aus die Kraft der Natur zu bewundern. Wie das brodelte und rumorte, eine entfesselte Kraft, die niemandem nützte. Erst drunten im Dorf, da trieb dieses Wildwasser, schon ganz zahm geworden, eine Mühle und ein Sägewerk.

Und so auf der Brücke stehend, griff Mathias Bleibtreu in seine Westentasche, zog ein winziges weißes Kügelchen heraus und betrachtete es in seiner Handfläche. Einmal hatte er gedacht, daß er es aufbewahren werde als Erinnerung an eine Frau, die ihm unerreichbar bleiben mußte. Nun warf er die kleine Perle, ob nun wertvoll oder nicht, in weitem Bogen hinunter in die schäumende Gischt. Dann ging er weiter.

Die Glocken läuteten jetzt mit vollem Klang zum Hochamt. Wie eine gewaltige Sinfonie tönte das Echo im Hochwald, den Wasserfall übertönend — den Wasserfall und den Motorenlärm des „Bergesels", vor dem sich Mathias gerade noch hinter einem Baum verstecken konnte.

Jetzt fuhr sie an ihm vorüber. Sie hatte das Lenkrad ziemlich lässig in der Hand. Ihr schönes Gesicht war ausdruckslos, leer oder traurig zugleich. Eine steinerne Maske, von einem guten Künstler geformt. Die Seide ihres Trachtengewandes glitzerte. Das Sonnenlicht fiel durch die Zweige schräg in ihr Gesicht und gab ihrem Haar den Glanz eines reifenden Kornfeldes in der Mittagsglut.

Dann war sie vorüber, und Mathias setzte seinen Weg fort. Er kam gerade noch recht, das Kyrie Eleison ertönte schon, als er das Gotteshaus betrat und neben einer der Säulen stehenblieb. Er dachte nach, wie lange er eigentlich schon nicht mehr in einer Kirche gewesen war. Auf alle Fälle erfaßte es ihn in irgendeiner Weise, nicht in frommer Weise, eher in einer demütigen, vermischt mit einem leisen Verwundern, daß Chorgesang und das feine Läuten der Ministrantenglöcklein sein Gemüt so friedsam anzurühren vermochten.

Nach der Kirche ging er zum Kirchkramer, der offiziell zwar nicht hätte öffnen dürfen. Aber wo kein Kläger ist, ist auch kein Richter. Wann hätten die Bergbauern auch einkaufen sollen, wenn sie manchmal die ganze Woche von ihrem Berg nicht herunterkamen?

Die Kramerin erkannte ihn sofort wieder, als er eine Schachtel Zigaretten verlangte. Und obwohl der Laden gesteckt voll war, war sie sofort voll überschwenglicher Geschwätzigkeit.

„Ich weiß schon, welche Marke. Die Bäuerin hat gestern auch schon eine große Schachtel gekauft. Wie g'fällt es Ihnen dann droben auf dem Lindenhof?"

„Danke, gut", antwortete Mathias und drehte ruckartig den Kopf, weil er hinter sich ein meckerndes Lachen gehört hatte. Da sah er dem Jäger Vitus Brenner direkt in die grünlich flimmernden Augen.

Er fühlte, wie ihm alles Blut in die Stirn sprang, beherrschte sich aber, zahlte und ging. Die Türglöcklein bimmelten wieder so hell und unschuldig, als möchten sie das Drohende abdämmen, das da im Augenblick, von allen anderen wahrscheinlich nicht bemerkt, aufgesprungen war.

Am liebsten hätte Mathias jetzt draußen gewartet und dem Jäger die Meinung richtig gesagt. Aber was hieß hier die Meinung sagen? Er kannte sich nur zu gut und wußte, daß es dort Fetzen gab, wo er hinschlug.

Sein Zorn legte sich auch gleich wieder, als er die Gaststube beim Adlerwirt betrat und sich umsah, wo er am besten Platz nehmen könnte. Da schrie schon einer, es war der Puttkammer, wie er hernach erfuhr: „Hock dich nur her da! Ist schon noch Platz."

„Was ist denn das für einer?" fragte der Moosberger den Kammerer von der Au.

„Kenn ich selber nicht", antwortete der.

Aber der Viehhändler Matz wußte Bescheid und sagte ungeniert: „Das ist der Lindenhoferin ihr Baumeister, der arme Viehhändler um den Preis druckt." Weil er aber dazu dröhnend lachte, war es nicht ernst gemeint, und es war anzunehmen, daß er trotzdem auf seine Kosten gekommen war.

„Bis dich einer anschmieren kann, da müßt er schon aufstehn, wenn Pfingsten vor Ostern fällt", witzelte der Angerer von Schlupfham und wandte sich dann Mathias zu. „Ich hab dich gestern schon gesehn von meiner Höh aus. Hast Silo gemäht, gell?"

„Silogras", schmunzelte Mathias und korrigierte damit den Fehler des Angerer, weil man ja einen Silo nicht mähen kann. Immerhin, das merkte Mathias nach einer Viertelstunde schon, daß man ihn hier voll anerkannte. Nach weiteren zehn Minuten waren sie schon mittendrin im Fachsimpeln, und da er aus einer ganz anderen Gegend stammte, war es interessant, Vergleiche zu ziehen, Ratschläge anzuhören und welche preiszugeben.

Auf einmal, mitten in der schönsten Unterhaltung, hörte Mathias hinter sich ganz leise ein Käuzlein schreien. Er fuhr mit dem Gesicht herum. Der Jäger Vitus Brenner saß hinter ihm an einem andern Tisch mit ein paar jüngeren Burschen beisammen. Zum erstenmal sah Mathias sich dieses Gesicht näher an. Er sah eigentlich ganz gut aus, der Jäger Vitus. Ein schmales, braungebranntes Gesicht, das Kinn in der Mitte fast gespalten, eine scharfe Adlernase und grünlich schimmernde Augen. Beim Lachen zeigte er zwei Reihen makellos weißer Zähne. Den Hut hatte er aufbehalten, auf ihm wippte bei jeder Kopfbewegung ein Gamsbart von mindestens zwanzig Zentimeter Länge.

Langsam drehte Mathias das Gesicht zurück und nahm das Gespräch wieder auf, das er unterbrochen hatte.

„Gewerkschaft", sagte er. „Was hat man denn früher von einer landwirtschaftlichen Gewerkschaft gewußt? Gar nichts. Und doch möcht ich ihr die Daseinsberechtigung nicht absprechen. So, wie es einmal war, hätte es auch nicht weitergehen können. Ein Knecht hatte vier Mark in der Woche und siebzig und mehr Stunden Arbeit."

„Die Lindenhoferin wird ihn schon schön warm halten", hörte er hinter sich den Jäger zischen. Aber er reagierte nicht darauf und sprach weiter:

„Wenn ich aber — gestern, glaub ich, war es — in der Zeitung lese von einer Sechsundvierzigstundenwoche, dann muß ich mich schon fragen, wie man sich da die Arbeit noch einteilen soll. Soll man mit der Sonne reden, daß sie zu scheinen hat, wenn man sie braucht? Oder soll man den Kühen sagen, am Sonntag gibt's nichts, weil die sechsundvierzig Stunden schon voll sind? Wer solche blöde Forderungen stellt, der hat noch nie in der Landwirtschaft gearbeitet."

Die Bauern am Tisch pflichteten ihm verständnisvoll bei. Nur von hinten her kam wieder der spitze Einwurf:

„Und ein paar Stunden am Tag sollen doch auch für einen Landmenschen 'rausschaun, wo er sich's ein bißl gemütlich machen kann mit der Bäuerin, besonders wenn kein Bauer mehr da ist."

Mathias furchte nur die Stirn, er schaute nicht mehr um, merkte aber, daß die Bauern an seinem Tisch ärgerliche Blicke zum andern Tisch hinüberwarfen. Er aber tat so, als höre er nicht, was der Jäger hinter ihm zischelte, achtete nicht auf das gedämpfte Lachen der andern, obwohl er jedes Wort bei sich genau registrierte. Es war nicht schwer zu erkennen, daß die Eifersucht aus dem Jäger sprach. Und dabei wurde er immer unvorsichtiger, fing an zu prahlen und schüttete immer mehr Bier in sich hinein.

„Ja, ja, Baumeister müßt man halt sein auf dem Lindenhof", grölte er einmal. „So ein warmes Nesterl müßte man haben. Aber ich glaub, der da drüben, der weiß es schon."

„Zahlen!" rief Mathias und beglich seine Zeche. Er hatte zwei Halbe Weißbier und drei Weißwürste. Dann stand er auf, griff nach seinem Hut und schob sich aus der Bank.

„Kommst am nächsten Sonntag wieder?" riefen ihm ein paar Bauern zu.

„Warum nicht? Ich unterhalte mich gern."

Zunächst sah es so aus, als wolle er gehen, doch er drehte sich um und trat an den anderen Tisch.

„So, was willst jetzt von mir, du Heuhupfer, du grasgrüner?“

Und noch ehe Vitus Brenner sich recht besann, hatte ihn Mathias mit eisernem Griff an der Brust gefaßt, hob ihn mit einem Schwung hoch und stieß ihn so hart auf die Bank zurück, daß das Lehnenholz dröhnte. Dann sagte er: „Ich rate es dir im guten, laß mich in Ruh in Zukunft, ich mach dich sonst zur Sau.“

Keiner von den andern rührte sich. Vitus selbst war so verblüfft und spürte die unsanfte Behandlung so schmerzlich, daß es ihm das Wort verschlug. Erst hernach, als Mathias schon draußen war, bekam er Mut und schrie:

„Was der sich schon einbildet! Und ihr Deppen sitzt da und haltet Maulaffen feil. Anstatt daß mir einer beigesprungen wär.“

„Warum denn?“ fragte der Gschwendner Girgl recht unschuldig.

„Du, der hat dich fei’ ganz schön hinlassen an d’ Wand“, stellte der Schmied Muckl fest.

„Mit einem Griff hat er dich hochgestemmt und wieder niedergesetzt“, bestätigte der Eberl Karl.

Und aus allem, was hier festgestellt wurde, sprach ungewollte Hochachtung für Mathias und Schadenfreude für den Jäger. Das mußte Vitus trotz seines honorigen Rausches doch feststellen, daß die Sympathien auf der Seite des anderen standen.

„Heuhupfer sagt der zu mir“, grübelte der Jäger nach. „Also, so was hätt mir früher auch keiner sagen dürfen.“

„Grasgrüner hat er g’sagt“, hetzte der Schirmer Anton.

„Das zahl ich ihm heim!“ versprach der Vitus. „Wo

kämen wir denn da hin! Sagt der zu mir grasgrüner Heuhupfer. Das ist eine Beamtenbeleidigung. Da geh ich zum Advikaten, dann muß er es z'rucknehmen."

„Der wär schön dumm", sagte der Wimmer Ferdl. „Und wie er dich packt hat, aufgelupft und niedergestellt! Ganz einfach niedergestellt. Das hat mir imponiert. Ich muß sagen, das hat mir imponiert." Er nahm sein Bierglas, trank es aus und schrie nach der Bedienung: „Ich möcht zahln. Zwölf Uhr läutet es schon, und die Meinige schimpft, wenn die Knödl verkochen."

Der Jäger ging auch. Sein Grölen und lautes Schimpfen war noch lange auf der Dorfstraße zu hören.

*

Weil es ihm nicht pressierte und er über so vielerlei nachzudenken hatte, kam Mathias erst gegen halb zwei Uhr heim. Als er über die letzte steile Kehre nach dem Wasserfall hinaufging, sah er die Lindenhoferin auf der Hausbank sitzen. Und von neuem wallte es in ihm auf. Diese dummen Anspielungen heute da drunten im Dorf ärgerten ihn weniger, als daß gerade diese Frau den Anlaß dazu geboten hatte. Wie konnte sie aber auch nur auf einen Menschen verfallen wie diesen Jäger Vitus Brenner! Eigentlich hatte er sich ja für die Lindenhoferin eingesetzt, und als er sie jetzt so sitzen sah, wußte er, daß er recht getan hatte. Sie konnte sich nicht wehren gegen solche heimtückischen Angriffe, war den Boshaftigkeiten und Launen dieses Jägers ausgesetzt.

Als er näher kam, hob sie den Kopf und sah ihm erwartungsvoll, ja ein bißchen ängstlich sogar entgegen. Mathias sah die gefurchte Stirn und deutete es anders. Granteln wird sie halt jetzt, dachte er, weil ich zum Essen nicht heimgekommen bin. Und da hatte sie auch recht.

Der Hitze wegen trug er die Joppe über dem Arm und den Hut in der Hand. Um ihr ein eventuelles Wort des Tadels vorwegzunehmen, sagte er gleich, zehn Schritte vorm Brunnen noch: „Hab mich versäumt heut, gell. Ein andersmal schau ich schon besser auf die Zeit."

Über ihr Gesicht huschte ein Sonnenlächeln. Die Falten auf ihrer Stirn waren im Nu verschwunden. „Aber das macht doch nichts, Mathias. Wirst dich halt ein bissl verratscht haben, gell?"

„Ja, beim Wirt war ich und hab mir ein paar Halbe kauft."

„Da hast recht gehabt. Dein Essen hab ich dir schon aufgehoben."

„Das hätte es nicht gebraucht. Wer nicht kommt zur rechten Zeit, der muß haben, was übrigbleibt."

„Ja, sonst nichts mehr. Komm nur 'rein jetzt und iß."

Ein paar Minuten saß er allein in der Stube, dann trug sie ihm auf. Zuerst Pfannkuchensuppe, dann Schweinebraten mit Knödl und Salaten.

„Laß dir's nur schmecken, Mathias."

„Es schmeckt mir schon. Die Supp'n ist ganz ausgezeichnet."

„Ich wollt eigentlich eine Nudelsupp'n machen, aber dann hab ich mir denkt, Pfannenkuchensupp'n magst vielleicht auch ganz gern."

Dann schwieg sie, saß ihm gegenüber, hatte das Kinn auf die eine Hand gestützt und sah ihm zu.

„Bist beim Adlerwirt gewesen?“ fragte sie so sanft wie vorher.

„Ja, beim Adlerwirt. Hab mich mit ein paar Bauern recht gut unterhalten. Und dann hab ich einen von der Bank ’rausheben und wieder z’rückwerfen müssen, daß ihm die Luft weggeblieben ist.“

Sophie Braunfeld wechselte die Farbe. „Um Himmelswill’n, wen denn?“

„Den Jager.“ Er schob einen Knödelbrocken hinter die Zähne und sprach weiter: „Weißt, der redet ein bißl viel und ein bißl unverschämt, und da hab ich mir halt g’sagt, das muß ich ihm austreiben.“

Die Lindenhoferin hatte nun tief die Stirn gesenkt und malte mit dem Zeigefinger Schnörkelfiguren auf das Tischtuch.

„Hat er über mich was g’sagt?“ fragte sie, ohne den Kopf zu heben.

„Auch — jawohl, über dich auch“, gab Mathias zu. „In der Hauptsache ging es aber auf mich. Und weil du dich ja nicht hast wehren können, hab ich ihm die Lektion auch an deiner Statt erteilt.“

„Dann müßte ich mich jetzt bei dir bedanken? Ach was!“ stöhnte sie. „Ich bin ja selber schuld. Wie hab ich denn bloß so dumm sein können! Aber wie soll ich dir denn das erklären?“

„Ich hab dir heut schon einmal gesagt, du bist mir keine Rechenschaft schuldig. Ich verstehe jetzt nur so manches. Im Haus keine Liebschaft. Ist auch nicht notwendig, man geht dazu eben außer Haus, und wenn es noch so schüttet.“

Sie sah ihn ganz offen, mit großen Augen an. „Siehst du, auf das habe ich gewartet. Und ich merke, daß du mich verachtest. Und dabei könnte ich deine Hilfe so notwendig brauchen."

Mathias sah sie zweifelnd an. „In der Sache? Das glaube ich kaum. Du bist viel zu sehr selbsteigene Persönlichkeit, als daß du dir nicht zu helfen wüßtest."

„Ich glaube, du verkennst mich ein bißl, Mathias."

„Kann sein. Wann hätte ich dich auch besser kennenlernen sollen?"

„Es wird dir wahrscheinlich nichts daran gelegen sein. Und schau, Mathias, wenn ich hoffen dürft', daß du den Jäger meinetwegen —"

„Wegen wem denn sonst, meinst du?"

Langsam tastete sich ihre Hand über den Tisch herüber und legte sich schüchtern auf die seine. „Mathias, das macht mich — froh. Du hast dich für mich eingesetzt, und alle haben es doch gehört. Aber das macht mir nichts aus, ich hab jetzt bloß Angst vor seiner Rache, und daß er auch dir was antun könnte."

„Waaas? Angst um mich?" Er schüttelte verständnislos den Kopf. „Du wirst doch nicht glauben, daß ich mich vor so einem fürchte?"

„Seit heute nacht weiß ich, daß er hinterlistig und falsch ist. Und drum hab ich ja vorhin gemeint, daß ich deine Hilfe brauchen könnte."

„Daran soll es nicht fehlen. Auf mich kannst du dich verlassen. Es fragt sich bloß, was hernach sein wird, nach der Ernte, wenn ich wieder weg bin."

Er spürte den kurzen, erschrockenen Druck ihrer Hand, die sie jetzt zurückzog. In ihren hellen Augen schimmerte es verdächtig.

„Du willst mich also wieder allein lassen?"

Er tunkte die Soße noch aus seinem Teller, dann

schob er ihn zurück, wischte sich mit dem Taschentuch den Mund ab und sah sie an. „War es denn ursprünglich nicht so, daß du mich nach der Ernte wieder wegschicken wolltest?"

„Ja, ursprünglich vielleicht", gestand sie leise.

„Wie du gemerkt hast, daß ich nicht nach deiner Pfeife tanze."

„Ehrlich gesagt, Mathias, gleich am Anfang, da hab ich mich geärgert, das gebe ich zu. Aber wie ich dann gesehn hab, wie du dein Sach' verstehst, und daß alles einen Sinn hat, was du anpackst, da hab ich mir das nicht mehr gedacht. Und am liebsten tät ich dich jetzt fragen, was wir morgen tun?"

„Das werde ich dir gleich sagen." Er stand auf, ging zum Barometer, das in der Fensterhöhle hing, klopfte dran und wandte sich zurück. „Wir werden morgen, so wie du es bereits bestimmt hast, das Vieh auf die Alm treiben."

„Der Lenzl muß der Martha helfen dabei."

„Schön, einverstanden. Ich werde dann droben die große Hangwiese mähen."

„Für den Silo, meinst?"

„Nein, zum Heuen." Er zündete sich eine Zigarette an. „Du müßtest noch jemand einstellen für die Ernte, meinst du. Wenn die Martha auf die Alm zieht, sind wir zu viert, ohne den Anselm. Und zu viert brächten wir alles leicht unters Dach, wenn du einen Heuauflader und einen Ablader anschaffen möchtest."

„Ja, das sagst du so leicht. Und was der kostet?"

„Sechstausend kostet ein Heuauflader. Aber heut' hab ich erfahren, daß in der Kreisstadt im Lagerhaus ein gebrauchter zum Verkauf steht um die Hälfte des Neupreises."

Sie sah ihn immer noch skeptisch und unsicher an, war aber doch schon halb gefangen von seinem Plan. Dann stand sie plötzlich auf. „Ich räume jetzt das Geschirr ab, und dann können wir weiterreden. Wenn du Lust hast, gehn wir zur Hangwiese hinauf und schaun, wie hoch das Gras dort schon steht."

Er blieb in der Stube zurück, hörte, wie sie drüben in der Küche mit dem Geschirr umeinanderschepperte und dann in ihre Kammer ging. Nach ungefähr zehn Minuten kam sie zurück, hatte ein leichtes, helles Dirndlkleid an und sah so strahlend aus wie ein junges Mädchen. Sie hatte eine Silberkette mit einem Goldschloß in den Händen, trat vor ihn hin und sah ihn bittend an.

„Magst mir nicht die Kette hinten zumachen?" Sie senkte dazu leicht den Nacken, aber als sie seine Hände an ihrem Hals spürte, da war es ihr, als ginge ein Stromschlag durch ihren Körper. Nicht viel anders erging es ihm. Er ließ seine Hände auf ihren Schultern liegen. Ihre Stirnen senkten sich gegeneinander. So standen sie eine Weile ganz still, als habe sie ein Mittagsbann gestreift.

„Du schönes, blühjunges Weiberl!" flüsterte er in ihr Haar, und als sie den Kopf zurücknahm und in seine Augen schaute, da war ihr zu Mute, als hätte sich der Himmel mit all seinen Sternen auf sie niedergesenkt.

„Gehn wir jetzt 'nauf auf die Wiesen?" fragte sie. Sie hatte auf einmal das Verlangen, mit ihm allein durch den warmen Sommertag zu wandern, wagte nur nicht, seine Hand dabei zu nehmen, aus Angst, sie könnten dabei beobachtet werden. Einmal blieben sie stehen, und Mathias hob die Hand nach ihrem Haar, um eine Wespe daraus zu nehmen, die sich dort niedergelassen hatte.

„Schau so ein Vieh an", lächelte er. „In einer Minute hätte sie dich vielleicht gestochen."

„Wie gut, daß du sie gesehen hast", antwortete sie, sah sich nach allen Seiten um und faßte nach seiner Hand. So gingen sie am Rain der Wiese bis dorthin, wo sie an den Wald stieß und unter einer alten Eiche eine Bank gezimmert war. Dort nahmen sie Platz und wußten auf einmal nicht mehr, was sie anfangen sollten. Mathias hätte gern den Arm um ihre Schultern gelegt, und sie hätte gern ihren Kopf an seine Brust gebettet. Aber für solche Kindereien waren sie doch wohl schon über die Jahre hinaus, und die Lindenhoferin merkte mit wachsendem Staunen, wie rührend unbeholfen er war und mit welcher Scheu er ihre Nähe genoß.

„Ich hab es jetzt schon beschlossen", sagte sie plötzlich. „Ich werde den Heuauflader kaufen, weil du es so meinst."

Er wandte ihr das Gesicht zu. Um seinen Mund war ein zärtliches Lächeln, so wie ein Knabe lächelt.

„Du wirst es nicht bereuen, Bäuerin. Aber ich möchte hernach nicht hören, daß ich dich dazu verleitet hätte."

„Du wirst nie ein Wort des Vorwurfs von mir hören, Mathias."

Der Nachmittag war so versonnen still. Kaum daß sich die Wipfel der Tannen rührten. Bienen summten durch die Luft, und zuweilen pfiff ein Vogel hoch im Gezweig. Drunten lag von der Sonne umschmeichelt der Lindenhof. Das Wasser des Weihers schimmerte wie grünliches Gold, und die Enten auf dem Wasser sahen von dieser Höhe aus wie kleine weiße

Spatzen. Fern wie das feine Rauschen von Seide, wenn eine Hand drüberfährt, hörte sich der Wasserfall an.

Und in diese Stille hinein sagte die Lindenhoferin: „Ich könnte es mir gar nimmer vorstellen, Mathias, wenn du einmal nicht mehr dawärst."

„Ist das dein Ernst?"

„Du kannst von mir vielleicht manches denken, aber ehrlich bin ich immer gewesen. Und du solltest es auch sein, Mathias. Du hast mich heute nacht gehört, gell?"

„Zuerst hab ich gemeint, es wäre die Loni oder die Martha. Aber ich habe dann dich am Schritt erkannt."

„Du bist am Fenster gestanden, gell?"

„Ja, das ist doch nicht verboten?"

„Du wirst dir jetzt weiß Gott was denken?"

Er spürte die Not in ihr, die Qual, sich losmachen zu wollen aus einem Verhängnis, und er legte nun den Arm um ihre Schulter. „Ist denn das so wichtig, Sophie, was ich denke?"

Sie lehnte den Kopf an seine Schulter und atmete tief. Er hatte sie Sophie genannt, zum erstenmal, und sie spürte die Güte, die aus ihm strömen wollte.

„Ja, Mathias, das ist mir sogar sehr wichtig, wie du über mich denkst."

„Du bist die reiche Lindenhoferin und kannst tun und lassen, was du willst. Und du bist keineswegs so alt, daß man es dir übelnehmen dürfte. Was mich an der Sache wundert, ist eigentlich nur das eine, daß du jemandem nachlaufen mußt. Das hast du doch nicht notwendig. Du bist die Bäuerin am Hof und du kannst zu dir einladen, wen du willst."

Sie sah auf ihre Hände nieder, die sie im Schoß verschlungen hielt. „Du hast recht. Aber vielleicht wollte ich das nicht. Ich wollte weder jemanden einladen noch jemandem nachlaufen. Im März hat es begonnen. Da traf ich ihn einmal in der Kreisstadt. — Interessiert es dich?"

„Ja, es interessiert mich."

„Er war am Anfang überhaupt nicht aufdringlich, der Jäger. Und ich muß zugeben, es hat mir geschmeichelt, daß er mir Dinge gesagt hat, die ich bis dahin noch gar nicht gewußt hab. Und ich war so lange allein — ach Gott, du wirst das vielleicht gar nicht begreifen?"

„Oh, ich glaube schon."

„Aber dann habe ich erkannt, daß er nicht so ist, wie er sich am Anfang gegeben hat, daß er zwei Gesichter hat. Ich bin nur auf sein Geplapper hereingefallen und hab alles ernst genommen, was bei ihm doch nur Berechnung war. Ich weiß heut selber nicht mehr, was mich in seine Macht gezwungen hat und warum ich hab gehen müssen, wenn er es wollte. Er muß mich rein verhext haben."

Mathias dachte eine Weile nach, dabei legte sich seine Hand ganz sacht auf ihr Haar. Dann sagte er: „Das darfst du gar niemandem erzählen, daß du dich hast verhexen lassen von so einem. Sonst ist dein ganzer Ruf beim Teufel."

„Ich habe es noch niemandem erzählt. Außer dir weiß es bis jetzt niemand."

„Doch, der Anselm weiß es."

„Stimmt, Anselm weiß es, weil er uns einmal hat stehen sehen, hinten am Weiher. Aber Anselm hätte mir auch nicht helfen können."

„Das werde wahrscheinlich ich auch nicht können."

Die Lindenhoferin machte schon den Ansatz dazu, ihm zu versichern, daß nur er ihr aus dieser Verwirrung heraushelfen könne. In diesem Augenblick sagte Mathias:

„Ich werde morgen den ganzen Hang gleich auf einmal mähen."

Enttäuscht sah sie ihn an. „Müssen wir denn jetzt von der Arbeit reden, Mathias?"

„Wir müssen nicht unbedingt, aber ich glaube, wir beide sollten überhaupt von nichts anderem als nur von der Arbeit reden. Das wäre gut für mich und für dich. Vor allem aber solltest du aufhören, dich vor mir zu entschuldigen, weil es hier nichts zu entschuldigen gibt."

Sie horchte angestrengt seinen Worten nach, deutete sie hin und her und fragte sich besonders, warum es gut sein sollte für ihn und für sie, wenn sie nur von Arbeit sprachen.

„Nein, es gibt nichts zu entschuldigen, und ich will es auch gar nicht. Ich will nur, daß du nicht schlecht von mir denkst."

Zum erstenmal drückte sein Arm sie jetzt fester, so als ob er damit andeuten wollte: Bleib doch ruhen an meiner Schulter.

„Ich denke nicht schlecht von dir, Sophie. Aber jetzt eine andere Frage, und du sollst sie mir ganz ehrlich beantworten. Seit wann hast du gemerkt, daß du dich geirrt hast, und daß der Jäger zwei Gesichter hat?"

Ganz leicht zuckte sie unter seinem Arm zusammen. „Muß ich dir das wirklich ganz ehrlich beantworten, Mathias?"

„Du hast vorhin gesagt, daß du immer ehrlich gewesen bist. Seit wann also?"

Sie schmiegte sich jetzt ganz eng an ihn, barg ihren

Kopf fest an seine Brust. „Seit dem Abend, an dem du auf den Lindenhof gekommen bist."

Der Vogel im Geäst über ihnen begann wieder zu singen. Über den Taleinschnitt her hörte man die Kinder vom Puttkammerhof plärren. Einmal trat scheu ein Reh aus dem Jungholz, funkelte mit blitzenden Lichtern umher und begann zu äsen, als wüßte es, daß ihm von den zwei Menschen keine Gefahr drohte.

Behutsam nahm Mathias jetzt das Gesicht der Frau in seine Hände und wollte, daß sie ihn ansehe. Aber sie hielt die Augen geschlossen, als schäme sie sich ihres Geständnisses. Wie dunkle Sicheln lagen die langen Wimpern über ihren hellen Sternen. Die Wangen waren leicht gebräunt, der Mund stand halb offen.

„Ich habe es gewußt und gefühlt."

„Woran denn?"

„An deiner Kälte und Unnahbarkeit, die du mir zeigen wolltest."

Jetzt öffnete sie die Augen und sah ihn an. Ein bezauberndes Lächeln lag über ihrem Antlitz. „Und weil ich dir dann doch in allem nachgegeben habe."

Er nickte und beugte sich dabei so weit vor, daß Frau Sophie meinen mußte, er wolle sie küssen. Und weil dies zugleich auch ihr brennender Wunsch war, hob sie ihm den Mund entgegen.

Das Reh hob den rassigen Kopf und spitzte die Lauscher, als wolle es sich überzeugen, warum es auf einmal so feierlich still war. Die Kinder über dem Hügel sangen jetzt ein langes, schwermütiges Lied, ein bißchen durcheinander die Stimmen, als spielten sie Beerdigung. Dann ging ein Rauschen durch die Zweige, und man glaubte, man höre die Fichtennadeln rieseln.

„Jetzt ham wir's", sagte Mathias trocken, als sie sich voneinander lösten.

„Was meinst du, Mathias?"

„Daß wir jetzt genau das haben, was du ja nicht dulden wolltest — eine Liebschaft im Haus." Ganz unglücklich sah er dabei aus, obwohl es in ihm gluckste vor Glückseligkeit. Die Lindenhoferin verstand es auch so und ging auf seine Ulkerei ein.

„Wir sind ja nicht im Haus, sondern hier im Freien. Ach, Mathias, wie könnt' es auf der Welt schön sein! Und da muß ich dumme Gans mich von dem Jäger betölpeln lassen. Hättest du denn nicht ein paar Monate früher kommen können? Aber was will ich denn? Ich bin ja schon los von ihm. Ich hab ihm auch nie Hoffnungen gemacht, und außer ein paar Küssen ist wirklich nichts gewesen. Aber davon wollte er Rechte ableiten, die ihm nie zustanden."

„Am besten wird sein, Sophie, wir reden nicht mehr davon. Und wenn wieder einmal das Käuzchen rufen sollte, dann geh ich statt deiner."

„Ich hab ja gewußt, Mathias, daß du mir beistehen wirst."

Dann küßten sie sich wieder, und hernach war etwas wie eine ganz große Ruhe in ihnen, eine stille Gewißheit war in sie eingekehrt, die sie vertrauensvoll hinnahmen, als hätte Gott sie ihnen als Geschenk überreicht.

„Was denkst du denn jetzt, Mathias?" wollte sie wissen. „Über mich, meine ich."

„Um das ganz auszudenken, dazu werde ich noch einige Zeit brauchen, denn es passiert ja nicht alle Tage, daß eine Frau ihren Knecht bittet, er möge ihr helfen, sie aus einer Verwirrung zu erlösen."

„Eine Verwirrung, ja, anders kann man das wohl nicht nennen. Ich muß blind gewesen sein."

„Nein, nicht blind, nur zu einsam und — zu ungeduldig."

„Zu ungeduldig? Wie meinst du denn jetzt das wieder? Bei dir muß man so achtgeben, was du sagst."

„Weil du nicht hast warten können, bis der Richtige kam."

„Ja, da hast du recht, Mathias."

Er blickte auf sie nieder, in ihre Augen hinein, die wie zwei Brunnen waren. „Wenn man dich so anschaut, meint man, du wärst noch ein ganz junges Mädchen."

„Ja, ein Mädchen von dreiunddreißig Jahren."

„Und küßt einen viel jüngeren Mann! Schäm dich! Ich bin nämlich erst dreißig."

„Was? So jung noch und schon so verdorben?" lachte sie.

„Noch bin ich nicht verdorben, aber ich will mich gern von dir verderben lassen."

So scherzten sie miteinander, als wären sie schon alte Liebesleute, indessen das Wunder gerade angefangen hatte, sich in ihre Herzen zu schleichen.

Und während sich die Sonne schon feierlich dem Westen zuneigte, die Schatten hinter ihnen aufstanden und sich auf die Hangwiese legten, dachten sie beide, daß sie hier sitzenbleiben möchten in dieser Verzauberung, weil die Wirklichkeit jetzt nur noch grausam und ohne Gnade sein konnte. Wie sollten sie denn verbergen, was in ihren Augen aufgeblüht war? Es ließ sich wohl nicht verbergen, wenn auch bei Bauernmenschen das Wort von der Liebe nicht zum Alltagsgebrauch werden kann, weil eine verhaltene Scheu sie hindert, einen feierlichen Schwur zu leisten, etwa nach Städterart: „Ich werde dich ewig lieben, werde dir treu sein bis in den Tod, und ich weiß wirklich nicht, wie ich ohne dich überhaupt noch leben soll“, — und wie diese Sprüche alle heißen mögen.

„Sophie, ich hab dich narrisch gern“, sagte Mathias und meinte es ehrlich von Herzen. Und die Lindenhoferin schaute ihm nur in die Augen, strich dann mit ihrer Hand über den Rücken seiner Nase hin und senkte demütig den blonden Kopf.

„Ich dich auch, Mathias.“ Und das war genau so ehrlich, wie die nächste Frage voller Bangnis war: „Wie werden wir es denn vorerst noch geheimhalten können?“

„Schwer wird das schon sein. Im Haus darf ich dich nicht küssen — wegen der Ordnung. Ich werde dir also einen Zettel zustecken müssen: Möchte die Frau vom Lindenhof heute, wenn es dunkelt, nicht hinters Haus kommen zum Weiher?“

Sie lachte hellauf, packte ihn vorn beim Haarschopf und zog sein Gesicht nahe ans ihre herunter. „Ich hab gar nicht gewußt, Mathias, daß du so witzig sein kannst.“

„Das ist erst der Anfang, Sophie. Es könnte sehr schön werden mit uns beiden.“

Ganz ernsthaft nickte sie und deutete damit an, daß sie derselben Meinung war.

Aber dann, als die Schatten immer länger wurden und die Berge schon im Abendrot leuchten wollten, erhob sich die Lindenhoferin doch. „Mathias, ich glaube, jetzt muß ich heim. Gehn wir getrennt?“

„Heute und morgen schon noch. Was übermorgen ist, das wissen wir noch nicht. Ich geh jetzt noch ein

Stück den Wald hinauf und komm auf einem Umweg zum Hof zurück."

Noch einmal umfing er sie, dann ging er in die tieferen Schatten des Waldes hinein und sie den Hang hinunter. Ohne daß sie es ausgemacht hatten, blieben sie gleichzeitig stehen und blickten zurück. Frau Sophie konnte den Mann nicht sehen und winkte ins Ungewisse des Waldschattens hinein. Sie aber stand groß und majestätisch im Glanz des rötlichen Sonnenlichtes, einer Priesterin gleich, die die Hand zum Segen erhoben hatte.

Dann ging sie schnell den Hang hinunter, indessen Mathias an einen Baum gelehnt stand und nicht recht wußte, wie ihm geschehen war.

*

Wie grausam die Wirklichkeit war, das merkten sie an diesem Abend schon. Vielleicht war es auch eine Täuschung, wenn sie meinten, daß aller Augen auf sie gerichtet seien. Aber das war wirklich nur Einbildung, denn keines benahm sich anders als sonst. Nur sie selbst. Sie wagten einander kaum anzusehen, obwohl sie kein schlechtes Gewissen zu haben brauchten. Sie waren einfach gehemmt, und diese Hemmung breitete sich über sie wie ein schwerer Mantel, der alles verhüllen wollte.

Nur um überhaupt etwas zu sagen, warf die Lindenhoferin die Überraschung für alle über den Tisch hin. „Ich werde morgen nachmittag mit Mathias in die Kreisstadt fahren und einen Heuauflader kaufen."

„Endlich!" platzte der Lorenz wie aus der Pistole geschossen heraus. Und der alte Anselm nickte ein bißchen schwermütig: „Wer hätte das zu meiner Zeit gedacht! Ja, ja, die Zeiten haben sich halt geändert."

„Und man muß mit der Zeit gehen", sagte die Lindenhoferin. Und als müßte sie ihren Entschluß noch weiter rechtfertigen, fügte sie hinzu: „Dann brauchen wir niemanden mehr zur Ernte einzustellen. Das hat auch immer einen Haufen Geld gekostet. Und — nicht wahr, Mathias, du hast doch gesagt, daß sie im Lagerhaus einen gebrauchten Heuauflader hätten?"

Mathias nickte nur. Es sollte durchaus nicht so aussehen, als ginge die Initiative von ihm aus.

Gleich nach dem Essen stand er auf und ging hinters Haus zum Weiher. Das Abendrot leuchtete immer noch, und in der Trauerweide säuselte der Wind. Das war wahrscheinlich immer so gewesen, wie die Bäume des Waldes und die Berge. Und doch hatte sich die Welt — seine Welt — heute geändert. Sein Leben war in eine neue Phase getreten, hatte ihm einen neuen Weg aufgezeigt. Doch es schritt sich noch gar nicht so sicher auf diesem Weg. Es war zwar nichts da, aber er bildete sich ein, es lägen Steine da, über die er nicht hinwegkam, ein tiefer Graben, über den er nicht springen konnte.

Er erlebte die Stunden wieder da droben am Waldrand, die ganze Schamhaftigkeit, mit der sich Frau Sophie aus ihrer Verwirrung entkleidet hatte, und hatte auf einmal heftige Sehnsucht nach ihr, nach dem Klang ihrer Stimme, nach ihren Küssen, die ganz anders waren als die Küsse der kleinen Asiatin Yiuni. Nicht so brennend, nicht so leidenschaftlich, eher still und kühl, ihre Lippen waren wie ein Tulpenblatt im Tau.

Fragte sich nur, wie das jetzt weitergehen sollte.

Sie konnten sich doch auf die Dauer nicht so verstellen, wie sie es heute abend getan hatten. Sie könnten höchstens ein Lächeln aufsetzen, das nach gar nichts aussah, und als wüßten nur sie beide, aus welchem Grunde es zu geschehen hatte.

Immer dunkler, immer kühler wurde es jetzt. Die Sonne war längst in einen glasklaren Himmel hinabgesunken und würde morgen früh wieder heraufkommen, wie sie immer heraufgekommen war seit Ewigkeiten. Und unter ihrem Licht — hatten sie darunter jetzt etwas zu scheuen oder nicht? — —

Wie es weitergehen sollte, das fragte sich in der gleichen Stunde auch die Lindenhoferin. Sie lag straff ausgestreckt in ihrem Bett, hatte die Hände hinter dem Kopf verschränkt und starrte zur Decke hinauf. Wenn sie den Kopf ein wenig drehte, sah sie ein paar Sterne durchs Fenster flimmern, und es dauerte noch eine Weile, bis sie ganz ruhig und stetig brannten. Aber immer wieder kamen andere dazu, zuckten ein wenig, als hätten sie Mühe, gegen einen Wind anzukommen und über der Welt leuchten zu dürfen. Vierzehn Sterne zählte Frau Sophie in dem kleinen Fensterausschnitt. Und darunter leuchtete einer ganz hell. Vielleicht war es ihr Stern.

Ihr Denken war klarer und zielsicherer als das des Mannes drüben am Weiher. Vielleicht kam das daher, weil sie sich bewußt war, daß das Schicksal jetzt nur in ihrer Hand lag. Und dabei war ein großer Friede über ihr Gesicht gebreitet, der Friede eines Menschen, der nochmals alles von vorn beginnen wollte. Sie hatte das Gefühl, daß sie es war, die die Hand ausstrecken mußte, damit Mathias sie ergreife. Oder vielleicht ergriff nun Gott selbst ihre Hand, um sie aus aller Wirrnis herauszuführen in ein Leben der schönsten Erfüllung.

Und auch das bedachte die Lindenhoferin in dieser Nacht, daß alle ihre Gefühle sich immer nur in Sehnsüchten erschöpft hatten. Als kleines Mädchen schon, wenn sie davon geträumt hatte, aus der Enge ihres Daseins herauszusteigen, und später dann als junge Frau. Und niemals hatte sich ihre Sehnsucht erfüllt, weder bei ihrem Mann noch bei dem Jäger. Immer war diese Leere in ihrem Leben gewesen, immer die Unfreiheit und die Freudlosigkeit, immer das ängstliche Warten, daß ihre Sehnsucht sich in einer starken Wirklichkeit erschöpfe.

Und nun stand ein neues Beginnen am Horizont ihres Lebens, das sich bereits dem Mittag zuneigte. Mit der ganzen Kraft ihres Wesens wollte sie sich an dieses neue Beginnen verschenken und wünschte sich, daß sie mit ihrer Liebe behütet werde wie in einer Muschel, die aus dem Grund des Meeres heraufgestiegen war ins Licht des Tages, in ihre große, bäuerliche Welt, in diesen Sommer, der glühte und die Felder reifen ließ zu goldener Schönheit.

So stark gab sie sich all diesen Gedanken hin, daß ihr die Augen darüber zufielen zu erquickendem Schlaf. Sie hörte den Schritt nicht mehr, der vor ihrer Tür verhielt, als wolle versucht werden, ob verriegelt sei, und sich dann doch über die Stiege hinauf entfernte.

*

Am andern Morgen, als gemolken war, rüstete die Martha zum Almauftrieb. Den Kühen wurden die schweren und halbschweren Glocken umgehängt, den Kälbern, soweit sie mit hinauf durften, kleine Schellenglöcklein.

Der Lorenz zog den hohen zweirädrigen Almkarren aus dem Schuppen und spannte einen der Goldfüchse ein. Auf den Karren wurden Decken und sonstiges Bettenzeug geladen und Lebensmittel für eine Woche, unter anderm auch eine Kiste mit Bier und Wein, falls es etwaige Almgäste danach gelüsten sollte. Die Martha stand im Hof mit Rucksack und Bergstecken und hatte die Krempen ihres Strohhutes zum Schutz vor der Sonne heruntergebogen. Die Loni trieb jetzt die Herde aus dem Stall, und der ganze weite Raum vor dem Hof war erfüllt von dem dröhnenden Klang der Herdenglocken. Jetzt kam die Lindenhoferin mit einem Weihwasserkesselchen aus dem Haus und spritzte geweihtes Wasser über die Herde hin, bekreuzte auch die Martha damit und sagte dabei: „Der Herrgott sei mit dir und der Herde.“

Der alte Anselm stand neben ihr, ein Patriarch, für den ein Almauftrieb immer noch eine feierliche Handlung war.

Mathias beobachtete das alles vom Hang herunter, wo er seit zwei Stunden mähte. Die gelben Dotterblumen lagen bereits müde und welkend in der steigenden Sonnenhitze. Gut die Hälfte der Wiese war schon gemäht, und die Lindenhoferin hatte das Gefühl, als wenn heuer alles viel schneller ginge.

Gegen halb neun Uhr, als die Loni mit dem Vesperkorb zur Wiese hinauf wollte, nahm ihr die Lindenhoferin den Korb ab. „Bleib du beim Herd. Setz

Kartoffeln auf und so gegen zehn Uhr das Rindfleisch. Tu aber gut Grünzeug hinein."

Die Loni schaute ein bißchen verständnislos drein. Wann war denn das je geschehen, daß die Bäuerin selber auf die Wiese hinaufging? Am Vormittag wenigstens. Nachdenklich stand die Loni am Küchenfenster und schaute der Bäuerin nach, wie sie mit zügigem Schritt den Hang hinaufging, in der einen Armbeuge den Korb, auf der andern Schulter den Rechen. Auf einmal wurde sie von einem Gedanken gepackt. Sie eilte ins Stübchen hinüber und holte das Fernglas. Sie fieberte geradezu vor Neugierde, schraubte solange, bis sie ein klares Bild vor sich hatte, vielleicht genau das Bild, das sie vermutet und das ihre Neugierde aufgestachelt hatte.

Sie sah, wie die Bäuerin den Vesperkorb in den Schatten der großen Eberesche stellte. Der Traktor fuhr die Strecke bis dorthin noch, dann wurde er abgestellt, Mathias sprang herunter und ging auf die Esche zu, unter der die Lindenhoferin nun saß, anstatt die Mahd mit dem Rechen ein wenig auszubreiten.

Vor lauter Eifer, noch mehr zu sehen, verschraubte die Loni das Glas so sehr, daß sie nicht sehen konnte, wie Mathias sich niederbeugte und der Bäuerin die Hand gab. Das sind ja ganz neue Bräuche! dachte die Loni, als das Bild wieder klarer wurde und Mathias neben der Bäuerin saß, ihre Hand hielt und sie anschaute, anstatt gleich aus der mitgebrachten Bierflasche zu trinken, wie es der Durst bei so einer Hitze sicherlich verlangt hätte. Aber Mathias hatte anscheinend einen anderen Durst. Die Loni entrüstete sich:

„Da möchtst doch hin werden! Drum hat sie selber die Brotzeit 'nauftragen wollen!" Sie schraubte wieder, das Bild verschwamm, und sie schimpfte: „Hundsglump, verrecktes! Für was bist denn du ein Fernglasl, wenn du einem nichts zeigst!"

Die Entfernung war eben doch zu groß für dieses Glas, das kein Feldstecher war, sondern nur ein gewöhnliches Opernglas, das einmal ein Sommergast vergessen hatte. Enttäuscht trug die Loni es wieder hinüber und stellte dann die Kartoffeln auf, immer vor sich hinsinnierend und sich etwas zusammenreimend, was so gar nicht in ihre Vorstellung hineinpassen wollte.

„Da sieht man's wieder! Unsereinem tät sie es verbieten, und sie macht dem Mathias Augen! Aber die Martha hat schon recht: Was der Mensch braucht, das muß er haben. Da wird der Lenzl schaun, wenn ich's ihm sag!"

Für die Loni brach nämlich jetzt die goldene Zeit wieder an. Die Martha war auf der Alm, und sie hatte die Kammer allein, brauchte sich also nicht mehr verstohlen mit dem Lorenz außerhalb des Hofes zu treffen. — —

Droben auf dem Hang aber sagte die Lindenhoferin: „Ich hab selber 'raufmüssen mit der Brotzeit. Soviel Sehnsucht hab ich gehabt nach dir."

„Ich hatte so eine Ahnung, daß du selber kämst."

„Freut es dich, Mathias?"

Er trank aus der Bierflasche einen tiefen Zug, verschloß die Flasche, stellte sie neben sich ins Gras, dann legte er den Arm um die Frau und küßte sie. Das weiße Kopftuch rutschte ihr in den Nacken, so weit bog sie den Kopf zurück und sah dabei zum Himmel auf, an dem kleine Schäferwölkchen schwammen. Hernach fragte sie:

„Fahren wir dann heut nachmittag in die Kreisstadt?"

Er nickte, nahm eins von den Wurstbroten aus dem Korb und biß herzhaft hinein.

„Heut geht es grad schön. Der Lorenz kann am Nachmittag das Gras wenden, und morgen können wir's dann schon aufladen mit dem Heuauflader."

„Da werden die andern schaun!" freute sie sich. „Und meinst du, daß wir wirklich keine Leut mehr einstellen sollen?"

„Für was denn? Die Maschine muß sich amortisieren." Er hielt ihr das Brot hin, daß sie auch abbeißen solle, und hernach tranken sie nacheinander aus der Flasche. Eine Zigarette noch, dann erhob sich Mathias. „Jetzt muß ich's wieder anpacken, sonst werd ich nicht fertig bis Mittag."

„Und was muß ich tun, Herr Baumeister?"

„Zieh mit dem Rechen die Mahd ein bißl auseinander, wo sie besonders dick liegt. Aber unbedingt sein muß es nicht. Es wird leicht dürr bis morgen."

„Darf ich mich dann ein bißl zu dir auf den Traktor setzen?"

Sie, die Bäuerin fragte, ob sie das dürfe! Wie ein Kind, das etwas erschmeicheln will. Sie saß neben ihm, und der Lärm des Traktors war so laut, daß sie schreien mußte, um verstanden zu werden.

„Hat dir nichts geträumt heut nacht, Mathias?"

„Darf ich nicht sagen."

„Ich möcht es aber gern wissen."

„Wer wird denn gleich so neugierig sein?"

„Mir hat schon was geträumt, Mathias."

„Was denn? Was Schönes?"

„Daß du vor meiner Kammertür gestanden bist."

Er fuhr die enge Kurve am Rand oben ziemlich scharf, so daß sie gegen seine Schulter gedrückt wurde. Als es dann wieder geradeaus ging, sagte er:

„Das war aber kein Traum, Sophie. Ich bin tatsächlich davor gestanden. Aber dann ist mir eingefallen, was du mir am ersten Abend gesagt hast, daß Liebschaften im Haus grundsätzlich nicht geduldet werden, weil das wider Zucht und Ordnung wäre."

„Hab ich das wirklich gesagt? Ich weiß es nimmer. Du hast an demselben Abend auch manches gesagt, von roten Kühen und grüner Milch. Da hab ich mir gedacht: Was muß denn das für ein Mensch sein, der mit so einer Gewandtheit lügen kann? Du mußt mir übrigens noch viel erzählen aus deinem Leben. Es wird sich nicht umgehen lassen, daß du am Abend jetzt wieder zu mir ins Stübchen kommst. Wo sollten wir denn sonst reden? Auch von dem Mädel mußt du mir erzählen, das du an deiner Kastentür hängen hast."

„Also doch!" sagte er und lachte herzhaft.

„Was meinst?" schrie sie ziemlich laut in das Dröhnen des Motors.

„Daß du droben warst in meiner Kammer."

„Hätte ich das nicht dürfen?"

„Eigentlich nicht. Aber jetzt ist es ja gleich. Und was die Yiuni betrifft, ich hab sie in Saigon kennengelernt, und dann ist sie mit uns gezogen, als eine Art Marketenderin, weißt. Das dumme Patscherl! Mitten zwischen die Augen hat sie die Kugel getroffen.

So blitzschnell hab ich noch keinen Menschen sterben sehn wie sie."

Sie hatten noch drei- oder viermal hin und her zu fahren, dann war die Wiese gemäht. Sie fuhren miteinander zum Hof hinunter und lachten einander so unbekümmert an, daß die Loni wieder feststellen mußte:

„Einen Besen freß ich, wenn sich da nichts zusammengespielt hat!"

*

„Kennst du die da drüben am Tisch?" fragte der Schmorrbauer seinen Nachbarn, den Mayr von Dredd, in der geräumigen Gaststube des Mohrenwirts in der Kreisstadt und schob sein Kinn zu dem weißgedeckten Tischchen auf der andern Seite hinüber. Der Mayr drehte den massigen Schädel, schaute hinüber und nahm seinen Villinger Stumpen aus dem Mund.

„Das ist die Lindenhofbäuerin von Holzhausen."

„Bäuerin?"

„Und was für eine! Ihr Hof ist schön, der schönste vielleicht im Umkreis von dreißig Kilometern. Ihr Mann ist verunglückt, Urban hat er geheißen. Hast ihn sicher kennt, der wo so saufen hat können. Zwölf Maß an einem Abend hat er da herinnen einmal 'nuntergestemmt."

„Ach, der? Jetzt weiß ich's. Was ist dann das für einer, der bei ihr hockt?"

„Den kenn ich nicht."

„Schau nur grad hin, wie verliebt sie ihn anhimmelt. Mein lieber Schwan, der weiß offenbar, was er will."

„Ja, ja, der Lindenhof wäre für jeden ein warmes Nesterl. Guter Boden dabei, schlagbares Holz und Geld wie Kiesel", schwärmte der Mayr.

„Sie selber ist schon auch nicht schlecht beieinander." Der Schmorrer leckte sich mit der Zunge über die Lippen. „Die wär schon eine Todsünd' wert."

„No ja, übel darf man es ihr nicht nehmen, wenn sie noch mal heiratet. Allein ist's im Himmel nicht schön. Und den, wo sie da dabei hat, der schaut sich auch nicht unrecht an."

„Schau hin, wie er ihr 's Handerl streichelt! So ein verliebter Gockel!"

„Möchtst es du ihr streicheln?"

„Du vielleicht nicht?"

„Ja, aber mein Dringlichkeitsbedürfnis ist nicht ganz so groß wie das deine", lachte der Mayr. — —

Die beiden kümmerten sich um nichts, was um sie her vorging. Mathias Bleibtreu hatte, nachdem sie im Lagerhaus nicht nur den Heuauflader, sondern auch eine Abladevorrichtung gekauft hatten, die Lindenhofbäuerin zur Kreissparkasse geleitet und danach an seinem Arm hierher in die „Drei Mohren" geführt, um es nicht anders zu halten, als Bauer und Bäuerin es zu halten pflegten, wenn sie einmal miteinander in die Kreisstadt kamen.

Nur daß andere Bauersleute nicht Arm in Arm gingen, sondern meist er voraus und sie hintennach, weil die Weiber ja bei jedem Kaufladen über Gebühr lange stehenbleiben müssen. Diese beiden aber waren per Arm gegangen, daß heißt, Frau Sophie hatte sich in ihrer grenzenlosen Verliebtheit ganz einfach bei ihm eingehängt und dabei gesagt: „Mir ist das jetzt ganz wurscht, wenn uns jemand sieht. Ich kann es nicht ändern."

Die beiden aßen auch nicht die üblichen Weißwürste, die man am Nachmittag sowieso nicht mehr essen soll — eine Weißwurst soll das Zwölfuhrläuten nicht mehr hören —, sie bestellten sich eine kalte Platte und tranken Wein dazu. Und vom Wein schien Mathias etwas zu verstehen, denn er brachte die Bedienung ein bißchen in Verlegenheit, als er eine Flasche „Gimmeldinger Meerspinne" verlangte und das Mädel nicht wußte, ob dieser Wein vorhanden sei. Er ließ sich zuerst nur einen Schluck einschenken, kostete ihn und nickte. „Der geht."

Die Lindenhoferin wurde beim zweiten Glas schon ganz lustig, sie war ja Wein nicht gewohnt, kniff ihn in den Arm und flüsterte ihm zu: „Daheim hab ich auch noch eine Flasche Gumpoldskirchner."

So unbeschreiblich glücklich und zufrieden war sie an diesem Tag. Man sah es ihrem Gesicht an, dem von sanftem Rot überhauchten Antlitz, als hätte sich der Widerschein der Sonne seidenweich darüber gebreitet. Gemessen und korrekt saß Mathias neben ihr, und jedermann hätte sie für ein jungverheiratetes Paar halten können.

Um vier Uhr machten sie sich wieder auf den Weg zum Lagerhaus. Frau Sophie erledigte im Büro das Geschäftliche, und Mathias ließ sich alle Einzelteile der Maschinen genau erklären, besah sich auch einen Dreischarenpflug und stand dann wie in Andacht versunken vor einem der neuen Mähdrescher. Der Geschäftsführer schwänzelte um ihn herum, lobte den

Mähdrescher über den Schellenkönig und pries seine gewaltigen Vorteile.

„Da langen die Moneten nicht. Was kostet denn so ein Trumm?"

„Vierundzwanzigtausend."

„Geht gar kein Weg hin."

Es müßte ja nicht auf einmal bezahlt werden, versicherte man ihm — und man zählte ihm die anderen Vorteile alle auf. In ganz kurzer Zeit sei die Ernte eingebracht und zugleich auch schon gedroschen. Dann könnte man ihn ausleihen, die Stunde für dreißig Mark. Der habe sich schneller amortisiert, als man denke. Man könne hier Beispiele anführen — —

„Was für Beispiele?" fragte plötzlich die Lindenhoferin hinter ihnen.

„Ach", sagte Mathias. „Von dem Mähdrescher haben wir grad geredet. In der Stund' um dreißig Mark könnte man ihn vermieten. Aber er kostet ja über zwanzigtausend."

„Ich versteh da nicht viel", meinte die Lindenhoferin. „Aber praktisch soll so was schon sein, hab ich in der landwirtschaftlichen Zeitung gelesen."

„Es ist statistisch nachgewiesen", sagte der Verkäufer, „daß man bei den heutigen Löhnen auf die Dauer gesehen gar nicht mehr drumrumkommen wird, einen Hof vollständig aufs Mechanische umzustellen. Das liegt im Zug der Zeit und läßt sich nicht mehr aufhalten, wenn ein Hof noch rentabel sein soll."

„Ja, ja, im Zug der Zeit liegt viel", sagte die Lindenhoferin zweideutig und sah den Mathias an, der mit ganz verliebten Augen an dem Monstrum hinaufschaute und wohl am liebsten gleich hinaufgestiegen wäre, um den Motor anspringen zu lassen und den ganzen

Mechanismus spielen zu lassen. Aber dann drehte er sich abrupt um.

„Das braucht erst noch Überlegung. Die andern zwei Maschinen werden also pünktlich morgen geliefert?"

„Genau wie ausgemacht. Wir werden um zehn Uhr dort sein."

„Dann ist's recht. Komm jetzt, Sophie."

Draußen auf dem Marktplatz herrschte reges Leben. Bauernfuhrwerke holperten über das Kopfsteinpflaster, Kinder sprangen auf dem Gehsteig von einem Kreidekreis in den andern. Auf der Bank beim Münster saßen ein paar alte Weiblein im Schatten der Kastanienbäume, eine davon schob ein Kinderwagerl hin und her, und unter der Tür der Apotheke stand ein junger Provisor im weißen Mantel und putzte seine Brille.

„Ich spür den Wein ein bissl", sagte die Lindenhoferin und nahm dies wirklich nicht nur zum Vorwand, sich bei ihm einhängen zu können. „Am liebsten möchte ich jetzt noch eine Tasse Kaffee. Daheim werden wir jetzt auch nicht vermißt."

Auf dem Münster schlug es gerade die fünfte Nachmittagsstunde. Langsam schlenderten sie über den Marktplatz hin, suchten nach einem Café und fanden es leicht an der oberen Steige, mit einer kleinen Terrasse dabei und bunten Sonnenschirmen.

„Wäre dir nicht lieber ein Eis?" fragte Mathias.

„Ja, ein Eis", lachte sie. „Und einen Kaffee und eine Torte. Heut' ist schon alles gleich."

„Nimm Platz derweil, ich hol inzwischen den Wagen", sagte er und ging den Weg zurück bis zur Viehhalle, wo er den Wagen im Schatten abgestellt hatte. Ganz verlassen stand der „Bergesel" da, nicht mehr im Schatten, weil die Sonne inzwischen weitergewandert war. Glühend heiß war der Sitz, auf dem Mathias nun saß und doch nicht wegfuhr. Die Arme auf das Lenkrad gestützt, den Kopf darein gebettet, so saß er da und ließ alles wieder durch den Kopf gehen, was seit dem Sonntagnachmittag geschehen war. Genau gerechnet waren es jetzt vierundzwanzig Stunden her, und er konnte es einfach nicht fassen, daß sich in vierundzwanzig Stunden sein Leben so schlagartig ändern könnte. Er wußte nun, daß die Lindenhoferin ihn liebte, aber er wußte nicht, ob in ihm der gleiche helle Klang war, diese tiefe Glückseligkeit, die aus ihren Augen strahlte, dieses bedingungslose Verlieren an eine Person, an das Schicksal, oder wie man es sonst nennen mochte. Er wurde auch das Gefühl nicht los, als Glücksritter zu gelten, und er trug das dumpfe Gefühl in sich, als müsse er Sophie Braunfeld den Vorschlag machen, daß sie einander zuerst prüfen sollten. Und dazu war es vielleicht doch am besten, wenn er nach der Ernte wirklich wegging. Dann gab es keinen Tratsch, sie konnten warten, konnten in der Trennungszeit ermessen lernen, wie groß ihre Sehnsucht nach einander war, und ob das Erkennen dann so stark war, daß sie glaubten, ohne einander nicht mehr leben zu wollen.

Und Mathias war ehrlich genug zu sich selber, sich einzugestehen, daß es ihm schmeichelte, von dieser schönen, reichen Lindenhoferin emporgehoben zu werden aus seinem kleinen Leben. Es schmeichelte ihm und machte ihn nachdenklich zugleich, denn er liebte sie gewiß auf seine Art eben, aber er war nicht entflammt, so wie damals in Saigon bei Yiuni. Damals hatte er geglaubt, so groß und einmalig müsse die Liebe sein, damit sie ausreichen könne für ein ganzes Leben. Es war ihm auch heiliger Ernst gewesen, die kleine Asiatin nach dem Krieg mit heimzunehmen, weil er sich einfach nicht mehr von ihr trennen wollte. Aber der Tod hatte grausam seinen Griffel angesetzt. Vielleicht trug er die Erinnerung an dieses einmalige Menschenkind noch zu stark in sich, daß er seine Gefühle bisher nicht ganz freigemacht hatte für ein neues Erleben. Das müßte man noch abwarten, sich eben prüfen.

Auf einmal schrak er auf. Hatte er denn die Frau gänzlich vergessen, die auf ihn wartete? Er ließ den Wagen anspringen und fuhr zu dem Café an der Steige hinunter. Neben der großen Limousine, die inzwischen dort geparkt hatte, sah der kleine „Bergesel" so armselig aus wie ein Sauerampfer neben einem blühenden Rosenstrauch. Er wußte nicht, daß so ähnlich auch die Lindenhoferin gerade gedacht hatte und daß die halbe Stunde Alleinsein ausgereicht hatte, zu überlegen, ob sie nicht einen andern Wagen kaufen sollte, denn Staat war mit dem Bergesel wirklich nicht zu machen.

Mit einem stillen Lächeln empfing sie ihn, suchte nicht nach gewählten Worten, sondern sprach, wie es ihre einfache Seele eingab.

„Mein Lieber", sagte sie. „Kaum bist du einen Augenblick weg, weiß ich schon nimmer, was ich anfangen soll vor lauter Sehnsucht."

Das kann ja nett werden! dachte er. Wie sollte er ihr bei solcher Verfassung noch vorschlagen, daß sie sich trennen sollten zur Prüfung?

„Wo hast denn bloß so lang gesteckt?" fragte sie.

„Ach, da war was am Vergaser, das hab ich erst richten müssen."

Er wunderte sich, wie leicht ihm diese Lüge von den Lippen floß, und zugleich erschütterte es ihn, wie vertrauensvoll sie alles glaubte. Dieser Vitus Brenner mußte ja ein ganz leichtes Spiel mit ihr gehabt haben. Und als er das dachte, spürte er sofort einen leichten Stich. Also muß ich sie wohl doch lieben, stellte er fest, wenn schon der leiseste Gedanke an den Vorgänger etwas erregt in mir.

Umständlich hängte er seinen Hut an den Ständer und wollte sich auf den Stuhl ihr gegenüber setzen. Aber sie bat ihn so kindlich: „Setz dich doch zu mir her aufs Sofa, Mathias. Ich möcht dich ganz nah bei mir haben. Was magst denn jetzt? Magst auch ein Eis?“

„Lieber wär mir Kaffee.“

„Und eine Torte? Du, die ist gut. Ich hab zwei Stückl gegessen. Am liebsten möcht ich noch eins. Aber da wird man so dick davon, gell, und dann gefalle ich dir am Ende nimmer.“

„Ach geh, du Kindskopf!“

„Fräulein, bringen S' dem Herrn eine Portion Kaffee und auch eine Prinzregententorte.“

Ganz glücklich saß sie neben ihm, faßte unterm Tisch nach seiner Hand und flüsterte ihm zu: „Die zwei da drüben, das müssen auch zwei Liebesleute sein, weil er ihr gar so schön tut. Denen gehört der Wagen da draußen. Meinst nicht, Mathias, daß wir uns auch bald einen andern Wagen kaufen sollten?“

„Fragt sich dann bloß, was für einen. Es muß schon ein starker sein, oder es müßte die Straße zum Hof hinauf gerichtet werden. Das letzte Stück vom Wasserfall wenigstens.“

„Das hat der Urban schon allweil im Sinn gehabt, aber dann ist es nimmer dazu gekommen."

Er horchte angestrengt in sich hinein. Merkwürdig, beim Nennen dieses Namens blieb alles still in ihm. Nur der Gedanke an den Jäger brachte etwas in Wallung. Auf einmal fiel ihm auch ein, daß er von ihrem ersten Mann eigentlich recht wenig wußte, daß vor allem sie kaum einmal von ihm sprach.

„Hast du ihn eigentlich gern mögen?" fragte er.

„Wen denn?"

„Deinen Mann."

Ihr Gesicht umschattete sich ein wenig, doch dann antwortete sie auch hier ganz ehrlich: „Ich ihn schon, aber er mich nicht."

„Wie kommst du denn darauf?"

„Weil er mich sonst nicht hätte schlagen können. Immer, wenn er eine Wut auf irgendwas hatte, hat er sie an mir ausgelassen. Eine links, eine rechts, wo er halt grad hintraf."

Verlegen und betroffen rührte er in seiner Tasse. Ihm war, als öffneten sich Abgründe vor ihm, und das Mitleid wuchs so spontan in ihm, daß er ihr über die Wange strich. „Armes Kindl", flüsterte er. „Hast es auch nicht leicht gehabt in deinem Leben, mein ich."

„Ach, reden wir nicht mehr davon, oder wenigstens jetzt nicht."

„Gut", gab er nach und wechselte das Thema. „Was hast denn heut für einen Brief gekriegt, bevor wir weggefahren sind?"

„Du wirst lachen, Mathias. Vor lauter Freud', daß wir zwei wegfahren können, hab ich den Brief ganz vergessen. Grad vorhin, wie du nicht da warst, hab ich ihn erst gelesen. Von meiner Schwester Anna ist er. Ich hab dir noch gar nichts von ihr erzählt."

„Ich weiß überhaupt wenig aus deinem Leben."

„Die Anna ist in Aschaffenburg verheiratet", sprach die Lindenhoferin weiter. „Mit einem Beamten. In der ersten Zeit meiner Ehe ist sie noch jeden Sommer gekommen. Aber sie hat sich mit dem Urban recht schlecht verstanden. Dann ist bloß noch die kleine Margot, ihr Mädl, in den Ferien gekommen; aber jetzt auch schon, glaub ich, fünf oder sechs Sommer nimmer. Ja, und da schreibt halt nun die Anna, ob die Margot heuer nicht einmal wieder kommen dürfte. Was meinst denn du?"

Er schaute sie ganz betroffen an.

„Aber Sophie, das hab doch ich nicht zu entscheiden."

„Schon — aber ich möchte halt deinen Rat haben."

„Den kann ich dir schwer geben. Erstens kenne ich ja deine Verwandtschaft gar nicht, und — das mußt wirklich du selber wissen."

„Gesehen hab ich sie schon lang nimmer, die Margot. Muß inzwischen ein großes Mädl geworden sein."

„Na, dann schreib ihr doch. Hast du eigentlich noch mehr Geschwister?"

„Noch einen Bruder, den Thomas. Der ist im Rheinland draußen verheiratet. In Gelsenkirchen ist er in einem Bergwerk beschäftigt. Ja, drei sind wir gewesen, und heut sind wir in alle Winde zerstreut. Eins weiß vom anderen kaum mehr etwas."

Die Zeit schwand nur so dahin. Die Sonne war schon über das Städtchen hinweggehuscht, und die Bedienung räumte auf der Terrasse die Sonnenschirme weg.

„Jetzt müssen wir halt doch heimfahren", erinnerte Mathias.

Die Lindenhoferin bezahlte und war fast ein bißchen traurig.

„Ach", seufzte sie. „Ich hab richtig Angst, wenn ich mich jetzt daheim wieder verstellen muß. Auf die Dauer wird das gar nicht gehen, Mathias."

Er half ihr in den Wagen, stieg selber ein und fuhr langsam an.

„So ein kleines Geheimnis ist ganz schön", versuchte er ihre Bedenken zu zerstreuen. „Heute hab ich aber einmal das Gefühl gehabt, als ob die Loni überhaupt schon was gemerkt hätte."

„Ach die! Die hört ja das Gras wachsen. Ich hab mir schon überlegt, ob ich sie nächstes Jahr noch behalte. Manchmal ist sie so aufsässig und frech. Wenn man nur leichter wen kriegen tät heutzutage!"

„Das wird noch schlechter werden, Sophie. Alles drängt nach der Stadt. In die Fabriken wollen sie alle gehn und am Freitagabend schon Feierabend haben."

„Ja, vom Puttkammer ist auch eine in die Fabrik gegangen. Was war es dann? Nach einem Jahr ist sie zurückgekommen. Schlafen, Essen und alles hat sie zahlen müssen, und übriggeblieben ist ihr gar nichts."

„Das ist eine Ausnahme. Tausend andere kommen nicht zurück und wissen nach ein paar Jahren schon nimmer, wo's Brot eigentlich herkommt."

Trotz seines unansehlichen Aussehens machte der „Bergesel" spielend seine neunzig auf der glatten Straße. Weit zurückgelehnt saß Frau Sophie neben Mathias. Im Westen brannte das Abendrot, und der Wind spielte mit ihrem Haar. In blauer Schönheit stiegen links die Berge hoch, rechts in die Weite hinaus sah man reifende Felder. Aber es wurde nirgends mehr gearbeitet. Auf den Höfen, soweit sie von der Straße aus sichtbar waren, sah man die Menschen auf den Hausbänken sitzen, Rinder weideten hinter elektrisch geladenen Zäunen, und einmal sprangen ein paar Fohlen hell wiehernd bis an die Straße heran.

Auf einmal sahen sie den gelben Postwagen vor sich, der mit höchstens fünfzig Kilometern durch die Gegend zuckelte. Es war der kursmäßige Abendomnibus, der die Holzhausener, die in der Kreisstadt arbeiteten, in ihr Dorf zurückbrachte.

„Wenn wir ihn überholen, sehen uns alle", sagte Mathias und minderte das Tempo.

Die Lindenhoferin verstand ihn nicht ganz, und ein Schatten flog über ihr Gesicht. „Ja, und?" fragte sie, und es klang wie eine Herausforderung an ihn — oder an die Menschen im Omnibus, das war nicht zu erkennen. Das verriet sie erst, als sie hinzufügte: „Schämst du dich vielleicht mit mir?"

Er sah sie von der Seite her an und verminderte das Tempo noch mehr.

„Es ist nicht wegen mir, Sophie, sondern wegen dir. Du hast deinen Ruf zu verlieren, und mir scheint, du kennst die Menschen noch nicht, die doch alles Schöne gleich in den Dreck zerren müssen. Immerhin bin ich bloß dein Angestellter."

„Ja, du hast recht", gab sie nach. „Sie erfahren es ja noch früh genug. Paß auf, Mathias, mir fällt was anderes ein. Da vorn bei der Abzweigung fährst du rechts hinauf. Da oben hat Urban vor Jahren einmal einen Holzplatz gekauft. Ich war seit fünf Jahren nicht mehr dort. Laß uns einmal hinschaun."

Dieses „da oben", das sie nur so leicht angedeutet hatte, lag schon ziemlich hoch. Sie mußten fast eine halbe Stunde fahren, und der Bergesel brummte ganz gewaltig den steilen, steinigen Weg hinauf. Bis es dann gar nicht mehr ging. Gerade daß Mathias noch wenden konnte, dann stiegen sie aus, kletterten eine steile Lehne hinan und standen nun vor dem, was der Lindenhofer vor Jahren einmal gekauft hatte. Billig gekauft sogar, denn Handeln war eine seiner Leidenschaften gewesen. Und wenn er jemanden dabei übers Ohr hauen konnte, dann freute er sich darüber wie ein Kind.

„Da schaut es ja sauber aus", seufzte die Lindenhoferin, als sie den großen Windwurf liegen sah. Kreuz und quer lagen die riesigen Stämme, die der Sturm vom Kar her gepackt hatte, durcheinander. „Du lieber Gott, wieviel mag denn das sein?"

„Meiner Schätzung nach fünfzig oder sechzig Kubikmeter. Und aller Wahrscheinlichkeit nach wirft der nächste Sturm wieder eine Portion um. Er hat ja offenen Zugang durch die Schneise herein."

„Aber was kann man denn da machen?"

„Gar nichts als aufarbeiten und verkaufen. Da ist der Heuauflader zweimal bezahlt."

„Und der Mähdrescher auch?"

„Nein, nein, da müßtest du schon noch was dazuschlagen."

„Wo soll ich denn jetzt Leute auftreiben zum Holzarbeiten?"

„Braucht es gar nicht. Nur eine Motorsäge brauchen wir. Im Lagerhaus hab ich heute eine gesehn. Wenn das Heu herinnen ist, packen wir's an. Wie weit geht's denn da eigentlich noch 'nauf?"

„Ziemlich weit. Oben spitzt es sich dann zu. Ich glaube, im ganzen sind es zwanzig Tagwerk. Muß nachher einmal den Katasterbrief heraussuchen. Ein

Stückl Almfeld droben gehört auch noch dazu. Steigen wir noch ein bißl 'nauf?"

„Natürlich, jetzt will ich schon alles sehn." Er reichte ihr die Hand und zog sie mit nach oben. Sie stiegen über Astwerk und Stämme hinweg, und als sie oben waren, war selbst Mathias gepackt von dem herrlichen Anblick, der sich hier bot. Majestätisch, fast zum Greifen nahe, standen die Berge in einer so klaren Schönheit vor ihnen, daß sie meinten, ihre Herzen seien von einem leisen Zauber angerührt worden. Und eine Stille herrschte hier, die man wahrhaftig hören konnte. Sie kam wie mit Engelsflügeln geheimnisvoll ans Ohr als ein großes Gefühl der Weltferne.

Es roch nach Thymian und nach Harz, nach Fichtennadeln und Moos, nach Fäulnis und Leben. Hand in Hand saßen die beiden auf der Kuppe und schauten zu den Bergen hinauf. Ein Kreuz stand da oben, umschmeichelt noch vom letzten Abendrot.

„Da möchte ich einmal mit dir hinauf, Mathias."

„Warum nicht?" Er legte den Arm um ihre Schulter, sah sie an und meinte, das große Abendrot spiegle sich in ihren Augen, so strahlten sie. Und ringsum sangen die Vögel. Der Hang vor ihnen leuchtete blau von Enzianblüten, und die Steinbrocken ringsum schienen jetzt noch Hitze auszuströmen.

„Setzen wir uns ein wenig, Mathias."

Die Berge hatten sie jetzt im Rücken, sie sahen über den Windwurfwald hinunter hinaus in die Ferne, wo die gelben Kornfelder wogten und zwischen grünem Laub die Türme des Münsters der Kreisstadt herausstachen wie zwei zum Himmel erhobene Finger. Wie stille Tempelsäulen standen die Bäume unter ihnen und zu rechter Hand ein Jungwald, von der Dämmerung schon halb umschlungen. Frau Sophie hatte ihren Kopf auf seine angezogenen Knie gelegt und träumte selbstvergessen in den Wald hinein, aus dem schon langsam die Dunkelheit kroch. Und als er sich zu ihr niederbeugte, schlang sie ihre Arme um seinen Hals.

„Ach, Mathias, ich glaube, ich hab noch nie einen so schönen Tag erlebt wie heute.“ Auf einmal, mitten im Kuß, fuhr sie auf. „War da nicht gerade etwas?“

„Es war nur der Wind“, redete er ihr ein, stand vom Boden auf, reichte ihr die Hände hin und half ihr auf. „Es muß wirklich der Wind gewesen sein.“

Sie stiegen nun wieder abwärts. Hinter ihnen aber trat der Jäger Vitus Brenner aus dem Jungholz. In seinem Gesicht war jeder Zug gespannt. Dann lachte er rauh vor sich hin, warf die Büchse hinter die Achsel und stieg bergwärts, auf irgendeine der Almen zu.

„Ach, so ist das!“ knirschte er vor sich hin. Da hatte es also die stolze Lindenhoferin wirklich mit ihrem Baumeister. Sein Instinkt hatte ihn nicht getrogen. Und er Narr, er hatte sich eingebildet, er hätte sein Glück schon fest in der Stube! Aber sie sollte sich nur nicht so sicher fühlen! Noch war es nicht aller Tage Abend.

Nach einer Weile blieb er stehen, hörte unten das Motorengeräusch und schüttelte den Kopf.

„Hast jetzt so was schon gesehen! Laßt die mich glatt sitzen!“

Bisher war es immer umgekehrt gewesen, und es hatte sich da und dort ein Mädl die Augen um seinetwegen naßgeweint. Er konnte natürlich nicht weinen, wäre ja noch schöner. Ab es giftete ihn doch maßlos, seine Eitelkeit war verletzt, ein schöner Traum zerronnen.

Immerhin war die Lindenhoferin nicht irgendwer, keine kleine Sennerin etwa, der man bloß einen Schmus hinzudrehn brauchte. Hinter der Lindenhoferin stand etwas, und zwar ein ganz gediegener Reichtum, Grund und Boden, der nie seinen Wert verlor, Wälder, von denen man bequem ein Leben lang zehren und gut hätte leben können. Und nun war alles zerronnen.

Er hätte eigentlich auf die Jagdhütte gehen wollen, das Dienstreglement schrieb es so vor, und das Forstamt in der Kreisstadt sah ihm sowieso in letzter Zeit etwas auf die Finger.

So stand er lange, preßte die unteren Zähne über die Oberlippe, wie immer, wenn ihn etwas sehr erregte. Die Dunkelheit umschlang ihn, und er begann an den Knöpfen seiner Joppe abzuzählen, was er tun sollte. Das Orakel wies ihm den Weg ins Dorf hinunter. Das Orakel und der brennende Durst, den er auf einmal empfand.

Beim Adlerwirt saßen an diesem Abend nicht soviele Leute, wie der Jäger gern gehabt hätte, um seine Neuigkeit loszuwerden. Die Heuernte hatte bereits begonnen, und um halb zehn Uhr saßen die Bauern nicht mehr beim Bier. Nur etwa ein halbes Dutzend saßen um den Ofentisch und sahen es, wie der Jäger in weniger als einer Viertelstunde drei halbe Bier und drei Schnäpse hinunterschüttete und mit der Zunge zu stolpern begann, von den Geschehnissen seines Berufes hin zu den Dingen, die er als anständiger Mensch eigentlich hätte verschweigen sollen.

„Wenn ihr wüßtet, was ich heut gesehn habe!" war seine erste orakelhafte Andeutung, und als sich niemand dafür interessierte, wurde er deutlicher. „Die

Menschen kennen keine Dankbarkeit mehr. Auch die Lindenhoferin kennt keine Dankbarkeit. Aber das macht nichts. Ich weiß jetzt, was ich weiß."

„Die Lindenhoferin kannst aus dem Spiel lassen", sagte der Mang, ein ehrbarer Bauer, dem jedes hinterhältige Reden verhaßt war. „Die hat sich, seit ihr Mann tot ist, immer ehrbar durchs Leben geschlagen, und ihren Hof hat sie beieinander, daß sie sich sehen lassen kann."

„Darüber kann man denken, wie man will. Höh, Wally! Bin ich was schuldig, daß ich kein Bier mehr krieg?" Der Jäger hatte die Arme auf den Tisch gelümmelt, saß grinsend da und gab prahlerisch zu verstehen, daß der Lindenhof kein Kloster sei, das brauche niemand zu glauben. Und die Sophie sei auch alles andere als eine spröde Witwe und halte es derzeit mit ihrem neuen Knecht.

„Du redest dich aber leicht, Jäger", sagte der Ruffer mit leisem Vorwurf.

„Ich red' bloß das, was ich weiß. Und was ich mit eigenen Augen g'sehn hab, das hab ich g'sehn", stolperte die müde Zunge des Jägers weiter. Er war ärgerlich, weil man ihm offenbar nicht glauben wollte. „Ha, was wißt denn ihr, was die Lindenhoferin für sauber gewachsene Beine hat, und wie sie überhaupt beieinander ist, oben herum! Grad eine Freud' ist es."

„Zahlen möcht ich", verlangte der Mang, und der Ruffer schloß sich ihm sofort an.

„Ihr glaubt mir wohl nicht?" schrie der Jäger ärgerlich. „Oder seid ihr mir neidig, weil es ihr nicht genau so wissen dürft wie ich?"

„Du redest einen Blödsinn, Jager", sagte der Mang mit Würde und stand auf. „Hast es schon vergessen, daß dich am Sonntag erst einer an die Wand hinlassen hat?"

„Der? Das zahl ich ihm schon noch heim."

„Für den hast du den Hintern zu weit unten", mußte sich Vitus vom Ruffer sagen lassen.

Dann gingen die beiden, und der Jäger schrie ihnen nach: „Helft ihr nur, der Heiligen da oben auf der Lindenhöh! Ihr müßt ja zammhalten, ihr Bauernfünfer!"

„Du bist ja besoffen", sagte ihm der Lachner Xaver, ein Kleinhäusler vom Ort, und zahlte auch. Die andern folgten ihm, und zum Schluß saß nur noch der Vitus allein da, hatte den Kopf in die Hände gestützt und grantelte halblaut für sich hin. Die Bedienung stellte die Stühle auf den Tisch und räumte die Gläser zusammen. Der Vitus verfolgte sie aus schmalen Augen und hatte auf einmal das Gefühl, daß er einen Trost brauche.

„Setz dich her zu mir, Wally, und trink einen Schoppen Wein mit mir."

„Ich kann mir meinen Schoppen Wein selber kaufen", kam es von der Theke her.

„Nur nicht so hochnäsig sein! Du kennst mich bloß nicht. Ich bin die gute Stund' selber, wenn man ein bißl nett mit mir ist."

„Ja, das kenn ich. Ich bin zwar noch nicht lang da, aber ich kenn meine Pappenheimer schon. Du redest dich überhaupt ein bißl leicht, Jager."

„Weil ich mich heut geärgert hab. Aber das vergeht schon wieder. Ich kann anders auch sein. Kommst einmal zu mir in die Hütte 'nauf, an deinem freien Tag? Wann hast denn deinen freien Tag — dann richt' ich alles recht schön her."

„Am Nimmerleinstag, da hab ich frei. Schlag dir' aus dem Kopf, Jager, ich möcht mich hernach nicht gern ausschreien lassen."

„Ach geh, ausschreien werd' ich dich! Das glaubst ja selber nicht."

„Ich hab genug gehört heut' und hab obendrein noch das Gefühl, daß die Hälfte erlogen war."

„Wenn ich dir sag, ich hab sie g'sehn heut, die zwei, hoch droben im Wald, die Lindenhoferin und den andern."

„Und das mußt du gleich weitertratschen? Du bist ein altes Weib, Jager. Und jetzt muß ich dich ersuchen, daß du zahlst, ich möcht ins Bett gehn."

„Ohne mich?"

Sie wich seiner tappenden Hand aus und rechnete auf ihrem Block. „Sechs halbe Bier und sechs Zwetschgenschnaps, macht genau sechs Mark sechzig."

„Ganz schön teuer", brummte er. „Zehn Prozent Bedienung für nichts und wieder nichts."

Dann griff er nach Hut und Büchse. Als die Wally hinter ihm die Haustür zusperren wollte, stellte er schnell den Fuß dazwischen.

„Kannst wirklich so hartherzig sein?" bettelte er. „Mich in die finstere Nacht 'nausjagen!"

„Tu deinen Fuß 'raus, Jager!"

„Geh, sei doch gscheit, Madl!"

Und das Madl war so gescheit, daß es die Tür halb öffnete und dann mit voller Wucht zuschlug, so daß der Jäger mit einem Schmerzensschrei seinen Fuß herausriß.

Der eiserne Riegel klirrte hinter ihm, und er hörte noch zusätzlich den Schlüssel zweimal umdrehen.

„Weibsbild, blödes!" schrie Vitus gegen die Tür hin.

Aber niemand gab ihm Antwort, nur der kunsteiserne geschmiedete Adler über der Tür grinste höhnisch auf ihn herunter. Dann erlosch die Leuchtschrift auf der halben Länge der Vorderseite des Hauses, und der Jäger torkelte schimpfend in die Dunkelheit hinein.

*

Es waren nicht nur die neuen Maschinen allein, die den Menschen auf dem Lindenhof zu erkennen gaben, daß sich damit so ein Hof viel leichter bewirtschaften ließ. Nein, es war schon auch die Liebe zur Triebkraft allen Tuns und Handelns geworden.

Wozu sie sonst bei günstigem Wetter vierzehn Tage gebraucht hatten — jetzt war es zum erstenmal möglich geworden, innerhalb von vier Sonnentagen das ganze Heu hereinzubringen. Sechs Fuder am Tag war sonst viel gewesen. Dazu hatte man zusätzlich noch Helfer eingestellt. Jetzt waren siebzig Fuder unter Dach, ohne Mühe und Plage.

Der Puttkammer drüben war gleich der erste, der anfragte, ob er den Heuauflader sowie den Ablader nicht leihen könne.

Der Hutterer von Gschwend war der zweite, und so wurden die beiden Maschinen über vierzehn Tage lang ausgeliehen, nicht umsonst zwar, aber niemand fand die Tagesmiete von fünfzig Mark überfordert.

Das war dann auch der Grund, warum man auf dem Lindenhof jetzt endgültig an einen Mähdrescher dachte.

Das Korn und der Weizen waren zwar noch nicht reif. Sie wurden auch durch die Liebe der beiden auf dem Lindenhof nicht schneller reif, aber unterhalb des Tagwerkes schwang jetzt auf einmal etwas mit, eine Freude, ein frohes Beschwingtsein, ein stilles Lächeln, so daß man die schwere Arbeit in der Hitze des Tages nicht mehr als Last empfand.

Die Liebe der beiden Menschen auf dem Lindenhof war in einer solch starken Wucht herangewachsen, daß es nicht mehr zu verheimlichen war. Es raunten die Blätter der Linden davon, und es plätscherte der Bach den ewig-uralten Singsang vom Einssein zweier Menschen. Die Frau ging wie verzaubert und in stolzer Leidenschaft über den Hof, und Mathias legte sich jetzt auch keinen Zwang mehr auf. Er schaute sich schon gar nicht mehr um, ließ jede Vorsicht außer acht und rannte oft mitten von der Arbeit weg zu Sophie in die Küche, nahm sie in seine Arme und küßte sie.

Zuerst waren die Leute auf dem Hof wie vor den Kopf geschlagen. Nur die Loni sagte, sie hätte es schon längst gespannt. Noch sprachen sie vorsichtig davon, die Gespräche hatten einen schwankenden Boden. Aber dann wurde das Kind ganz offen beim Namen genannt. Die Lindenhoferin hatte sich in ihren Baumeister verliebt und gab sich auch gar keine Mühe mehr, dies zu verheimlichen.

Ausgerechnet sie, die doch soviel auf Ehre und Sitte auf ihrem Hof gehalten hatte, sie warf jetzt alles über den Haufen und zeigte den Leuten, wie eine Frau sich wandeln durfte, wenn sie in den Bannstrahl der Liebe geraten war.

Anselm sagte ihr das einmal und fragte sie: „Wie willst du denn das vor den Leuten rechtfertigen?"

Sie sah den Alten lange an und mit einem so sonderbaren Blick, daß er ganz unsicher wurde. „Muß ich denn das, Anselm?"

„Nein, aber man wundert sich eben doch, wie du all deine Grundsätze über den Haufen wirfst."

Sie sann eine Weile angestrengt nach. Dann fiel ihr plötzlich ein Satz ein, den Mathias am ersten Abend seines Hierseins gesagt hatte. Jedes Wort hatte sie noch im Gedächtnis, und es paßte jetzt genau auf den verhaltenen Tadel, der aus den Worten des Alten sprach.

„Ja, weißt du, mein lieber alter Anselm, Grundsätze werden manchmal von den Zeitläuften überholt. Und man darf sich auch nicht einbilden, wenn man selber das hinter sich zu haben glaubt, was man die Liebe nennt, daß dann andere auch wie Asketen leben müssen. Und außer uns, die wir hier auf dem Hof leben, weiß es ja niemand."

„Täusch dich nicht, Sophie. Wie ich gestern auf der Alm war, da hat es die Martha auch schon gewußt. So was läßt sich auf die Dauer nicht verheimlichen. In der Molkerei drunten hat mich vorgestern der Mang daraufhin angesprochen."

Einen Augenblick zog sie die Stirn kraus und schaute in die flimmernde Luft zu den Bergen hinauf. Ohne den Kopf zu wenden, fragte sie: „Und was sagt man — über mich?"

„Was gibt es da schon viel zu reden, Sophie? Du bist ja noch keine alte Frau, und das Glück war immer schon ein bißl stiefmütterlich zu dir. Das weiß ich am besten. Du hast jetzt lange genug gelebt wie ein Blümerl im Schatten und ohne Wasser. Und glaub mir, Sophie, der Jäger wäre nie der Richtige für dich gewesen."

„Und Mathias?"

„Der? Ja, das ist einer von den Sonnseitigen. Und dann versteht er eine ganze Menge vom Bauernhandwerk. Und du brauchst einen Bauern und keinen Jäger."

„Ich brauch vor allem einen Mann, der gut zu mir ist und den ich gernhaben kann. Auf alle Fälle, ich danke dir für das Wort vom Sonnseitigen, Anselm. Genau das habe ich wissen wollen."

Am besten wird es sein, dachte sie, wenn ich ihnen sage, daß Mathias hier als Herr zu betrachten sei und daß ich ihn demnächst heiraten werde. Sie war sich darüber klar, eine Liebe im üblichen Sinne und auf lange Zeit hin, das konnte und durfte sie sich nicht leisten, wenn sie nicht in schlechten Ruf kommen wollte. Mathias hatte zwar noch nichts davon erwähnt. Aber er stand als Mann doch ein bißchen über den Dingen, an ihm blieb nicht soviel hängen.

Nein, Mathias hatte noch nie etwas vom Heiraten erwähnt. Er wollte das anscheinend ihr überlassen, oder es war eine verborgene Scheu in ihm, die ihm Fesseln auferlegte. Frauen hatten wahrscheinlich noch nie eine große Rolle in seinem Leben gespielt.

Und Yiuni? Ach, was war Yiuni schon gegen das Wunder, das er jetzt erlebte. Ein ferner Traum, der vergangen war. Eine Flamme, die nun erloschen war. Sie hatte auf einem andern Stern gelebt, hatte ihn mit hinaufgezogen in dieses gleißende Sternenlicht. Hier aber war die Erde, die Wirklichkeit, der Boden, in dem er begonnen hatte, Wurzeln zu schlagen.

An einem der nächsten Tage mußte die Lindenhoferin ins Dorf hinunter zu einer Beerdigung, weil die alte Kotterin gestorben war. Davon kam sie merkwürdig bedrückt heim. Mathias erkannte es an der Art, wie sie den Hut herunterzerrte und auf die Bank warf und das Gebetbuch auf die Anrichte schleuderte.

„Sophie, was ist denn mit dir los?"

Sie sah ihn mit einem schmerzlichen Blick an und öffnete den Spenzer an ihrem Hals. „Sie reden über uns, Mathias."

„So? Was sagen sie denn?"

„Gesagt hat niemand was, aber ich hab es doch gemerkt, wie sie mich angeschaut und getuschelt haben. Der Mang hat mich angeschaut, daß ich gemeint hab, er will mir in den Magen hineinschaun, was ich früh gegessen habe. Und die Rufferin hat so spöttisch gelächelt, als wenn sie mich mit Nadeln stechen wollte. Die hat es grad notwendig. Man weiß doch, wie sie es früher getrieben hat."

„Pscht!" machte Mathias. „Schimpf nicht über andere Leute, das paßt nicht zu dir."

Beschämt senkte sie den Kopf.

„Entschuldige, Mathias. Es ist mir halt so 'rausgerutscht. Aber es wird keinen Sinn mehr haben, Mathias. Wir werden dran denken müssen, bald zu heiraten."

„Das überlasse ich ganz dir, Sophie. Komm, sei nicht traurig jetzt. Die Leut reden immer, und wenn sie über uns ausgeredet haben, dann finden sie wieder was anderes. Das ist nun einmal so."

Wie immer, wenn sie mit einer Sorge zu ihm kam, war es schon wieder gut. Mit seiner Ruhe, mit seiner Gelassenheit nahm er sogleich alles aus ihr fort, so daß sie schon wieder lachen konnte.

„Wenn ich dich nicht hätte!" sagte sie.

„Dann täten auch die Leute nicht reden über dich. Weißt du, Sophie, du mußt dir immer denken, wenn einmal niemand mehr von dir spricht, dann bist du vergessen."

Sie wollte schon ganz aus dem Spenzer schlüpfen, besann sich aber gerade noch und bat: „Dreh dich bitte um."

Lachend gehorchte er und bekam nicht zu sehen, was der Jäger mit seinem lockeren Mundwerk vor allen Leuten gepriesen hatte.

„Laß mich nicht vergessen", fiel ihr hernach ein, „daß ich morgen zum Dreiuhrzug hinunterfahre ins Dorf und die Margot abhole."

„Hast du ihr geschrieben, daß sie kommt?"

„Ja, hab ich dir das nicht gesagt?"

„Nein, es ist aber auch nicht so wichtig."

Sie kramte in ihrer Kitteltasche nach einer Karte, die ihr der Postbote unterwegs ausgehändigt hatte. „Morgen mit dem Dreiuhrzug, schreibt sie. Dem armen Kindel wird es guttun hier draußen in der frischen Luft. Wird wieder so blaß sein wie früher immer. Wie alt ist sie jetzt eigentlich? Moment. Achtzehn schon, oder gar neunzehn. Mein Gott, wo ist denn bloß die Zeit hingekommen? Da merkt man wieder, wie man selber alt wird."

„Aha, da will wieder einmal eine hören, wie jung sie ist", lachte er. „Ich hab dir das zwar schon mindestens zwanzigmal gesagt, aber hör es ruhig zum einundzwanzigstenmal. Du bist wie ein Mädchen und wirst nie alt werden neben mir. Manchmal denke ich zwar, du bist zu mir wie eine Mutter, und dann bist du doch wieder mein Mädchen."

„Schön, wie du das sagst, Mathias. Aber mir fehlt heute noch was."

„Darf man es wissen?"

„Du hast mir heute noch nicht gesagt, wie gern du mich hast."

„Das weißt du doch, Sophie."

„Ja, aber man will es eben doch immer wieder hören. Und du hast mir auch noch nie gesagt, ob du mich immer gernhaben wirst."

Er lachte und rüttelte sie an den Schultern. „Genau das hast du auch mir noch nie gesagt."

„Weil es bei mir eine Selbstverständlichkeit ist. Ich begreife es eigentlich erst jetzt, was es heißt, einen Menschen wirklich gernzuhaben. Du bedeutest mir mehr als mein Leben, Mathias. Das ist wahr, mein Lieber. So wahr, daß ich dich umbringe, wenn du von mir fortgehen möchtest."

Seine Hand zuckte zurück. Etwas naturhaft Dunkles wehte ihn an, stieß ihn ab und zog ihn doch wieder mächtig an. Er nahm ihr Gesicht in seine Hände und schaute sie lange an.

„Sei ehrlich, Sophie! In den ersten Tagen hast du doch gemeint: Der Kerl muß mir nach der Ernte wieder weg. Der hat ja seinen eigenen Schädel und tut genau das Gegenteil von dem, was ich will."

„Wahrscheinlich hat mir gerade das imponiert", gestand sie.

Zufällig schaute sie auf die Uhr und machte sich erschrocken von ihm los. „Jetzt muß ich aber nach dem Essen schaun." Sie riß das Backrohr auf und zog die Bratpfanne heraus, drehte das Fleisch um und goß Wasser nach. „Geh, sei doch so gut, Mathias, und hol mir einen Salat 'rein vom Garten. Wenn du bei mir bist, vergess' ich einfach alles." — —

Nach dem Essen kamen ein paar Herren von dem bekannten Holzwerk Eicher aus Rosenheim und wollten den Risserwald besichtigen, von dem geschrieben worden sei, daß er zu verkaufen wäre.

„Nicht den Wald selber, nur die Stämme, die draufstehen", erklärte Mathias, dem die Lindenhoferin ganz freie Hand ließ.

„Wir müßten es also selber fällen?" fragte der eine.

„Ihr seid dazu viel besser eingerichtet."

„Na schön, schaun wir uns das Holz einmal an."

Sie waren den ganzen Nachmittag da oben. Die zwei Holzfuchsen, wie sie Mathias nannte, wollten feilschen und handeln, aber mit Mathias war nicht gut feilschen. Der wußte besser Bescheid, als es den anderen lieb war. Schließlich einigte man sich aber doch, und die Lindenhoferin und Mathias wurden von den beiden Herren ins „Rosenstöckl", ein einsam gelegenes Restaurant zwischen der Kreisstadt und Holzhausen zu einem lukullischen Abendessen eingeladen. Auf Kosten der Firma, versteht sich.

„Jetzt hast deinen Mähdrescher", lachte die Lindenhoferin beim zweiten Glas Wein. „Ich hätte das weniger verstanden und hätte mich wahrscheinlich überreden lassen, den Platz auch mit zu verkaufen."

„Wird wieder angepflanzt", lachte Mathias, „und in hundert Jahren haben unsere Urenkel wieder einen Wald zu verkaufen." — —

Um diese Zeit war es, daß der Jäger auf der hochgelegenen Türn-Alm saß, die auch Wirtschaftsbetrieb hatte. Er gab den Umsitzenden mit der lallenden Stimme Halbbetrunkener zu wissen, daß die Lindenhoferin küssen könne wie keine zweite.

Das war ein gefundenes Fressen für die Holzknechte, die dabeisaßen und denen die Lindenhoferin in all den Jahren immer recht hochmütig erschienen war. Um noch mehr zu erfahren, nannten sie ihn einen verdammten Sprüchmacher. Und Vitus fiel prompt darauf herein.

„Hahaha!" schrie er. „Was wißt denn ihr! Gar nichts wißt ihr. Ich will euch aber nichts erzählen, weil ihr sonst heimgeht und bei euren Weibern vergebens das suchen wollt, was die Lindenhoferin schon im kleinen Finger versprüht an Hitzigkeit und Leidenschaft."

Verletzte Eitelkeit, Gekränktheit, zuviel Alkohol und nochmals verletzte Eitelkeit trieben den Jäger dazu, all das ins falsche Licht zu rücken, was er nie erlebt hatte und was in Wirklichkeit kaum zur Andeutung herangereift war.

„Nur pfeifen hab' ich brauchen", prahlte er weiter. „Dann ist sie gekommen. Wie ein Hunderl, so folgsam. Und jetzt hält sie es mit ihrem Knecht."

Die Holzknechte gingen heim, suchten zwar nicht das, was die Lindenhoferin angeblich im kleinen Finger zu versprühen hatte, aber sie erzählten es geschwätzig am Bettrand sitzend ihren Weibern, was die da oben am Berg für eine flotte und lustige Witwe wäre.

So legte sich ein häßlicher Schatten dieses Geschwätzes über das sonst so klare Bild der Lindenhoferin, ohne daß sie es wußte. Es wurde nicht bedacht, daß es einer erzählt hatte, der seine verletzte Eitelkeit im Trunk vergessen wollte.

Vielleicht wußte Vitus am nächsten Tag auch gar

nicht mehr, was er da alles geprahlt hatte. Aber über der Lindenhoferin blieb der Schatten hartnäckig hängen.

*

Am andern Nachmittag fuhr die Lindenhoferin mit dem Bergesel um halb drei Uhr zum Bahnhof hinunter, um ihre Nichte Margot abzuholen.

Margot Schrank stieg aus dem Zug und schaute sich suchend um. Sie sah wohl den Jeep stehen an der Sperre, aber nicht die Tante Sophie, die sie immer Frau Tant genannt hatte.

Die Lindenhoferin aber dachte, daß Margot den Zug versäumt habe und wahrscheinlich erst mit dem Abendzug kommen werde, denn dieses schlankgewachsene Mädchen dort mit dem braunen Lederkoffer, das konnte doch unmöglich Margot sein. Das war eine junge Dame im grauen Reisekostüm, aber nicht ihre Nichte Margot, die sie als kleines pausbäckiges Mädel in Erinnerung hatte.

Jetzt kam sie näher, stutzte und stellte den Koffer ab. Mit großen, staunenden Augen sah sie auf die Frau neben dem Jeep. Zögernd tat sie die Frage: „Frau Tant?"

Die Lindenhoferin wandte den Kopf. „Margot? Bist du es wirklich? Ich hätte dich nicht mehr erkannt."

„Tatsächlich?"

„Du bist so groß geworden, so erwachsen. Eine richtige Dame."

Margot lachte ihr silberhelles Lachen. „Nimm es mir nicht übel, Frau Tant, aber ich hätte dich auch nicht mehr erkannt." Sie kam aus dem Staunen gar nicht mehr heraus. „Wie siehst du bloß aus!"

„Ja, wie denn?"

„Ich weiß es selber nicht. Du kommst mir viel jünger vor, viel schöner. Bei dir muß die Zeit stehengeblieben sein."

Die Lindenhoferin lächelte unergründlich schön. „Meinst du, Margot? Aber wenn es wirklich so ist, was könnte dann daran schuld sein?"

„Ich weiß es nicht, Frau Tant. Kann es wenigstens nicht ausdrücken. Laß mich einmal nachdenken."

„Ja, denk nach. Vielleicht kommst du noch drauf, dann lasse es mich wissen. Komm, Margot, steig ein jetzt."

Sie legten den schweren Koffer in den Rückteil des Wagens und stiegen ein.

„Ist das noch der gute alte Bergesel, den Onkel Urban damals gekauft hat, als ich in den Ferien da war?"

„Ja, der ist es noch, Margot. Aber demnächst werde ich mir einen andern Wagen zulegen."

In zügigem Tempo fuhr die Lindenhoferin durchs Dorf, und wer es nicht wußte, der hätte meinen können, zwei Schwestern säßen hier nebeneinander. Margot war nur etwas kleiner und ihr Gesicht schmaler und blasser. Auch ihr Haar war dunkler und spielte ein wenig ins Tizianrote. Ihre Augen waren dunkel und langbewimpert.

Da es gleich außerhalb des Dorfes bergan ging, mußte die Lindenhoferin den zweiten Gang einlegen. „Wie geht es denn daheim zu?" fragte sie. „Ist alles gesund?"

„O ja, danke der Nachfrage, Frau Tant. Viele

Grüße soll ich ausrichten. Mutter geht es soweit gut, nur Vater jammert über starkes Rheuma. Er soll demnächst zu einer Kur in ein Moorbad. Und du? Du bist gesund, wie ich sehe."

„So forsch wie ein Fisch im Wasser. Hast du nachgedacht, und bist du jetzt schon draufgekommen?" Diese Frage wurde gestellt, als sie bereits in den schattigen Wald eingebogen waren.

Margot schüttelte den Kopf und sah die Tante wiederum an. „Ich habe die ganze Zeit nachgedacht, Frau Tant. Aber ich komm nicht drauf. Du bist einfach ganz anders, deine Stimme ist anders, oder liegt es an deinen Augen. Du siehst aus, wie —"

„Na, wie denn?"

„Wie eine Frau, der das Glück begegnet ist. Oder vielleicht eine ganz große Freude."

„Ist es denn keine große Freude, meinst du, dich nach so langer Zeit wieder einmal zu sehen?"

„Ich möchte es gern glauben, Frau Tant. Aber das ist es nicht. Nein, das allein kann es nicht sein. Du siehst nämlich aus wie — darf ich es sagen?"

„Du mußt es sogar sagen. Also, wie sehe ich aus?"

„Wie eine Frau, die verliebt ist."

Die Lindenhoferin lächelte wieder so sonderbar vor sich hin. Das Glück steht mir also wirklich im Gesicht geschrieben, dachte sie und schaltete jetzt auf den ersten Gang.

„Das darfst du nicht sagen, Margot. Eine Frau in meinem Alter verliebt sich nicht mehr. Das steht euch zu, der Jugend. Eine Frau in meinem Alter kann nur noch lieben."

„Also doch", stellte Margot fest und freute sich, daß sie sich nicht getäuscht hatte.

„Findest du daran etwas komisch, Margot?"
„Aber nein, liebe Frau Tant. Was soll denn daran komisch sein? Du bist immerhin erst vierunddreißig, glaube ich."

„Dreiunddreißig", korrigierte Frau Sophie. „Ich bin zehn Jahre jünger als deine Mutter. Kurz und gut, Margot, du bist alt genug, um es wissen zu dürfen. Es hat sich etwas geändert bei mir. Ich liebe einen Menschen."

So, das war heraus. Nun wartete die Lindenhoferin darauf, was die Nichte sagen werde.

Margot sagte zunächst gar nichts, sah nur angestrengt geradeaus auf die silberne Mückensäule, die voraus stand. Dann stellte sie plötzlich die Frage: „Handelt es sich vielleicht um diesen Baumeister?"

Die Lindenhoferin hob überrascht den Kopf. „Wie kommst du denn darauf?"

„Weil du in deinem Brief soviel von ihm geschrieben hast, daß der Gedanke eigentlich recht nahe liegt."

„Ach ja", lachte die Lindenhoferin. „Wenn das Herz voll ist, geht der Mund über. Das ist zwar sonst eigentlich gar nicht meine Art, und genau weiß ich auch gar nicht mehr, was ich alles geschrieben habe. Er ist ein vortrefflicher Mensch. Du wirst ihn kennenlernen, Margot. Oder nimmst du es mir übel?"

„Aber nein, wie käme ich denn dazu? Dieses Recht steht mir gar nicht zu. Ich kann dir doch keine Vorschriften machen, liebe Frau Tant."

„Ich ließe mir auch gar keine machen. Von niemandem. Zwischen uns beiden ändert das nichts. Ich habe dir einmal versprochen, daß ich für deine Aussteuer aufkomme, falls du einmal heiraten solltest, und daß ich dir auch so noch einige Tausender beilege. Dabei bleibt es auch."

Der Wald ging nun zu Ende. Sie fuhren über die Klammbrücke, und als dann der Hof in Sicht kam, legte die Lindenhoferin ihre Hand auf Margots Arm. „Bevor wir jetzt heimkommen, hätte ich gern, daß du mir etwas versprichst, Margot."

„Gern, liebe Frau Tant, wenn es geht. Was soll es denn sein?"

„Du sollst — ein wenig nett zu ihm sein."

„Warum nicht? Ich bin mit allen Menschen nett. Das kostet mich keine Anstrengung."

„Dann ist es ja recht. Aber es könnte immerhin sein, daß er dir unsympathisch ist. Wenn das der Fall sein sollte, dann zwinge dich mir zuliebe, ja? Oder fällt es dir schwer, dich zu verstellen?"

„Ich glaube nicht, daß ich mich werde verstellen müssen. Du wirst ja nicht verlangen, daß ich ihm gleich um den Hals falle?"

„Nein, nein, das nicht. Wie steht es denn eigentlich mit dir, Margot? Du hast dich so vorteilhaft herausgewachsen, daß es unwahrscheinlich wäre, wenn die Männer es noch nicht bemerkt hätten."

Margot lachte. „Sicher merken sie das, aber ich binde mich noch nicht fest. So immer ein bißchen was auf Lager haben, ja, das ist ganz amüsant. Aber keine feste Bindung. Mein Typ ist mir noch nicht über den Weg gelaufen. Das heißt, wir hatten einen Volontär in unserer Firma, einen Schweizer aus St. Gallen. Aber der hat nun wieder nicht merken wollen, daß er mein Typ wäre."

„Das hat ja auch noch Zeit bei dir, denke ich."

„Immerhin hast du mit neunzehn schon geheiratet."

Die Lindenhoferin nickte dazu und lachte. Und Margot stimmte in dieses Lachen ein, auch wenn es ihr nicht so volltönend und warm gelang.

*

Margot und Mathias sahen sich erst beim Abendessen. Da sie nun einen Gast hatten, aßen sie zu dritt im kleinen Stübchen, während die andern drei, der Anselm, der Lorenz und die Loni drüben in der Küche blieben.

Als Margot Mathias die Hand gab, fixierte sie ihn mit einem ihrer schnellen, scharfen Blicke, wie sie sich's angewöhnt hatte, wenn sie zum Diktat gerufen wurde und wissen wollte, welche Laune der Chef an diesem Morgen hatte. Hier wußte sie sofort: Ich brauche mich nicht zu verstellen. Seine ruhige, verhaltene Art wirkte wohltuend auf sie. Er war ein ganz anderer Typ, als sie es sich vorgestellt hatte.

Auch Mathias war gleich am Anfang ein bißchen perplex und wußte selbst nicht, weshalb er sich unter dieser Nichte ein kleines, unentwickeltes Ding vorgestellt hatte. Und nun saß eine Dame mit am Tisch, schlank und aufrecht, mit allen Manieren eines guterzogenen Großstadtmädchens. Ganz entfernt erinnerte sie ihn sogar an Yiuni mit ihrem üppigen Mund und den schöngeschwungenen Brauen über dunkelblauen Augen.

Es gab kalten Braten, Essiggurken, Tomaten, Butter und Brot. Als Getränk eisgekühlten, verdünnten Himbeersaft.

„Hast du deine Küche umgestellt, Tante?" fragte

Margot einmal. „Früher gab es am Abend immer nur Milchsuppe."

„Ja, das hat sich alles ein wenig geändert, Margot. Mit Kraut und Knödl am Mittag und Milchsuppe am Abend kannst du heute niemand mehr bei der Stange halten."

„Höchstens den alten Anselm. Ach, es war so rührend, als ich ihn wiedersah, den alten, treuen Menschen. So etwas von Treue findet man doch selten noch."

Die Lindenhoferin lächelte ein bißchen hintergründig und meinte: „Sag das nicht, Margot. Es gibt Menschen, die heißen sogar Bleibtreu."

„Ein ulkiger Name und doch wunderschön. Er hat so etwas wie Ewigkeitswert."

Frau Sophie deutete mit der Gabelspitze zu Mathias hin. „Er heißt so."

„Tatsächlich?" Wieder musterte Margot ihr Gegenüber kurz und sagte dann: „Ich glaube aber, der Herr Baumeister ist mit meiner Anwesenheit nicht ganz einverstanden."

Die Lindenhoferin hob rasch den Kopf. „Wie kommst du denn bloß darauf? Aber ich kann dir verraten, auch er ist ein wenig enttäuscht von dir."

„Aber das ist doch gar nicht wahr!" stotterte Mathias verlegen.

„Doch, doch", lachte die Lindenhoferin. „Hast du nicht vorhin gesagt, daß du gemeint hast, es käme ein ganz kleines Mädchen?"

„Ja, das stimmt. Zumindest habe ich nicht erwartet, daß du schon eine so großgewachsene Dame als Nichte hast."

„Danke für das Kompliment", lachte Margot und streckte ihm nochmals die Hand über den Tisch hinüber. „Auf gute Freundschaft also. Margot heiße ich."

„Und ich Mathias."

„Darf ich ihn so nennen, Frau Tant?"

„Das sollst du sogar. Im übrigen, das weißt du ja nun schon, heißt er Bleibtreu."

Margot war nun fertig mit essen und legte ihr Besteck weg, trank einen Schluck aus ihrem Glas und überlegte.

„Zuerst habe ich gemeint, das sei ein Witz."

„Was? Daß er Bleibtreu heißt? Es ist kein Witz, Margot."

Margot blinzelte Mathias schelmisch an und fragte frech-naiv: „Bleibst du auch wirklich treu?"

Es wurde auf einmal merkwürdig still. Die Frage hing wie ein Damoklesschwert über dem Tisch, obwohl es Margot nur im Spaß gemeint hatte.

„Ich hoffe es sehr", sagte die Lindenhoferin mit seltsamer Betonung.

Jetzt erst merkte Margot, daß sie etwas Verkehrtes gesagt hatte. Gleichzeitig bewies sie aber auch, daß sie wirklich schon ein erwachsener Mensch war und heikle Situationen geschickt zu überbrücken wußte. So wie ein anderer Mensch mit leichter Handbewegung etwas abtut, so leicht balancierte Margot das Gespräch in vollkommene Unverfänglichkeit hinein, erzählte von der Firma, bei der sie beschäftigt war, ließ sich diese und jene Episode einfallen und brachte dabei sich selbst und die andern beiden immer wieder zum Lachen. Sie bewies auch, daß sie ein sehr gutes Gedächtnis hatte, und kramte so manche Erinnerung aus der Vergessenheit herauf, an die Frau Sophie längst nicht mehr dachte. Etwa die Geschichte von jenem böhmischen Hausierer, der der Frau Tant einmal einen Mann aus der Hand prophezeit hatte.

„Ach ja", erinnerte sich die Lindenhoferin wieder und lachte. „Ich weiß aber auch noch, daß er dir ebenfalls einen Mann aus dem Orakel gedeutet hat."

„Und das, obwohl ich damals erst vierzehn war."

„Inzwischen sind aber, soviel ich jetzt weiß, fünf Jahre vergangen", sagte Mathias.

„Ja, ja", lachte Margot. „Inzwischen bin ich neunzehn geworden. Aber es ist immer noch nicht der Richtige gekommen."

„Weiß man denn überhaupt, wann es der Richtige ist?"

Da langte die Lindenhoferin über den Tisch hinüber, faßte seinen Haarschopf, zog seinen Kopf zu sich herüber, lehnte ihre Stirn an die seine und sagte überzeugt:

„Ja, Mathias, das fühlt man, wenn es der Richtige ist."

Über sein Gesicht glitt eine leichte Röte, und er hätte am liebsten die streichelnde Hand fortgeschoben, denn es war ihm, als hätte er um Margots Mundwinkel einen kleinen spöttischen Zug bemerkt. Vielleicht war das auch nur Einbildung, auf alle Fälle genierte er sich der Liebkosung in Gegenwart des jungen Mädchens. — —

Man blieb an diesem Abend nicht mehr lange beisammen. Mathias ging noch zum Kornacker hinunter, um nachzusehen, wie weit es mit der Reife sei. In leiser Bewegung stand die große Breite da, die Ähren waren schon ein wenig geneigt, aber der Kern war noch weich und milchig. Aus der Tiefe des Ackers leuchteten blaue Glockenblumen, während sich am Rain daneben roter Mohn im grünen Gras duckte, als seien Blutstropfen heruntergefallen.

Eine Kornähre zwischen den Zähnen, die Hände hinter dem Rücken verschränkt ging Mathias langsam dahin und malte sich schon aus, wie der Mähdrescher mit allen Schikanen in dieses Feld hineinfahren und hinten dann die Körner in die Säcke rieseln würden. Das Stroh würde gleich zu Garben gebunden sein. Man brauchte sie dann nur noch aufzustellen und ein wenig trocknen zu lassen. Ein Gefühl des Reichtums und der Würde wollte ihn übermannen, wie ein Neuerer kam er sich vor, der erstmals diesem Dorf zeigte, daß man begonnen hatte, das Land der Technik zu unterordnen.

Flüchtig dachte er im Dahinwandern auch an das junge Mädchen, das heute gekommen war und das um diese Stunde in ihrem Stübchen am Fenster stand und zu den Bergen hinaufsah, über denen das Abendgold flutete.

Dieser Mathias Bleibtreu gefiel ihr recht gut, und sie wollte der Frau Tant das späte Glück von ganzem Herzen gönnen. Und doch störte es sie ein wenig, daß die Frau Tant sich gar keinen Zwang auferlegte und mit dem Mann in ihrer Gegenwart zärtlich war. O ja, es war ihr nicht entgangen, wie Mathias sie einen Augenblick mit einem ängstlich-verlegenen, fast gequälten Blick angeschaut hatte.

Da war sie also nach fünf Jahren wieder einmal auf dem Lindenhof, obwohl sie eigentlich gar nicht so erpicht darauf gewesen war, ihren kurzen Urlaub hier zu verbringen. Aber ihre Eltern waren es gewesen, die sie so nachdrücklich gedrängt hatten, sich einmal zu überzeugen, wie es der Frau Tant denn gehe, und was es mit diesem Mann für eine Bewandtnis habe, von dem die Lindenhoferin im Brief so viel geschrieben hatte. Ob die Frau Tant am Ende vielleicht gar nochmals zu heiraten gedenke? Womöglich kämen gar noch Kinder, und die schöne Erbschaft, mit der man so fest rechnete, würde dann verloren sein.

Zu Margots Ehre sei gesagt, daß ihr der Gedanke des Erbschleichens entsetzlich war. Und wenn die Frau Tant diesen durchaus sympathischen Menschen heiraten wollte, so war ihr das doch nicht zu verdenken.

Sie sah ihn jetzt gerade über den Hang heraufkommen, mit der Ähre im Mund, die Stirn hochaufgerichtet, mit dem rechten Arm ein wenig schlenkernd. Dann entschwand er ihrem Blickfeld, ging offenbar nochmals um die Hof-Gebäude herum, wie er es jeden Abend machte.

Er schloß das Garagentor und ging dann ins Haus. Im Flur trat ihm Frau Sophie entgegen, die Tür zum Stübchen stand halb offen.

„Wo warst du denn jetzt noch?" erkundigte sie sich.

„Unten am Kornacker. Es hat noch etwas Zeit mit dem Mähen."

Sie hängte sich an seinen Arm und zog ihn ins Stübchen hinein.

„Du hättest mich ruhig mitnehmen können", sagte sie, sah ihn aufmerksam an und strich dann mit ihrem Zeigefinger über seine Stirn. „Was hat man denn da wieder für eine Falte?"

„Eine Falte? Wieso eine Falte?"

„Ach, weißt du, Mathias, ich spüre schon deine Gedanken jetzt. Und du hast über etwas nachgedacht und nicht über Fröhliches."

„Wenn du mich schon fragst, Sophie — bitte, nimm dich ein bißl zusammen, wenn das Mädel dabei ist.“

Ganz verständnislos schaute sie ihn an. „Wieso? Genierst du dich denn?“

„Ja, ich geniere mich.“

„Das verstehe ich nicht. Margot ist doch kein Kind mehr.“

„Eben, weil sie kein Kind mehr ist.“

Die Lindenhoferin spürte plötzlich einen Schmerz, ganz kurz nur, doch heftig wie einen Messerstich. Ein Mißtrauen war aufgezuckt, verschwand aber ebenso schnell wieder. Bleibtreu, dachte sie. Er heißt doch Bleibtreu, und es ist dumm von mir, zu glauben, daß er mir nicht treu bleiben werde.

„Ich werde es mir merken“, versprach sie und versuchte, ihn zu verstehen, errötete sogar, weil sie sich durchschaut fühlte; denn sie hatte die kleine Zärtlichkeit während des Essens ganz bewußt demonstriert, wie um der Nichte ihr Besitztum auf den Mann anzuzeigen.

Jetzt aber waren sie allein. Und als ob sie sich's überlegt habe, daß sie in der nächsten Zeit weniger allein sein würden, wurde der Wunsch in ihr übergroß, daß er sie in seine Arme nähme und sie an seinem Herzen ruhen dürfe. Bisher war sie immer noch vorsichtig gewesen, vorsichtig aus Unsicherheit, weil sie von keiner Nacht fordern wollte, was sie am Tag dann gezwungen haben würde, die Stirn zu senken, um niemandem in die Augen sehen zu müssen. Und es war gerade so, als sei sie sich erst heute, in dieser Stunde vielleicht ganz darüber klargeworden, daß man morgen oder spätestens übermorgen schon zum Pfarrer gehen müsse, um das Aufgebot zu bestellen. Sie mußte aus dieser Unklarheit heraus, in der sie sich befand.

Und Mathias, dem auf solche Weise gezeigt wurde, daß er nun bald und für alle erkennbar vom Knecht zum Herrn emporgehoben werden sollte, vergaß gern die Ursache seines schroffen Weggehens nach dem Abendessen. Unter ihren Küssen fand er seine Sicherheit wieder, erlebte darin die ganze Fülle des wahrhaftigen Glückes. Er glaubte, daß er ihr keine großen Worte schuldig sei, daß dabei nur etwas zerredet würde. Er schwieg, wo andere glauben, viel reden zu müssen, und dadurch wurde diese Stunde zu einer schönen, gläubigen, ja fast demütigen Werbung um die Liebe der Lindenhofbäuerin Sophie Braunfeld. — —

Sparsam rann schon das Licht des aufkeimenden Morgens durch das kleine Fenster, und doch war es noch weit bis zum hellen Licht des Tages, der zwei andere Menschen antraf, als sie gestern noch waren.

Margot hatte es nicht erwarten können, die Schritte des Mannes über die Stiege kommen zu hören. Oder war sie doch eingeschlafen bei all den Gedanken, die sie sich machte? Auf alle Fälle stand die Sonne schon schräg über dem Giebel, als sie vollends wach ans Fenster trat, um Mathias über den Hof gehen zu sehen, mit raschem, federnden Schritt, schulterschmal und die Stirn hoch erhoben.

Frau Sophie aber beherzigte Mathias' Worte und verriet weder beim Morgenkaffee noch beim Mittagessen, welch prickelnde Lust sie verspürte, der Nichte zu zeigen, wieviel tiefer sie jetzt mit Mathias verbunden war und wie sehr er ihr allein gehörte.

Ganz gelang es ihr zwar nicht, aber Margot lächelte auch nicht mehr spöttisch, jedoch empfand sie jetzt etwas anderes. Etwas Fremdes, ganz Rätselhaftes, für das sie keinen Namen fand. Einmal glaubte sie, es sei Mitleid mit Mathias. Aber sie fragte sich sofort: Wozu denn Mitleid? Es war doch sicherlich recht glücklich mit der Frau Tant. Vielleicht war er auch ein kleiner Glücksritter, dem es gerade recht kam, sich in einen so schönen Hof zu setzen, aufzusteigen vom Knecht zum Herrn, der sich wohlfühlt in dem warmen Nest.

Auf alle Fälle betrat sie das Stübchen nicht mehr ohne anzuklopfen, seit sie am Mittag hereingeplatzt war und die beiden in inniger Umarmung angetroffen hatte. Mathias war tödlich verlegen gewesen, die Tante aber hatte sich lächelnd eine Haarsträhne aus der Stirn gestrichen und hatte Margot aufgefordert:

„Setz dich nur, Margot, das Essen wird gleich kommen."

*

Früher hatte Margot ihre Ferien auf dem Lindenhof immer mit jener Unbefangenheit eines Großstadtkindes erlebt, für das ein Bauernhof voller Geheimnisse steckte. Es war so herrlich gewesen, mit den Gäulen aufs Feld hinausreiten zu dürfen oder im Heustock nach Nestern zu suchen, in die die Hühner ihre Eier verlegt hatten. Wie stolz war sie immer gewesen, wenn sie der Frau Tant ein Schürzchen voll Eier bringen konnte oder vom Kornfeld einen Buschen roter Mohnblumen. Vor allem hatte sie damals sechs Wochen hier verleben dürfen. Jetzt waren es nur vierzehn Tage Urlaub, dazu zwei Samstage und zwei Sonntage, so daß es im ganzen achtzehn Tage waren.

Ach ja, es hatte sich so manches geändert. Jetzt war sie erwachsen, eine kleine Dame, für die es sich nicht mehr schickte, auf einem breiten Ackergaul im Herrensitz aufs Feld zu reiten oder im Heuboden nach Eiern zu suchen. Jetzt half sie ein wenig im Haushalt und ließ es sich von der Tante nicht zweimal sagen, daß sie sich an gar nichts gebunden fühlen sollte. Sie sei ja jetzt nicht mehr als Kind in Ferien da, sondern als berufstätiger Mensch, der sich in seinem kurzen Urlaub erholen solle.

Und so strolchte Margot viel in der Gegend umher, wanderte einmal ins Dorf hinunter zur Näherin, weil ihr die Frau Tant ein neues Dirndlgewand machen lassen wollte, stieg dann wieder weit hinauf über den Bergwald zu den Almfeldern, besuchte auch die Martha auf der Alm und ließ sich mit dem Heimkommen manchmal Zeit, bis es schon dunkelte.

Auf einer dieser Wanderungen traf sie auch den Jäger Vitus Brenner. Er saß auf einer Lichtung unterhalb des Pechkogels, hatte das Gewehr neben sich liegen und beschaute mit dem Fernglas ringsum die Gegend. Dabei kam ihm auch das Mädchen Margot in die Linse, das langsam über ein Almfeld niederstieg.

„Donnerwetter!“ sagte er, ließ das Fernglas sinken und stand auf. „Was kommt denn da daher?“

Margot hatte ein Büschel Almrosen in der Hand, gerade so viel, daß es nicht als Raub angesehen werden konnte. Der Jäger aber machte absichtlich strenge Augen und fragte, ob sie nicht wüßte, daß diese Blumen unter Naturschutz stünden.

Nein, das wußte Margot nicht, und vielleicht sprach der Jäger auch nicht ganz die Wahrheit.

„Ich habe mir gedacht, daß für eine Verwarnung die Bergwacht zuständig sei", sagte sie und lachte dabei. „Oder wollen Sie mich verhaften?"

Vitus lockerte nun seine strenge Amtsmiene, sah das Mädchen mit schiefgehaltenem Kopf abwägend an, als müsse er es sich überlegen. Dann lachte er.

„Ja, das würde ich für mein Leben gern tun, dich verhaften. Verhaften und in meiner Jagdhütte einsperren."

„Das könnte Ihnen so passen!" gab Margot lachend zurück und sah ihn zum erstenmal genauer an. Er war herrlich braungebrannt und roch nach Harz, nach Bergkräutern und Wald. Unwillkürlich mußte sie an Herbert Jansen denken, den jungen Abteilungsleiter in ihrer Firma. Ein eleganter Mensch und doch nur ein Schattengewächs neben diesen braungebrannten Bergmenschen. Sie mußte auch an Mathias Bleibtreu denken und spürte dabei wieder den wehen Zug in ihrem Herzen.

„Im Ernst", sagte jetzt der Jäger. „Du mußt vom Weg abgekommen sein. Wenn du ins Dorf willst, mußt du dich dort vorn beim Almzaun ganz scharf nach rechts halten."

„Wer sagt Ihnen denn, daß ich ins Dorf will?"

„Wohin denn sonst?"

Margot zupfte an ihrem Almrosenstrauß herum, zog die Schnur um die Stengel etwas fester, dann hob sie den Kopf.

„Sind Sie immer so neugierig? Und duzen Sie immer gleich jeden Menschen, der Ihnen in den Weg läuft?"

„Oh, entschuldigen Sie", antwortete Vitus und zauberte etwas Trauer in seinen Blick. „Aber um ganz ehrlich zu sein, schönes Kind, ich duze immer nur dann, wenn mir jemand sehr sympathisch ist."

„Aha. Und Sie finden jemanden immer ziemlich schnell sympathisch?"

„Ja, da hab ich ein sicheres Gespür, das gehört schließlich zu meinem Beruf, eine gute Witterung, sozusagen."

„Ja, dann wittern Sie mal ruhig, wohin ich gehen möchte."

„Eigentlich müßten Sie direkt in den Himmel gehn, wohin alle Engel gehören. Besonders, wenn es so schöne Engel sind."

„Oh, schmeicheln können Sie auch? Aber damit Sie nicht lange raten müssen — es ist ja kein Geheimnis — ich verlebe gegenwärtig bei meiner Tante auf dem Lindenhof meinen Urlaub."

Über das Gesicht des Jägers zuckte es für Sekunden hin. Aber Margot beobachtete es nicht.

„So, so, bei der schönen Witwe Sophie Braunfeld."

„Sie kennen meine Tante doch sicher?"

Ein faunisches Lächeln spielte um seinen Mund. „Ja, ich kenne sie. Aber sie hat mir nie erzählt, daß sie eine so schöne Nichte hat. Das hat sie mir unterschlagen. So, so, da unten sind Sie also. Im Urlaub, sagten Sie? Ich weiß eigentlich nicht, was Urlaub ist, wüßte auch gar nichts damit anzufangen, so allein wie ich bin. Zu zweit wäre das was anderes. Mit dir zum Beispiel. — Herrgott, jetzt hab ich schon wieder du gesagt. Können Sie mir noch einmal verzeihen?"

„Lassen Sie nur. Es macht mir nichts aus. Aber was könnten Sie denn mit mir schon groß anfangen?"

„Was ich mit dir anfangen könnte? Ich könnte dir so vieles zeigen und erzählen, wovon du noch gar keine Ahnung hast."

„Das gebe ich ohne weiteres zu. Vom Leben hab ich nämlich noch keine zu große Ahnung. Was zum Beispiel könnten Sie mir alles zeigen?"

Sie saß neben ihm auf dem warmen Stein und hörte mit Interesse zu, was er ihr zu erzählen wußte, dies und das, einen bunten Blumenstrauß aus seinem Jägerleben. Vom Frühling sprach er, der in den Bergen manchmal gar nicht so sanft wäre. Von den sternhellen Nächten berichtete er, wenn im ersten Zwielicht die Birkhähne balzten.

Aber es war nicht mehr Frühling, es war Sommer. Und Margot saß neben ihm in der Lichtung. Ein Habicht stieß vom hohen Himmel nieder, und weiter droben sah man ein Rudel Gemsen langsam durchs Gewänd ziehn. Um das besser sehen zu können, lieh er ihr sein scharfes Glas. Ganz unabsichtlich lehnte sie dabei an seiner breiten Schulter. Sie spürte seinen Atem in ihrem Haar, und es war auf einmal alles so schön und von einem romantischen Zauber umkleidet. Auch daß er sie bat, sie möge doch am andern Tag wieder hierherkommen. Sie brauche überhaupt keine Angst zu haben. Er werde ihr seine Jagdhütte zeigen und Kaffee für sie kochen oder Tee. Sie brauche nur zu befehlen. Auch einen selbstgebrannten Enzian habe er.

Nein, Angst hatte sie überhaupt nicht. Was konnte ihr schon passieren?

Er begleitete sie ein Stück durch den Wald hinunter, war von einer rührenden Fürsorge, daß sie über keine Wurzel stolperte. Er erklärte ihr jede Art von Baum und Strauch und machte sie auf jeden Vogel aufmerksam, der durch die Zweige huschte. Beim Abschied lag dann ihre Hand lange in der seinen, und weil er gar so innig und herzlich darum bettelte, versprach sie ihm, am andern Nachmittag um dieselbe Zeit wiederzukommen.

„Vergelt's Gott, schönes Kind!" flüsterte er und legte wieder Schwermut in seinen Blick. „Aber, ich weiß nicht — vielleicht wäre es besser, wenn du deiner Tante davon nichts sagst."

Margot überlegte ein wenig, dann schüttelte sie lachend den Kopf, daß die Locken flogen. „Sie muß es nicht unbedingt wissen", erklärte sie und war bereit, dieses kleine Abenteuer zu erleben und es als ihr Geheimnis zu bewahren.

Als Vitus merkte, daß sie ganz gern zu einem Treffen mit ihm bereit war, meinte er: „Ich weiß jetzt noch nicht einmal deinen Namen!"

„Margot heiße ich."

„Und ich bin der Vitus. Ein braver Mensch durch und durch. Und einsam wie ein Reh im Wald, wenn es Winter wird und es den Weg durch den Schnee nicht mehr findet. Übrigens, Margot, überlege es dir — ich hab droben in meiner Hütte noch einen Rehschlegel. Wenn du Lust darauf hättest, könntest du mittags schon zu mir kommen. Wir konnten dann fürstlich miteinander speisen."

„Ich weiß ja gar nicht, wo deine Hütte liegt."

Er beschrieb ihr genau, wie sie zu gehen hätte. Immer dieser blauen Markierung nach, dann käme sie zu einem kleinen Waldsee, und dort müsse sie sich scharf rechts halten; höchstens vierhundert Meter noch, dann sei sie schon da. Im übrigen, er käme ihr gern entgegen, damit sie sich nicht verlaufe.

„Nein, ich finde sicherlich hin", sagte sie. „Aber ich werde zu Mittag noch nicht dort sein, erst am Nachmittag." — —

Und sie ging tatsächlich am andern Tag zu seiner Hütte. Zunächst war es die reine Neugierde, die sie hinauftrieb, eine prickelnde Lust zu einem kleinen Abenteuer. Vielleicht war auch ein bißchen Trotz dabei, weil dieser Mathias Bleibtreu sie wie ein kleines Kind behandelte und so tat, als dürfe sie kaum dreihundert Schritte vom Hof weggehen, weil sie sich sonst verirren könnte. Nein, er nahm sie nicht ernst, wie es ihr schien. Er lächelte immer so nachsichtig, wenn sie etwas sagte, um sie dann wieder unter gesenkten Brauen nachdenklich anzusehen, lange und schweigend.

Vitus Brenner hatte auf sie gewartet. Er saß auf der Bank vor seiner Hütte, und als er sie kommen sah, rannte er ihr entgegen.

„Du bist also doch gekommen! Mein Gott, hab ich eine Freude!"

Dann kochte er Kaffee am offenen Feuer. Margot bat, den Tisch decken zu dürfen. Es war alles so romantisch, und sie glaubte dem Jäger durchaus, daß er sich über ihren Besuch freute, und daß es sonst für ihn recht einsam sein müsse.

„Ja, da sitze ich dann am Abend ganz allein auf meinem Bankerl draußen", erzählte er ihr, „und warte, bis die Sternlein kommen, und denk mir dabei, wie schön es wäre, wenn ich einen lieben Menschen um mich hätte, so ein liebes Gschmacherl, wie du eins bist."

Es war ihm gut zuzuhören, und dennoch mußte

Margot immer wieder an Mathias Bleibtreu denken, an den Mann, der für sie unerreichbar bleiben mußte.

Der Jäger aber war erreichbar, zu leicht erreichbar. Sie hatte noch keine goße Erfahrung mit Männern und bekam dann Angst vor der Wildheit seiner Küsse. Ein zweitesmal wollte sie bestimmt nicht wieder hierherkommen. Sie versprach es nur, um jetzt überhaupt von ihm loszukommen.

Daheim wartete man bereits mit dem Abendessen auf sie. Und Margot war es, als beobachtete Mathias sie besonders scharf. Während des Essens fragte dann die Tante: „Wo warst du denn heute so lange, Margot?"

Es war ganz leichthin gefragt, vielleicht war die Tante gar nicht einmal neugierig und fragte nur gewohnheitshalber, so wie sie wahrscheinlich auch eine ihrer Mägde gefragt hätte.

„Ach, da oben am Berg bin ich gewesen", antwortete Margot genauso leichthin.

„Hat dich da am Hals etwas gestochen?"

Margot fühlte, daß sie brennend rot wurde, und griff sich an den Hals. „Ja, das kann schon sein. Eine Fliege vielleicht."

„Es sieht eher aus wie ein Kußfleck", stellte die Lindenhoferin sachlich fest. „Aber wem solltest du denn da oben schon begegnet sein?"

„Das kann man doch nicht wissen", sagte Mathias und lächelte wieder so eigentümlich dabei.

In dieser Minute bekräftigte Margot ihren Entschluß, nie wieder zur Jagdhütte zu gehen. Es war ein Erlebnis gewesen, das in der Erinnerung nur dann schön bleiben konnte, wenn es nicht ausreifen durfte.

Aber als sie später in ihrem Zimmer war und in die

Nacht hinausstarrte, fühlte sie wieder, daß nur Mathias der Hemmschuh zu vielem war, was sie auch beginnen mochte. Und zum erstenmal seit ihrem Hiersein dachte sie: Ich bin wirklich froh, wenn diese vierzehn Tage vorüber sind!

*

Einige Tage später stand Mathias auf dem Balkon, rauchte eine Zigarette und schaute in die einfallende Nacht hinaus. Die ersten Sterne blinzelten durch ein paar Wolkenlücken. Der Wind kam warm aus der Tiefe des Gebirges. Es roch nach Regen.

Mathias hatte Margot nach dem Essen den Hof verlassen sehen. Inzwischen wurde es Nacht, und sie war immer noch nicht da.

Was hatte sie sich nachts draußen herumzutreiben? Genügte ihr der Tag noch nicht dazu? Wenn sie meine Tochter wäre, dachte er grimmig, ich würde ihr das grundsätzlich verbieten.

Na, na, Mathias Bleibtreu! Wohin verirren sich denn deine Gedanken? Was geht denn dich das Mädel an? Leg dich schlafen, dir kann es doch egal sein, wo sie ist und wann sie heimkommt.

Er ertappte sich immer wieder bei dem Gedanken, daß es ihm nicht egal war. Seit diese Margot ins Haus gekommen war, war eine große Unruhe über ihn hergefallen. Er sehnte den Tag herbei, an dem sie wieder abreiste — sehnte ihn herbei und bangte doch davor, weil er fühlte, daß dann ein Stern erlosch, der leuchtend über seinem Leben stand. Das hatte mit einer Untreue Frau Sophie gegenüber überhaupt nichts zu tun. Sein Gefühl für die Lindenhoferin war von einer gleichbleibenden, ruhigen Festigkeit getragen. Kein flammender Sturm zwar, aber eine stetige, warme Geborgenheit.

Auf einmal gab es ihm einen Ruck. Es war ihm, als habe er drüben beim Pflanzgartenzaun einen Schatten wahrgenommen. Oder täuschte er sich? Gaukelte ihm seine Phantasie schon etwas vor und ließ ihn Gespenster sehen?

Nein, nein, da waren jetzt auch Stimmen, schnelle, hastige Stimmen. Und jetzt ganz deutlich Margots flehender Ruf:

„So laß mich doch los! Ich schreie sonst so, daß der ganze Hof erwacht!"

„Du brauchst doch vor mir keine Angst zu haben, schöne Margot."

„Doch, ich habe Angst vor dir. Bitte, laß mich gehen und lauere mir nie mehr auf, sonst kann ich ja gar nicht mehr aus dem Haus gehen."

„Jetzt auf einmal? Vor drei Tagen warst du nicht so. Du wolltest am andern Tag wiederkommen. Ich habe gewartet auf dich, wie nur ein Mensch warten kann. Gestern bin ich schon hier herumgeschlichen, aber du hast dich einfach nirgends sehen lassen, grad als ob du überhaupt nicht mehr da wärst. Was ist denn los mit dir? Seid ihr in diesem Haus alle bloß drauf aus, einen an der Nase herumzuführen? Oder steckt vielleicht gar ein anderer dahinter?"

„Du sollst mich loslassen, Vitus."

Wie deutlich der Wind jeden Laut über den Hof hertrug!

„Loslassen!" jammerte es wieder in arger Bedrängnis.

Jetzt erst ließ Mathias sich lautlos am Balkon hinunter, sprang über den Hof und stand plötzlich hinter den beiden. Der Jäger hatte das Mädel an sich gerissen, und sie war wehrlos gegen seine entfesselte Kraft.

Da griff Mathias zu und schleuderte den Jäger zurück, daß er taumelte. „Du, wenn das Mädel nicht in Ruhe läßt, ich schlag dich windelweich!"

Fluchend richtete sich Vitus auf. Dann klang sein häßliches Lachen: „Ah, da schau her! Der Herr Baumeister. Mußt es denn immer du sein, der mir im Weg steht? Hast doch 'rauskönnen vom warmen Bett deiner Witwe?"

Mathias schnellte vor und packte den Jäger an der Brust. „Du, dir will ich jetzt einmal was sagen —"

„Mathias!" schrie Margot leise hinter ihm auf.

Da ließ Mathias los und faßte Margot bei der Hand. „Komm jetzt, Margot."

Der Jäger reckte hinter ihnen die Faust in die schwarze Nacht. „Wart nur, das zahl ich dir heim, du windiger Bauernknecht!"

„Laß ihn!" bettelte Margot und hielt ihn am Arm fest.

Sie hörten fortgehende Schritte im Gras. Dann hatte der Jäger die Fahrstraße erreicht. Seine Nagelschuhe klapperten auf den Steinen.

„Du bist grad noch rechtzeitig gekommen", sagte Margot. „Der Kerl hat eine Kraft wie ein Elefant. Ich danke dir, Mathias."

Sie standen nahe beisammen. Aber die Nacht war jetzt so dunkel geworden, daß sie sich nicht in die Augen sehen konnten, obwohl ihre Gesichter dicht voreinander waren.

„Wie kommt denn das, daß du ihm hier überhaupt begegnet bist?“ fragte Mathias, und sie spürte das starke Mißtrauen in seiner Frage. „War das Zufall, oder —“

„Heute war es wirklich Zufall, Mathias. Ich wollte ihm aus dem Weg gehen, das heißt, ich wollte ihn nie mehr sehen. Und er sagte ja auch, er sei schon ein paar Nächte vergeblich um den Hof geschlichen.“

Ein kurzes, hartes Auflachen. „Deinetwegen, meinst du?“

„Ich bin ihm auf dem Berg begegnet, und dann — du wirst dich wundern, Mathias — dann war ich auch einmal in seiner Jagdhütte.“

„Und ich Narr habe geglaubt, wunder in welcher Gefahr du wärst.“

„Ich bin froh, Mathias. Du weißt vielleicht gar nicht, wie froh ich bin, daß du gekommen bist und mir geholfen hast.“

„Habe ich dir denn nicht helfen müssen?“ fragte er. „Oder vielleicht war es eher so, daß ich nur geholfen habe, weil ich ihm nicht gönnen wollte, daß er dich —“

„Ja —“ hauchte sie und senkte die Stirn. Es war ihr auf einmal zumute, als schlage die Nacht barmherzig ihren Mantel um sie beide, und als stünden sie ganz allein in einer begrenzten Welt, in der nur sie zwei atmeten. Gewaltsam riß sie sich aus dieser dunklen Bedrängnis heraus.

„Sag der Tante bitte nichts!“ bat sie. „Ich will nicht, daß sie ans Forstamt schreibt und sich über ihn beschwert.“

Wieder dieses kurze, gereizte Lachen, das sich wie Spott anhörte.

„Das würde deiner Frau Tant wohl am allerletzten

einfallen. Aber du hast recht, Margot, sie braucht nichts zu wissen davon."

Nun hatten sie ein kleines Geheimnis miteinander. Ein Geheimnis, in dem der Jäger gar keinen Raum einnahm, der jetzt vielleicht auf das Dorf zustolperte, um sich wieder einen anzusaufen. Sie aber standen immer noch in der warmen, sternarmen Sommernacht, die windbewegt war und nach Regen roch.

*

Mathias erlebte nun mit Staunen, wie ihn die Kleinigkeit des Geheimnisses, das er mit Margot teilte, auf eine sonderbare Weise froh machte. Zuweilen warf sie ihm einen heimlichen Blick zu, und ebenso heimlich schaute er hinter ihr her. Begegneten sich aber ihre Augen, so blickten sie sich für Sekunden wie selbstvergessen an, als wollte eins dem andern in der Seele lesen.

Einmal, als sie allein vor dem Brunnen standen, sagte Mathias ganz nebenbei, als sei es nur Spaß: „Eigentlich hätte ich dir einen Kuß abverlangen sollen, Margot, fürs Schweigen."

Daraufhin antwortete sie mit verblüffender Offenheit: „Hättest du denn gern einen von mir, lieber Mathias?"

„Ich habe aber an keinen Onkelkuß gedacht."

Margot zupfte ein paar welke Salatblättchen ab und warf sie in einen Kübel. „Was ich dich eigentlich schon ein paarmal fragen wollte, Mathias —"

„Ja, was denn?"

Sie sah sich schnell um, ob niemand am Fenster oder

im Flur stehe. „Ob du sehr glücklich bist mit der Frau Tant?"

Er hielt einen Moment still in der Bewegung, die er nach seiner Tasche machte, um eine Zigarette herauszunehmen. Es war, als betrachte er sein Gesicht im klaren Wasser des Brunnentroges. Dann nickte er: „O ja, das kann man wohl sagen, Margot."

„Das ist sehr gut. Du mußt nämlich wissen, Mathias, daß du ihr sehr viel bedeutest. Alles bedeutest du ihr. Deine Liebe trägt jetzt ihr ganzes Leben."

Er zog jetzt eine Zigarette heraus und zündete sie an. Diesen Augenblick benützte Margot, mit der Schüssel voll gewaschenen Salates ins Haus zu schlüpfen.

Finster starrte er den Wölkchen seiner Zigarette nach und überlegte, ob sie dies eben mit Absicht gesagt hatte, um irgendwelche Illusionen in ihm zu zerstören. Dann hatte sie aber ganz recht gehabt. Was mußte er sich überhaupt so viel mit ihr beschäftigen? Sein Leben war an die Lindenhoferin gebunden, nicht gekettet, nein, nur ganz sanft gebunden, wie mit einem Kranz von dunkelroten Rosen.

*

Am andern Tag traf mit der Post auch eine Todesanzeige ein. Sebastian Braunfeld, der einzige Bruder des alten Lindenhofers, war hochbetagt als emeritierter Pfarrer in einer Gemeinde in Westfalen, seinem letzten Wirkungskreis gestorben. Die Lindenhoferin mußte wohl oder übel zur Beerdigung dorthin fahren.

Mathias suchte im Fahrplan die Züge heraus, und es zeigte sich, daß sie wohl drei Tage unterwegs sein würde, denn ein Tag verging jeweils schon mit der Hin- und Rückfahrt.

Die Lindenhoferin war ein bißchen aufgeregt, denn sie gehörte zu den Menschen, die nie viel gereist waren.

„Am liebsten", sagte sie zu Mathias, „am liebsten tät ich dich mitnehmen. Aber das kann ich vor dem Hof nicht verantworten. Es gibt im Augenblick zuviel Arbeit."

Und zu Margot sagte sie: „Gib auf ihn acht, daß ihm nichts fehlt! Sieh zu, daß er sein Frühstück richtig bekommt. Die Loni knausert nämlich manchmal, als wenn es aus ihrer Tasche ginge. Und gib acht, daß er nicht zu kalt trinkt, wenn er erhitzt ist. Diese Untugend hat er nämlich. Er soll vorher einen Bissen Brot essen."

Ja, sie war voll rührender Sorge um ihn, der daheimbleiben mußte. Immer wieder fiel ihr etwas ein. Wenn der Adlerwirt käme wegen der Sau, er wisse ja wohl selber besser zu handeln. Das Geld dafür solle er dann am Sonntag nach der Kirche abholen, so sei das von jeher Brauch gewesen. Aber bis dahin sei sie ja wieder da. — —

Mathias brachte sie mit dem Bergesel zur Bahn. Er ließ den Wagen vor dem Bahnhof unter den Birken stehen und trug den kleinen Koffer hinaus zum Bahnsteig, ging neben ihr hin und her und redete auf sie ein.

„In München steigst du in den Schnellzug und gehst in den Speisewagen, wenn du Hunger bekommst."

„Ich hab mir ein paar Wurstbrote und gekochte Eier eingepackt", sagte sie und hätte am liebsten seine Hand genommen, aber es waren zu viele neugierige Augen auf dem Bahnsteig.

Der Zug fuhr rückwärts an den Bahnsteig heran, nachdem er vorn ein paar Loren mit Baumstämmen rangiert hatte. Mathias stieg mit ein, verstaute den Koffer im Gepäcknetz und mußte gleich wieder aussteigen, weil die Türen schon zugeschlagen wurden. Vom Fenster aus reichte sie ihm nochmals die Hand.

„Jetzt hast mir gar kein Bussl mehr geben können", sagte sie schmollend wie ein Kind.

„Macht nichts. Wenn du heimkommst, kriegst du sie doppelt."

„Und sag der Margot, sie soll nicht vergessen, die Blumen zu gießen. Die Speicherfenster stehen auch offen. Wenn ein Gewitter kommen sollte, müßt ihr sie gleich schließen. Ja — und was wollte ich jetzt noch sagen?" Der Zug fuhr bereits an. Es fiel ihr nichts mehr ein. „Behüt dich Gott, Mathias! Und holst mich dann am Mittwochmittag wieder ab, gell?"

Immer schneller rollte der Zug. Mathias war stehengeblieben. Die Lindenhoferin ließ ihr weißes Taschentuch flattern, bis der Zug in einer Waldschneise verschwand.

Schwül lag der Tag über der Gegend. Sie hatten droben am Waldrand noch etwas Streu einzubringen. Immer wieder sah Mathias zum Hof herunter, aber nur einmal konnte er Margot flüchtig sehen, als sie mit einer Schüssel voll Hühnerfutter über den Hof ging.

Beim Mittagessen lag ein beklemmendes Schweigen zwischen den beiden Menschen. Nur einmal, als Mathias nach der Salzbüchse greifen wollte, fiel sie ihm in die Hand. „Du sollst nicht soviel Salz nehmen, Mathias."

„Ach so, ja!“ Er lächelte auf sonderbare Art. „Wie du auf meine Gesundheit schaust! Ich meine gerade, ich höre deine Tante sprechen.“

Ein langes, bedrückendes Schweigen entstand. Bis Margot in die Stille hinein sagte: „Du wirst lachen, Mathias, aber ich habe das Gefühl, als säße sie wirklich zwischen uns.“

„Kein Grund zum Lachen, Margot. Es ist nämlich wirklich so, als säße sie zwischen mir und dir.“ — —

Nach dem Essen zündete er sich eine Zigarette an.

„Auch ein Zug, Margot?“

„Nein, danke, Mathias.“

„Aber im Büro, erzähltest du, da raucht ihr doch auch ab und zu eine, wenn der Chef in weiter Ferne ist.“ Er hielt ihr dabei die Zigarette hin. Sie nahm einen tiefen Zug, blies aber den Rauch gleich wieder von sich, so daß beider Gesichter für einen Augenblick wie vernebelt waren. Dann stand Margot rasch auf, räumte das Geschirr zusammen und trug es hinaus.—

Am Nachmittag fuhr Mathias ins Dorf hinunter und telefonierte in die Kreisstadt, wann denn nun endlich der Mähdrescher käme. Das Korn sei jetzt reif.

Ob er denn noch nicht da sei? Vor zwei Stunden sei er weggefahren. Dann müsse er alle Augenblicke ankommen.

Und richtig, als Mathias aus dem Postgebäude kam, sah er den großmächtigen Kasten auf der Straße daherrumpeln. Er dirigierte den Fahrer gleich zum Kornfeld hin, fuhr zum Hof hinauf und trieb alle zusammen. Nur Margot blieb daheim.

Nach einer Viertelstunde war so ziemlich die ganze Dorfjugend auf dem Lindenhofer Kornacker, um dieses Wunder zu bestaunen. Mit drei Menschen wurde da in einigen Stunden fast die ganze Kornernte bewältigt. Der alte Anselm wurde dabei gar nicht gebraucht. Er saß am Ackerrain, hatte seine lange Pfeife im Mund und schüttelte nur immerzu den Kopf.

Recht lange konnte die Welt jetzt nicht mehr stehen, wenn man mit solchen Riesendingern der Natur zu Leibe rückte. Früher waren sie oft zu zwölft bei der Ernte. Jetzt machten die es zu dritt. Und gedroschen war auch gleich.

Nur jammerschade, daß die Lindenhoferin diesem großartigen Schauspiel nicht beiwohnen konnte, daß sie es nicht sah, mit welch stolzer Leidenschaft Mathias auf der Riesenmaschine saß und den Mann vom Lagerhaus längst nicht mehr brauchte. Er bediente die verschiedenen Hebel und Druckknöpfe, als hätte er sein Leben lang nichts anderes getan, als einen Mähdrescher gefahren. Und er bemerkte mit leisem Schmunzeln, daß jetzt auch einige Bauern des Dorfes am Lindenhoferfeld standen, um fassungslos zuzuschauen, wie das alles vor sich ging, staunend die Augen zu heben, was so ein Ding kostete, um dann in ihr Gerede einzuflechten, daß man halt auch soviel Geld haben müßte wie die Lindenhoferin, um so ein Ding zu kaufen. Und darauf saß dieser Mathias, dem man das Knechtsein sowieso nicht mehr glaubte, weil von dem fadenscheinigen Gerede des Jägers soviel hängen geblieben war, daß man ihn auf dem knallrot gestrichenen Mähdrescher wie einen Thronfolger sitzen sah, auch wenn er keine Krone trug, sondern nach seiner Gewohnheit nur eine Ähre zwischen den Lippen hielt.

Und es mußten ihm als dem Thronfolger schon

ziemlich viele Rechte eingeräumt worden sein, weil er von sich aus den Bauern anbot, den Mähdrescher auszuleihen für einen Stundenlohn von dreißig Mark, ohne Dieselöl. Man zögerte zwar ein bißchen, aber als man dann sah, wie Mathias nach wenigen Stunden mit dem breiten Acker fertig war und die Kornsäcke auf zwei Wagen aufgestapelt hatte, da griff man eben doch zu, und der erste war der Heimgartner, der sich den Mähdrescher für den andern Tag auslieh.

Von Mathias aber wußte man an diesem Tag zu berichten, daß er sich in den Mähdrescher verliebt haben mußte, denn als er schon daheim unter dem weitvorspringenden Vordach stand, ging er immer wieder um ihn herum und streichelte mit der Hand über die Seitenteile.

Aber er tat dies alles doch nur, um seine innere Unruhe zu bemänteln. Denn eines wußte er den ganzen Tag schon: er mußte unbedingt ein Alleinsein mit Margot vermeiden. Es war ihm, als stünde unsichtbar eine Gefahr hinter ihm, der er entgehen mußte.

Vielleicht dachte Margot dasselbe, denn sie erschien am Abend nicht im Stübchen. Die Loni brachte ihm das Essen, und er hatte nicht den Mut, zu fragen, wo Margot sei.

Es ist ganz gut so, dachte er. Aber als der Abend immer tiefer sank, spürte er wieder eine wachsende Unruhe in sich aufkommen. War sie weiter fortgegangen? Dann hätte sie ihm das unbedingt sagen müssen. Bedachte sie denn nicht, daß ihr der Jäger wieder auflauern könnte?

Als dann die Finsternis kam, konnte er seine Unruhe nicht mehr bezähmen. Er ging hinter dem Hof um den Weiher herum, stand eine Weile ganz still und horchte in die Nacht hinein. Von nirgends kam ein Laut. Oder war das Gedröhn des Mähdreschers noch so in seinen Ohren, daß er keinen andern Laut empfangen konnte? Aber dann hörte er doch den Glockenschlag vom Dorf herauf. Der Wind trug auch den Geruch von frischgepflügten Äckern heran.

Den Kopf ein wenig vorgeneigt, die Hände über der Brust verschränkt, stand er da. Auf einmal fiel ihm Frau Sophie ein. Grüßend gingen seine Gedanken in die Ferne. Es war eigentlich gar nichts, wenn sie nicht da war, stellte er fest. Das Haus war irgendwie leer ohne ihren Schritt, ohne ihre Stimme. Es war, als habe sie alles Leben mitgenommen.

Ich hätte eigentlich mitfahren sollen, überlegte er. Aber dazu war es jetzt zu spät.

Langsam ging er über den Hof zurück. Auf einmal meinte er, es habe jemand ganz leise gehustet. Er fuhr mit dem Gesicht hoch, starrte die Hauswand entlang. Ihm war, als säße jemand oben auf dem Balkon hinter den Blumenkästen.

Margot spürte, wie ihr Herz angstvoll zu schlagen anfing, als sie seinen Schritt über die Stiege heraufkommen hörte. Einen Augenblick dachte sie daran, in ihre Kammer zu flüchten. Aber es war bereits zu spät. Sein Schritt kam schon den Flur entlang, und dann erschienen die Umrisse seiner Gestalt in der Balkontür. „Ist hier jemand?"

Margot hielt den Atem an und meinte schon, daß er wieder umkehren würde. Statt dessen trat er jetzt ganz auf den Balkon heraus, streckte die Hand ins Dunkel und berührte sie an der Schulter.

„Ach, du bist es, Margot? Ich habe mir Sorgen gemacht um dich. Warum gibst du mir denn keine Antwort?"

„Weil ich dachte, du würdest wieder umkehren."

„Ach so, du willst allein sein?"

Seine Hand lag immer noch auf ihrer Schulter. Sie faßte danach und hielt sie fest.

„Ja, Mathias. Weil ich nämlich glaube, daß es besser ist für mich — für uns beide."

Statt aller Antwort setzte er sich neben sie auf die Bank. Aber ihre Hände blieben ineinander verschlungen.

„Seit dem Mittag habe ich dich mit keinem Blick mehr gesehen, Margot. Wie lange sitzt du denn schon hier?"

„Seit dem Abend."

„Du gehst mir also aus dem Weg? Warum?"

Ihr Kopf lehnte sich müde gegen seine Schulter. „Das fragst du noch?"

„Ja, ich möchte es wissen. Warum also?"

„Weil ich Angst habe, Mathias."

„Angst? Vielleicht gar vor mir?"

„Ja, vor dir und — vor mir selber. Und du könntest es ruhig zugeben, Mathias, du hast doch auch Angst."

Weil sie die Wahrheit so genau traf, konnte er nicht gut ausweichen. Und er wollte auch gar nicht mehr ausweichen.

„Angst ist vielleicht nicht der richtige Ausdruck", meinte er. „Angst ist etwas anderes. Wir leben alle beide in einer Not, die mit jedem Tag dunkler wird, je länger wir beisammen sind."

„Je länger wir allein beisammen sind", verbesserte sie. „Die Frau Tant ist wie eine Schutzmauer um uns gewesen, die uns nun fehlt. Ich habe mir das schon überlegt, Mathias. Sobald sie von ihrer Reise zurück ist, werde ich fortfahren."

Er erschrak so heftig, daß seine Hand in der ihren zuckte.

„Wie willst du denn eine plötzliche Abreise begründen?"

„Oh, mir wird schon was einfallen. Ich kann den Rest meines Urlaubs auch noch bei einer Freundin verbringen. Sie ist seit Mai in Konstanz verheiratet, und ich sollte sie längst besuchen. Sie hat mir auch geschrieben, ob ich nicht den Urlaub bei ihr verbringen möchte. Man könnte herrliche Tagestouren in die Schweiz von dort aus machen, man könnte baden und im Segelboot fahren. Aber nein, hierher hat es mich gezogen. Wenn die Tante zurückkommt, werde ich's ihr erklären, und sie wird schon verstehen, daß ich noch ein paar Tage woanders hin will."

Er dachte lange über ihre Worte nach und hatte dabei das Gefühl, als würde sein Herz von Eiseskälte angeweht. Dann sagte er:

„Das ist eine Lösung und keine, Margot. Wenn du jetzt gehst, sieht es wie Flucht aus. Doch du wirst wiederkommen."

„Ich weiß es nicht, Mathias."

„Doch, das weißt du so gut wie ich, Margot."

Irgendwo ruschelte eine Fledermaus im Gebälk, und der Nachtwind ging flüsternd durch die schweren Dolden der Hortensien und Geranien, die in üppiger Pracht den ganzen Balkon entlang blühten.

Margot hatte den Kopf tief gesenkt. Sie rang mit sich und suchte nach Worten. Dann gestand sie: „Weil ich das weiß, darum ist es ja so schwer, Mathias."

Mathias umschlang sie plötzlich mit beiden Armen, und Margot wehrte sich nicht mehr dagegen. Sie schmiegte sich eng an ihn und flüsterte voller Bedrängnis in sein Ohr: „Was soll denn nur aus uns beiden werden, Mathias? Ach", schluchzte sie dann auf, „ich bin doch das unglücklichste Geschöpf auf dieser Erde! Ich möchte der Frau Tant von ganzem Herzen ihr Glück gönnen und werde selber daran zugrundegehen, denn ich liebe dich, Mathias, habe dich vom ersten Augenblick an geliebt und werde dich immer lieben müssen, bis an mein Ende. Es gibt kein Entrinnen mehr für mich."

Er wußte sich keinen Rat mehr. Ihr stoßartiges Schluchzen erschütterte ihn bis in die Seele hinein. Seine Hand lag auf ihrem Haar, so als wollte er sie behüten oder aus dieser kleinen Zärtlichkeit den Mut schöpfen, der jetzt dazugehörte, wenn er sie aus dieser Not befreien sollte.

„Es gibt noch einen andern Ausweg. Ich weiß eine Lösung, Margot, und ich glaube, daß dies das vernünftigste sein wird. Nicht du sollst fortgehen, sondern ich."

„Nein, nein!" wehrte sie sich leidenschaftlich gegen seinen Vorschlag, umklammerte seinen Hals und küßte ihn. „Das kannst und darfst du nicht tun, Mathias! Du weißt wohl kaum, was du der Frau Tant bedeutest."

„Und dir? Was bedeute ich dir, Margot?"

„Mehr als du ahnen kannst, Mathias. Aber was kommt es dabei auf mich an? Tante Sophie war zuerst da, und wir dürfen ihr Leben nicht mutwillig zerstören. Ach, es ist ja alles so trostlos und verworren!"

Ja, sie hatten sich beide in eine tiefe Wirrnis hinein

verloren und wußten keinen Weg, der aus dieser Not herausführen könnte. Ihre Liebe war keine Beglückung, sondern ein Fluch. Nur die dunkle Nacht war voller Barmherzigkeit und bedeckte schweigend den Jammer zweier Herzen, die sich glühend nacheinander sehnten.

*

Am anderen Morgen ging Mathias mit finster verschlossenem Gesicht umher. Er ging wie unter einer schweren Last gebeugt, oder als drücke ihn Reue zu Boden. Dabei hätte er sich doch freuen müssen, weil er gestern den Roggen gemäht und unter Dach und Fach gebracht hatte, denn in der Nacht hatte es zu regnen begonnen. Und auch jetzt regnete es noch, als er so unter dem Vordach stand und in das fahle Grau hinein starrte, das sich im Osten emporhob und doch noch nicht Tag werden wollte.

Ja, da stand er nun und kam sich vor, als sei er über eine falsche Schwelle getreten; und was in seinen Augen brannte, das war nicht der versäumte Schlaf, sondern die Scham.

Das Haus war noch still, die Erde war noch still, nur die Scham war nicht still. Sie klopfte in ihm, so wie der Regen niedertropfte und ein Echo wachrief, das weit über den Hof hinausging, bis zu den Rändern der Wolken hin, aus denen der Regen fiel.

Als dann viel später Margot herunterkam, bemerkte sie sofort sein verändertes Gesicht, über dem die Scham gebreitet zu liegen schien, und durch ihr Herz ging ein trodtrauriger Klang.

Bereute er, was nach ihrer Meinung noch nicht zu

bereuen war? Sie hatten ihre Herzen einander geöffnet, aber es war keine glühende Nacht daraus geworden. Sie hatten sich wohl geküßt, hundertmal geküßt, aber sie waren mit dem Mut der Verzweiflung an der Sünde selbst vorbeigegangen. Sie durften die Stirnen hoch tragen und brauchten den Nacken nicht in Scham niederzubeugen vor den prüfenden Blicken der Lindenhoferin, wenn sie von ihrer Reise zurückkam. — —

Im Lauf des Vormittags verlor sich bei Mathias dieses Bedrückende immer mehr, und es war ihm, als sei er wieder über die Schwelle zurückgetreten, über die er sich verirrt hatte. Die Tür über der Schwelle hatte sich wieder fest geschlossen, und Mathias war bemüht, die Klinke nicht mehr niederzudrücken, weil es nicht gut war, in den erleuchteten Raum dahinter zu sehen.

Margot hatte gekocht, eines ihrer landläufigen Gerichte, Sauerbraten mit Kartoffeln, davor eine Gemüsesuppe. Als sie sich im Stübchen gegenübersaßen und Margot ihm die Suppe herausgeschöpft hatte, griff er schnell nach ihrer Hand. Sie hob die Augen und sah ihn ruhig an.

„Ich habe schon gedacht, Mathias, du könntest das von gestern abend bereuen, weil du mir den ganzen Vormittag aus dem Weg gegangen bist. Nicht ein einzigesmal hast du mich in der Küche aufgesucht."

Sein leuchtender Blick ruhte lange auf ihr. „Es gibt nichts zu bereuen, Margot."

„Noch nicht", sagte sie. „Und wir müssen weiterhin die Kraft aufbringen, daß wir nichts zu bereuen haben. Es dauert ja auch nur noch bis morgen abend, dann holst du die Frau Tant wieder ab, und unser Traum ist ausgeträumt."

„Ja, es dauert nicht mehr lange", antwortete er mit einer merkwürdigen Ruhe und hätte hinzufügen können: Aber diese kurze Galgenfrist bis morgen, die wollen wir noch nützen!

Aber er hatte schon anderes beschlossen. Der Vormittag hatte ihm genügt, um ihm mit unerbittlicher Klarheit aufzuzeigen, welchen Weg er gehen mußte. Ganz still und heimlich würde er den Hof zur Nachtzeit verlassen und unauffindbar bleiben für die Lindenhoferin und deren blühjunge Nichte Margot. Er wußte ja, wie man die Spuren hinter sich verwischen konnte. Einmal hatte er sie schon verwischt, und der Weg dorthin war ihm nicht verschlossen. Der neuerliche Weg in die Fremdenlegion war immer noch frei.

Es würde ein harter Schlag für die beiden sein. Das hatte er alles überlegt. Aber es beugte sich doch so manches zur Erde nieder und richtete sich wieder auf. Die Lindenhoferin war eine reife Frau, eine zu ausgeglichene Persönlichkeit, als daß sie darunter zusammenbrechen würde. Und Margot war noch zu jung, um diese Enttäuschung nicht zu überwinden.

Es gab einfach keine andere Lösung, so sehr er auch darüber nachdachte. Die Lindenhoferin kam nach Hause zurück, und dann würde er zwischen zwei Feuern leben. Jeder Tag, jede Stunde konnte die Explosion bringen, denn Mathias fühlte genau, daß er sich immer mehr in seiner Liebe zu Margot verlor. Er lebte in einem Zustand, wie er ihn vorher nie gekannt hatte. Frau Sophie war der ruhende Pol in seinem Leben geworden, Margot aber war die Flamme, die ihn zu verzehren drohte. Darum gab es für ihn nur eine Rettung: Weg von hier und die Spuren hinter sich verwischen.

Aber es lagen noch viele Stunden vor ihnen bis zum

morgigen Abend. Vielleicht dachte das auch Margot, denn sie machte ihm den Vorschlag, am Abend mit ihr noch ein bißchen über die Wiesen zu gehen. Mathias hätte ihr das, worum sie so innig bat, nicht abschlagen können, selbst wenn er es gewollt hätte.

Sie verließen den Hof getrennt und in verschiedenen Richtungen. Beim Waldrand droben trafen sie sich. Wortlos faßten sie sich an den Händen und begannen bergwärts zu wandern, bis sie an eine Lichtung kamen und trunkenen Auges die Schönheit ringsum betrachteten: das Abendrot über den Bergen, den hohen Himmel mit den rosigen Wolkentieren, die langsam wie Segler auf dem Meer dahinzogen. Nach dem Regen, der bis zum Nachmittag gedauert hatte, roch die Erde stark und herb, und man meinte, sie sei neu geschaffen worden. Ferne klangen Herdenglocken, und einmal war der langgezogene Schrei eines Habichts zu hören. Und das alles berührte ihre Herzen mit bittersüßer Gewalt.

Mathias hatte zu sprechen begonnen. Es war ihm, als habe ihm die Glut ihrer Küsse einen neuen Willen und eine feste Zuversicht eingehaucht.

„Ich werde mit ihr sprechen“, sagte er. Jawohl, ganz offen und ehrlich wollte er mit der Lindenhoferin sprechen. Und er war fest davon überzeugt, daß sie alles verstehen würde. Es würde sicherlich ein Opfer für sie bedeuten, wenn sie verzichten sollte. Aber sie war ja eine starke Frau, kein kleines Herzchen mehr, das zerbrechen würde wie ein junger Baum im Sturm.

Langsam verdämmerte das Licht des Tages, der erwachende Wind rüttelte noch die letzten Tropfen des Regens aus den Zweigen der Fichten, die lautlos standen und auf die Dämmerung warteten.

Margot ließ sich von Mathias' Worten einnebeln und schwieg zu allem, weil ihn eine Zwischenfrage doch nur in die rauhe Wirklichkeit zurückgerissen hätte. Er träumte einen Traum, und sie ließ ihn weiterträumen. Das Erwachen aus seinem Traum würde rauh genug sein, denn sie wußte, daß die Frau Tant nicht so leicht aus den Händen gab, was sie einmal besaß.

Aber träume du nur weiter, dachte sie. Morgen ist sowieso alles zu Ende, dieses trauliche Aneinanderlehnen, das zärtliche Streicheln, die Küsse — alles. So zu Ende, als hätte es niemals begonnen.

Immer wieder fand Mathias einen Ausweg, pochte auf die Güte der Lindenhoferin, die vielleicht lächelnd und verstehend ihrer beider Hände ineinanderfügen werde in schweigendem Verzicht.

Und das Morgen war noch so fern. Es bedrückte noch nicht, und auch Margot meinte, es läge eine lange Zeit zwischen diesem Traum und der Wirklichkeit, indessen nur noch diese eine Nacht ihnen ganz allein gehörte, denn morgen kam ja die Lindenhoferin zurück.

Aber daran wollte sie jetzt nicht denken. Sie wollte die kurze Spanne Zeit nützen, wie ein Mensch die letzten Stunden seiner Freiheit nützte, bevor er ins Gefängnis gehen mußte. Die Frau Tant war jetzt vollends vergessen. Der Mann an ihrer Seite war so wunderbar stark. Jedes Wort, das er sprach, war ehrlicher Glaube und erfüllte Margots Herz mit seligem Jubel.

Sterne leuchteten über ihnen, und Margot war fest überzeugt, sie hätten noch nie so hell über ihr geleuchtet. Ihr Wille war ganz erlahmt, und wenn der Mann sie jetzt gebeten hätte, sie solle mit ihm durch die

Nacht davongehen, sie wäre ihm gefolgt, wohin er sie auch geführt hätte.

Und zwischenhinein immer wieder die uralte Frage aller Liebenden:

„Liebst du mich, Margot?"

Damit er es endlich glaubte, antwortete sie ihm mit heftiger Überzeugung: „Führe mich, wohin du willst, Mathias. Ich gehe mit dir, und wenn es in den Tod sein müßte, weil ja mein Leben ohne dich sowieso keinen Sinn mehr hätte."

„Nicht in den Tod", flüsterte er in ihr Ohr. „Das sagt sich nämlich viel leichter, als man es dann wahrhaben will. Nein, Margot, wir werden uns ein ganz neues Leben aufbauen."

„Ein neues Leben", sagte sie gehorsam und bot ihm wieder die Lippen.

Aber dann hörten sie doch den Glockenschlag aus der Tiefe. Elf Uhr war es schon! Wo war denn nur die Zeit hingekommen?

„Nun müssen wir aber doch heim", sagte er und faßte sie unterm Arm.

„Heim —?" wiederholte sie und stieß ein Lachen aus, das verzweifelt klang.

Sie gingen durch die Nacht wie zwei Verdammte, zwei selig-unselige Geschöpfe Gottes. Sie gingen Hand in Hand, wie aneinandergefesselt. Manchmal verhielten sie den Schritt und sanken einander in die Arme. Ihre Herzen wurden erst wieder ganz schwer, als sie auf einmal den Hof vor sich sahen. Ganz still war alles. Nur das Wasser im Brunnentrog rann und lärmte.

Unter der Haustür blieben sie stehen. Margot schlang ihre Arme um seinen Hals.

„Was wird morgen sein, Mathias? Mir ist so bang ums Herz."

„Nur keine Angst, Margot", antwortete er zuversichtlich. „Ich werde mit ihr reden. Sie muß mich einfach freigeben, und ich glaube, wenn ich ganz offen mit ihr rede, dann wird sie das auch einsehen."

„Möchtest du doch recht haben, Mathias! Einfach wird es freilich nicht sein für sie, denn — bevor ich kam, hast du doch sie geliebt. Doch, doch, Mathias, gib es nur zu!"

„Das bestreite ich gar nicht. Nur — ob es die große, allesumfassende Liebe gewesen ist, die Mann und Frau für ewig bindet? Ich weiß es nicht, Margot. Ich weiß nur, daß jetzt alles anders in mir aussieht. Du sollst dir keine Sorgen machen, Margot. Ich werde ihr erklären, wie sehr ich dich liebe und wie sehr auch du mich liebst. Sie wird es verstehen, weil sie kein Herz aus Stein hat."

„Aber es kann vielleicht aus Stein werden, wenn sie erkennt, daß wir sie betrogen haben."

„Warum so ein großes, schweres Wort, Margot? Betrug ist doch etwas ganz anderes, und — — Horch? War da nicht etwas?"

„Ich habe nichts gehört. Es wird das Wasser im Brunnentrog sein. Ach, Mathias, laß uns doch noch ein wenig durch die Nacht gehen. Morgen ist ja doch alles anders."

In diesem Augenblick flammte grell die Hoflampe auf. Erschrocken fuhren die beiden auseinander und starrten zu der Gestalt hinauf, die regungslos auf dem Balkon stand und zu ihnen herunterschaute.

Margot war die erste, die sich gefaßt hatte, obwohl ihr die Stimme kaum gehorchen wollte.

„Du bist schon zurück, Tante?"

„Ja, wie du siehst", antwortete die Lindenhoferin, und es war so, als wehe ihre Stimme aus einem Grab heraus und nicht zwischen den blühenden Geranienstöcken her. „Und es scheint mir, daß ich euch beiden zu früh gekommen bin. Ich warte nämlich schon seit zwei Stunden hier auf euch!"

Immer kälter wehte ihre Stimme. Auf einmal aber schlug sie um zu schneidender Schärfe. „Mathias, ich habe mit dir zu reden. Ich komme gleich hinunter."

Margot wollte zur Haustür hinein, aber sie war verschlossen. Drinnen hörte man Schritte über die Stiege herunterkommen. Dann wurde der Schlüssel herumgedreht, die Tür öffnete sich langsam.

Hoch aufgereckt, mit blassem Gesicht stand die Lindenhoferin vor ihnen. Sie trug noch immer das schwarze Trauergewand, als habe sie noch keine Zeit gefunden, sich umzuziehen, oder als denke sie, daß sich für das Bevorstehende nichts besser eigne als ein Trauergewand. Ihre Blicke gingen von einem zum andern, und das Abmessen reichte jeweils vom Scheitel bis zur Sohle.

„Was steht ihr denn da wie zwei arme Sünder?" fragte sie dann. „Margot, geh in dein Zimmer hinauf. Ich habe mit dem da, der den sinnvollen Namen Bleibtreu führt, zu reden."

„Bitte", sagte Mathias voller Trotz, weil ihn soviel Feindseliges aus den Worten der Frau anwehte. Er faßte nach Margots Hand. „Geh nur, Margot, ich werde schon alles recht machen."

Um die Mundwinkel der Lindenhoferin zuckte es vor Schmerz oder Spott, das war nicht zu erkennen. Dann drehte sie sich um und ging ihm voran in das

Stübchen. Dort erst sah er, wie verändert ihr Gesicht war. Kalt und starr war es, wie das Antlitz einer Marmorstatue.

Nun richtete sie ihre Augen auf den Mann. Dabei wurde es ihr auf einmal bewußt, daß es nicht richtig sein werde, ihn zornig und laut mit Vorwürfen zu überschütten oder ihren Widerwillen zu zeigen, denn sein Gesicht war jetzt weder trotzig noch voller Triumph. Es war eher ein trauriges Gesicht, ein Gesicht mit stillem Leid in den Augenwinkeln. So quälte sie sich nur das eine Wort ab: „Nun?"

Mathias räusperte sich und griff mit der einen Hand nach der Stuhllehne, als brauche er einen Halt.

„Ich möchte dir alles erklären, Sophie, und bitte dich nur, daß du mich nicht gleich von vornherein verdammst, sondern mich ganz ruhig anhören wirst."

Sie unterbrach ihn mit einer heftigen Geste ihrer Hand. „Du brauchst mir gar nichts zu erklären, weil ich schon alles weiß. Mich würde zunächst eins interessieren: ob du mir etwa absichtlich die Züge so ungünstig herausgeschrieben hast, daß ich erst morgen abend zurück sein sollte."

Er blickte sie erstaunt, aber ganz offen an. „Das ist doch nicht wahr!"

„Also gut. Jedenfalls konnte ich so fahren, daß ich heute schon zurück bin. Und nun hör einmal zu, Mathias. Als der Zug abfuhr und ich dich so allein auf dem Bahnsteig stehen sah, da hatte ich plötzlich das deutliche Gefühl, daß ich einen entscheidenden Fehler gemacht habe. Daß ich dich nicht hätte zurücklassen dürfen, oder daß ich Margot hätte mitnehmen sollen. Zwar klammerte ich mich an deinen sinnvollen Namen Bleibtreu, aber nun muß ich erkennen, daß Namen und Worte nur Schall und Rauch sind und daß so ein Name gar keine Beziehung haben muß zu seinem Träger. — Nein, du brauchst jetzt gar nicht aufzufahren. Laß mich nur zu Ende reden. Ja — dann stand ich an einem Grab und weinte, aber nicht, weil mir der Tote sehr im Herzen gelebt hätte. Um Tote soll man überhaupt nicht weinen. Sie haben alles hinter sich, um was wir Lebende noch weinen müssen. Nein, Mathias Bleibtreu, ich weinte um mich selber, weil ich es einfach spürte, daß ich betrogen wurde. Du kannst es dir ersparen, mir etwas zu erklären. Wie sehr du sie liebst und wie sehr sie dich liebt, das habt ihr euch ja unter der Haustür versichert. Ich habe alles gehört. Auch daß ich kein Herz aus Stein haben werde. Hier muß ich dich aber enttäuschen, Bleibtreu, und es ist nicht purer Eigensinn oder Verbohrtheit, daß ich dich mit Gewalt halten werde. Es ist etwas anderes, eine zwingende Notwendigkeit, denn —" sie trat auf einmal ganz nahe vor ihn hin und zwang ihn, sie anzuschauen. „Wir werden nämlich heiraten, Mathias Bleibtreu — du und ich."

Sie sah, wie sich seine Brauen finster zusammenzogen.

„Also doch aus purem Eigensinn willst du mich zwingen?"

Sie schüttelte langsam den Kopf. „Nein, zwingen werde und kann ich dich nicht, Mathias. Aber es gibt nur zwei Möglichkeiten. Entweder wir heiraten so schnell wie möglich, oder — du kannst in drei Tagen vor meinem Grab stehen, weil ich in der Schande nicht weiterleben will und kann. Ich habe mit dir die strenge Ordnung auf meinem Hof über den Haufen geworfen, und nun müssen wir beide wohl oder übel die Konsequenzen daraus ziehen."

Mathias wich ihrem Blick aus. Seine Faust umklammerte die Stuhllehne, daß die Knöchel weiß hervortraten.

„Konsequenzen ziehen?“ stieß er dann gereizt heraus. „Du tust ja gerade, als ob wir ein Verbrechen begangen hätten.“

„Das muß ich schon dir überlassen, wie du es siehst. In meinen Augen war es etwas ganz Menschliches, und dafür müssen wir jetzt geradestehen.“

Allmählich wurde er ruhiger. „Ich habe Margot versprochen, daß ich mit dir alles ins Reine bringen werde. Glaub mir, Sophie, wir haben nichts mutwillig vom Zaun gebrochen. Das ist mit Gewalt über uns hereingestürzt. Mache meinetwegen mich für alles verantwortlich, aber verschone Margot. Sie kann nichts dafür, und wir müssen untereinander eine Lösung finden, wir drei. Oder kannst du ruhig zusehen, wie dieses junge Ding zugrunde geht?“

„Nein, das kann ich nicht. Ich habe dir doch die Lösung bereits vorgeschlagen. Ihr habt den Mut gehabt, mich zu betrügen, also werdet ihr auch den Mut haben, an meinem Grab zu stehen. Nur keine Angst, meine Hand wird dann nicht herausgreifen aus dem Grab, um eine billige Rache zu üben. Ich glaube aber, Mathias, du hast mich vorhin nicht richtig verstanden. Ich habe von einer Schande gesprochen, die im Augenblick zwar noch nicht offenbar ist — aber im Frühjahr würde das Kind da sein.“

Er zuckte zusammen wie unter einem Schlag. Seine Stirn rötete sich, dann sah er sie verstört an. „Was — sagst du da?“

„Habe ich denn noch nicht deutlich genug gesprochen? Im Frühjahr, habe ich gesagt, wird —“

„Jetzt habe ich begriffen.“ Er fuhr sich mit der flachen Hand über die Stirn. Wenn das so ist —“

„Ich gebe dir bis morgen Zeit zum Überlegen“, unterbrach sie ihn.

„In diesem Fall gibt es nicht mehr viel zu überlegen. Ich bitte dich nur noch um eins.“

„Und das wäre?“

„Laß mich noch einmal mit Margot reden. Sie soll nicht glauben, daß ich —“

„Daß du an ihr auch so handelst wie an mir. Sehr edel. Aber nein, ich will nicht spotten, Mathias. Ich verspreche dir sogar, daß du nie einen Vorwurf von mir hören wirst, wenn du jetzt so handelst, wie du es vor deinem Gewissen tun mußt. Du bist nicht schlecht, das weiß ich. Und das von der Gewalt, die über euch hereingestürzt ist, will ich gern glauben. Aber was Margot betrifft, sie ist doch noch so jung und wird zehn andere finden.“

Er lächelte sie schmerzlich an. „Wie schlecht du deine Nichte kennst! Darum bitte ich dich noch einmal, sei nicht hart zu ihr. Sie hat es doch viel schwerer als ich, eben weil sie noch so jung ist.“

„Nur keine Angst, ich werde ihr schon kein Haar krümmen.“

Langsam ging sie von ihm weg. Die Tür schloß sich leise hinter ihr. Sie hatte nicht mehr umgeschaut und nicht gesehen, wie der Mann beide Arme über den Tisch warf und stöhnend sein Haupt darin barg.

*

Im Zimmer war es dunkel. Margot atmete regelmäßig, aber die Lindenhoferin wußte sofort, daß sie noch nicht schlief. So gefühllos konnte doch kein Mensch sein, nach einem solchen Erlebnis ruhig schlafen zu können.

Im Dunkeln tastete sie sich bis zum Bett hin und schaltete die Nachttischlampe ein.

Eine Weile blieb die Lindenhoferin so stehen und schaute auf Margots Gesicht nieder, das sich nur undeutlich aus dem Kissen abhob, weil der Schirm der Nachttischlampe es beschattete.

Margot merkte wohl, daß die Tante vor ihr stand, aber sie war einfach nicht fähig, vielleicht auch gar nicht willens, die Augen aufzuschlagen. Sie hätte aufschreien mögen, wenn sie daran dachte, wie zärtlich und hoffnungsfroh Mathias' Stimme geklungen hatte. Niemals würde sie das wieder hören dürfen, denn daß die Tante jetzt so schweigend vor ihrem Bett stand, sagte ihr alles. Zwar wußte sie nicht, ob sie als verstehender Engel oder als eine Göttin der Rache dastand. Die nächsten Minuten mußten das ja klären, und dann würde sie vermutlich auch erfahren, was Mathias gesagt hatte. Natürlich würde er mannhaft alle Schuld auf sich genommen und sie in Schutz genommen haben. Anders könnte es gar nicht sein.

„Du schläfst doch nicht, Margot“, sagte die Lindenhoferin jetzt und zupfte am Deckbett.

Sofort schlug Margot die Augen auf, erhob sich etwas und stützte sich auf den rechten Ellenbogen. „Würdest du es verstehen, Tante, wenn ich schlafen könnte nach all dem, was gewesen ist?“

„Ich weiß nicht, was gewesen ist.“

Mathias hat also nichts zugegeben! fuhr es Margot

durch den Kopf. Und genau so werde ich es auch halten.

„Ich weiß nicht, was gewesen ist“, wiederholte die Lindenhoferin. „Und ich habe mir vorgenommen, dir keinen Vorwurf zu machen. Den könnte ich höchstens mir selber machen, weil ich so vertrauensselig gewesen bin. Im übrigen — sehr viel kann gar nicht gewesen sein zwischen euch. Dazu war die Zeit zu kurz.“

„Wie willst du das wissen?“

„Weil ich Mathias kenne, besser als du, mein Kind. Und darum weiß ich, daß die Zeit zu kurz war.“

„Manchmal reicht eine einzige Stunde schon aus, um zu wissen, für was es sich lohnt zu leben.“ Margot fand, daß ihr das wunderbar gelungen war. Sie berauschte sich an ihren eigenen Worten und fügte hinzu: „Es ist, wie wenn ein Stern vom Himmel fällt — mitten ins Herz hinein. Und nun leuchtet er wie eine Gnade über meinem jungen Leben.“

Die Lindenhoferin setzte sich auf den Bettrand nieder, während sich Margot in die Kissen zurückfallen ließ.

„Du liest zu billige Sachen, mein Kind. Das mit dem Stern kann zwar schon sein. Aber ob eine Stunde schon ausreicht, um zu erkennen, für was es sich lohnt zu leben, das möchte ich dahingestellt sein lassen. Zumal, wenn man noch so jung ist wie du.“

Margot war jetzt versucht, das Deckbett bis über ihre Augen hinaufzuziehen, damit sie den traurigen Blick der Tante nicht mehr sehen müßte.

Aber Frau Sophies Blick war gar nicht traurig, sondern voller Güte. Voll so schwerer Güte und mütterlichen Verstehens, wie auch ihre Stimme jetzt klang.

„Hast du ihn denn so lieb?“

Margot drehte gequält das Gesicht zur Seite. Die Antwort darauf zu geben war schwer geworden, weil sie nicht wußte, was Mathias alles eingestanden hatte.

„Ich weiß nicht, Frau Tant", antwortete sie schließlich. „Ich kenne mich selber nicht mehr aus und weiß auch nicht, was Mathias dir gesagt hat. Aber wenn man für das sterben möchte, was man so im tiefen Innern empfindet, dann muß das wohl die Liebe sein."

„Du Kindskopf!" sagte die Lindenhoferin und strich dabei über Margots Haar. „Es stirbt sich nicht so leicht, glaub mir das. In deinen Jahren wenigstens nicht. Und was Mathias mir gesagt hat, das wird er dir morgen schon selber sagen." Sie machte eine kurze Pause und streichelte dabei weiter mit zarten Fingern über Margots Haar hin. „Ich habe dich eigentlich immer sehr gern gehabt, Margot, als Kind schon; und das weißt du doch selber, ich habe dir immer alles von Herzen gegönnt. Nur eines kann ich dir jetzt nicht gönnen: meinen Mann. Nein, nein, bleib nur ruhig liegen und lache meintwegen, aber es ist so. Mathias wird mein Mann sein, in spätestens drei Wochen. Es muß so sein, und — du wirst es auch begreifen, wenn du alles weißt."

„Ich werde wahrscheinlich gar nichts begreifen", antwortete Margot und vergrub ihren Kopf aufschluchzend tief in die Kissen.

„Ja, weine dich aus", sagte die Lindenhoferin. „Das ist immer gut."

Dann drehte sie das Licht aus und tastete sich aus dem Zimmer bis hinunter zu ihrem eigenen. Dort legte sie sich aufs Bett, kreuzte die Arme über der Brust und wehrte sich mit aller Kraft gegen die Tränen, die hinter ihren Augen brannten.

Weinen ist immer gut, hatte sie Margot empfohlen. Sie selbst durfte es aber nicht tun, weil es ihr wie ein Narrenspiel erschienen wäre, aus dem gleichen Grund zu weinen wie die Nichte. Nämlich des Mannes wegen, der zwischen ihr und Margot stand, auf den aber nur sie allein das Recht haben konnte. — —

Sie schlief nicht eine Minute in dieser Nacht. Aber sie lächelte doch ein wenig, als sie ums Morgengrauen die Stiege hinaufging, leise die Tür zu Margots Zimmer öffnete und feststellen konnte, wie tief Margot eingeschlafen war. Ganz ruhig kamen und gingen ihre Atemzüge, und um den jungen Mund lag die Andeutung eines kleinen Lächelns, als ob sie einen schönen Traum hätte.

Es saß also doch nicht ganz so tief, das, wovon Margot gemeint hatte, es sei schön, dafür zu sterben.

*

Mathias begegnete ihr wenig später drunten im Flur mit scheuen Augen, und die Lindenhoferin erkannte sofort, daß auch er nicht geschlafen hatte in dieser Nacht. Er war zwar frisch rasiert wie jeden Morgen, seine Wangen rochen nach dem herben Rasierwasser, das sie immer so gerngehabt hatte. Aber unter seinen Augen waren dunkle Ringe. Sie erkannte, daß er litt, und zwang sich zu einem Lächeln, um es ihm leichter zu machen.

„Hast du gestern noch mit ihr gesprochen?“ fragte er scheu.

„Ja, ich habe gestern noch mit Margot gesprochen, und ich habe dir auch gestern zugesagt, daß du dich mit ihr aussprechen sollst. Aber jetzt schläft sie noch so gut. Laß sie schlafen, Mathias."

Sie gingen miteinander in die Küche. Sie schürte Feuer an und stellte den Kälbertrank auf. Vom Stall herein hörte man das Scheppern der Milchkübel, und dann sah Mathias, der am Fenster stand, den Lorenz einen Karren voll Mist auf den Haufen fahren. Über der Decke schlurften die Schritte des alten Anselm, der es immer noch nicht verstehen wollte, daß er liegenbleiben könnte, so lange er mochte.

Mathias' Gedanken bewegten sich unablässig zwischen Margot und Sophie. Wie um sich davon loszureißen, sagte er dann:

„Wir kamen gestern nicht mehr darauf zu sprechen. Der Mähdrescher ist gekommen, und — das Korn ist bereits drinnen."

„Das ganze Korn?"

„Ja, das ganze Korn. Und für heute habe ich den Mähdrescher an den Mang vermietet, unter Voraussetzung deines Einverständnisses."

Du hast so manches unter Voraussetzung meines Einverständnisses getan, hätte sie am liebsten gesagt. Aber warum jetzt eine Spitze? Warum überhaupt jetzt so ein Gespräch, wenn einem etwas anderes auf den Nägeln brannte?

„Und wie sind die Zahlungsbedingungen ans Lagerhaus?" fragte sie.

„So, wie wir es schon besprochen hatten. Zwei Drittel Anzahlung, den Rest auf sechs Wechsel."

Nachdenklich rührte Frau Sophie in dem Kälbertrank, schob ihn dann weg und setzte Wasser zum Kaffee auf.

„Ich habe mir das überlegt, Mathias. Mit Wechseln

will ich nichts zu tun haben. Ich möchte bar bezahlen. Übrigens, du wirst lachen, ich habe geerbt. Kein Geld zwar, nur eine ganze Menge alter Möbel, mit denen ich nichts anfangen kann. Aber der alte Herr — er war übrigens Geistlicher Rat — hat es sicherlich gut gemeint. Das Zeug wird in den nächsten Tagen als Bahngut ankommen."

Margot kam auch zum Frühstück nicht herunter, und Mathias mußte dann gegen zehn Uhr, als der Tau auf den Feldern verdampft war, mit dem Mähdrescher ins Dorf, um ihn auf dem großen Kornacker des Bauern Mang einzusetzen. Er mußte so lange dabeibleiben, bis der Mang selber die Bedienung beherrschte, dann ging er langsam auf einem Umweg zum Lindenhof zurück. Unterwegs aber begegnete ihm Margot. Das heißt, sie stand am Ufer der grauen Ache und schaute in die Wellen, die so hurtig über Steine und Wurzeln dahinsprangen.

Es war kein Zufall, daß sie hier stand, sie hatte ihn diesen Weg vom Kornacker des Mang gehen sehen. Doch dann vernahm sie seinen nahenden Schritt nicht, so sehr war sie in schwere Gedanken versponnen. Sie spürte nur plötzlich, daß jemand hinter ihr stand, und drehte langsam den Kopf über die Schulter.

Mathias erschrak vor ihrem todtraurigen Blick, der auch durch das Lächeln, das sie sich abmühte, nicht heller wurde. Gewaltsam verkrampfte er seine Hände hinter dem Rücken. Es fiel ihm schwer, sie nicht in seine Arme reißen zu dürfen. Er schaute dann gleich ihr in das sprudelnde Wasser, als sollte ihm von dort her Rede und Antwort kommen. Endlich raffte er sich auf.

„Sie hat heute nacht noch mit dir gesprochen?"
Margot nickte nur und sah ihn nicht an.

„Sie hat auch vor einer Stunde nochmals mit mir gesprochen und hat mir sogar gesagt, wo ich dich ungefähr finden könnte."

„Ich habe sie gebeten, daß sie mir noch eine Aussprache mit dir zugesteht."

„Und sie hat es gnädigst bewilligt?"

„Nicht bitter werden, Margot! Sag du mir lieber, was jetzt werden soll."

„Ich weiß es nicht, Mathias."

Er scharrte eine Weile mit der Schuhspitze in dem lockeren Uferboden. Dann sah er rasch auf, über ihren Scheitel hinweg zu den Bergen hinauf.

„Im Grunde genommen hat sie ein Recht, das von mir zu verlangen und zu beanspruchen."

Aus schmalen Augen schaute Margot lange in sein Gesicht, als könnte sie nicht begreifen, daß der gleiche Mann noch gestern ganz anders gesprochen hatte.

„Was verlangt sie denn?" fragte sie.

„Daß ich sie heirate. Und ich werde es wohl tun müssen, denn schließlich gibt es noch so etwas wie Moral."

Um ihre Mundwinkel zuckte es. „Das fällt dir aber reichlich spät ein."

„Nicht so, Margot. Wir wollen doch keine Bitterkeit in uns aufkommen lassen. Gestern habe ich noch nicht gewußt, was ich heute weiß. Glaubst du denn nicht, daß es für mich auch entsetzlich schwer ist?"

„Ja? Wie entsetzlich denn? Reimt sich denn das zusammen, Mathias, wenn du sie auf alle Fälle heiraten wirst?"

„Das werde ich wohl tun müssen, Margot. Es hat

sich über Nacht alles grundlegend geändert. Auch du wirst doch nicht haben wollen, daß ich ehrlos werde, und wirst verstehen, daß ich jetzt nicht mehr anders kann und bei ihr bleiben muß."

Sie sah ihn mit einem Blick an, daß ihn fror. „Was ich jetzt auf einmal alles verstehen soll! Aber wenn du schon das Wort ehrlos in den Mund nimmst, dann denke doch einmal darüber nach, ob es nicht genauso ehrlos ist, mich jetzt wieder wegzuschieben, kaum daß du mich ein bißchen in den Glanz gehoben hast."

Mathias griff in den Erlenstrauch neben sich, brach einen Ast davon und zerbröckelte ihn in kleine Stücke.

„Also gut, Margot, wenn du es so siehst, dann mußt du auch den Mut haben, vor ihrem Grab zu stehen."

Sie fuhr mit dem Gesicht hoch. Ihre heißen, trockenen Augen glühten unter der Stirn, als ob sie Fieber habe. Dann lachte sie hohnvoll auf.

„Hat sie dir vielleicht gar gedroht, ins Wasser zu gehen oder von einem Berg zu springen? Das ist ja Erpressung!"

„Eine Frau wie deine Tante droht nicht und erpreßt nicht, aber sie macht wahr, was sie sagt. Wir beide müßten vor ihrem Grab stehen."

„Ich verstehe dich jetzt. Und es fällt dir also viel leichter, mit ihr am Grab meiner ersten und einzigen Liebe zu stehen. Du heiratest sie, und was aus mir wird, das ist dir egal."

Verzweifelt rang er die Hände. „Ich wollte, es wäre mir egal! Du verdammst mich also? Und ich muß es hinnehmen, weil ich nicht anders kann, als jetzt zu ihr zu stehen. Ich weiß nicht, Margot, was anständiger ist: mit dir irgendwohin zu fliehen oder mit ihr vor den Altar zu treten. Du darfst mir glauben, ich habe heute nacht kein Auge zugetan, ich habe immerzu denken müssen und mein Gewissen geprüft."

„Ach so, dein Gewissen. Nicht dein Herz? Und was hat dir denn dein Gewissen gesagt?"

„Daß ich sie in dieser Lage nicht allein lassen darf."

„Aber mich darfst du allein lassen. Ich bin ja nicht in so einer glänzenden Lage wie die Frau Tant, die wahrscheinlich gar nicht einmal weiß, wie reich sie ist. Was bin ich denn schon gegen sie? Eine kleine Angestellte in einem Betrieb, die Danke schön zu sagen hat, wenn ihr die reiche Tante einmal eine Aussteuer schenken will. Vorausgesetzt, daß sie sich das jetzt nicht anders überlegt." Ein tiefer Seufzer, und dann beinahe erleichtert: „Da kann ich nur von Glück sagen, daß ich mich nicht gänzlich an dich verloren habe. Das wäre gestern wahrscheinlich der Fall gewesen, und eigentlich müßte es ich jetzt als Glück betrachten und der Frau Tant dankbar sein, daß sie früher zurückgekommen ist."

An ihrem gehetzten Blick, am beißenden Spott ihrer Worte erkannte Mathias, daß Margot noch nicht alles wußte, obwohl auch dies unter Frauen leichter auszusprechen gewesen wäre als für ihn, dem es nun zukam, das Geheimnis zu lüften.

„Margot, ich glaube, deine Tante hat dir nicht alles gesagt. Die Hauptsache hat sie dir wahrscheinlich verschwiegen, sonst könntest du jetzt nicht so reden. Und wenn du alles weißt, Margot, wirst du verstehen, daß ich nicht der bin, für den du mich im Augenblick hältst."

Sie gingen ein Stück am Ufer des Wildbaches entlang, dessen Brausen immer stärker wurde. Sie gingen aber nicht bis zur Klamm und zum Wasserfall hinauf, sondern seitwärts davon über die Hügel hin, und bogen erst nahe beim Puttkammerhof wieder nach rechts, bis sie den Lindenhof unter sich liegen sahen. Und genau an der Stelle, an der Mathias die Lindenhoferin zum erstenmal küßte, versuchte er jetzt Margot klarzumachen, warum er nicht anders handeln dürfe. Er erklärte es ihr immer wieder auf eine andere Art, obwohl es keiner Erklärung mehr bedurft hätte, nachdem Margot jetzt den wirklichen Grund kannte und sich seinen Argumenten gar nicht mehr verschließen wollte und konnte. Mit seinem Bekenntnis war gleichsam eine Tür vor ihr zugefallen. Der Weg ins Paradies war endgültig verschlossen. Sie hätte ihn nur noch bitten mögen, daß er schweige, denn es war ihr, als ob er mit lauter Reden das wundersame Erleben mit ihr zerreden möchte, so daß von allem Schönen nichts mehr übrigblieb als eine Episode ohne allen Glanz.

„Bitte, Mathias, sprich jetzt nichts mehr. Laß mir wenigstens den Glauben, daß es anders hätte kommen können, wenn dich jetzt nicht eine höhere Pflicht an die Seite der Frau Tant stellen würde."

Nachdem Margot die Wahrheit wußte, erkannte sie, daß er an die Seite der Tante gehörte. Ein Brot kann man teilen, ein Glas Wein konnte man gemeinsam trinken, vielleicht sogar einen Schierlingsbecher, von dem man sich dann ein gemeinsames Sterben erhoffte. Ein Heiliger soll ja auch seinen Mantel mit einem Bettler geteilt haben. Aber einen Menschen konnte man nicht teilen. Der konnte nur einem allein gehören.

Und weil die Wahrheit der Dinge nun kein Verschleiern mehr duldete, nahm Margot sich vor, ihr

Herz fest in die Hände zu nehmen und zu glauben, alles Erlebte sei nur ein schöner Traum gewesen, der zu keinem Begehren und zu keiner Erfüllung ausreifen durfte, damit er wenigstens in der Erinnerung leise fortläuten konnte.

Ganz langsam waren sie am Rand der Hangwiese hingewandert, auf dem jetzt schon wieder recht üppig das Grummet sproß. Zum letztenmal gingen sie Hand in Hand bis dorthin, wo man sie vom Hof aus hätte sehen können.

„Wir müssen uns jetzt trennen, Margot“, sagte er.

„Und wohin gehst du?“

Er zuckte die Schultern. „Ich weiß es nicht, Margot. Irgendwohin, in den Wald hinauf, oder wieder hinunter ins Dorf.“

Sie reichte ihm beide Hände hin und zitterte so sehr, daß ihre Zähne aufeinanderschlugen.

„Ja, geh jetzt, Mathias. Wenn ich kann, will ich für euch beten, daß ihr recht glücklich werdet, du, die Frau Tant und — das Kindlein.“

Ihre kleine, müde, entsagungsvolle Stimme traf sein Herz wie ein Stoß.

„Und — vergib mir, Margot.“

„Was soll ich dir denn vergeben, Mathias?“

„Daß ich in dein Herz eingebrochen bin.“

„Das wäre doch nicht möglich gewesen, Mathias, wenn es nicht gleich für dich geschlagen und sich dir geöffnet hätte. Nein, Mathias, ich habe dir nichts zu vergeben, vielleicht sogar einmal zu danken, wenn ich mich erinnere, wie sicher deine Hand mich ans Wunder herangeführt hat. Und jetzt geh, Mathias. Geh aber nicht in den Wald und nicht ins Dorf. Geh heim zu ihr, sie wird dich erwarten und braucht dich."

Ihre Hände fielen auseinander. Mathias ging schnell davon, ging auf den Hof zurück, ohne sich noch einmal umzusehen.

*

Beim Mittagessen sagte Margot, sie wolle gegen Abend ins Dorf gehen zur Anprobe des neuen Dirndlkleides.

Frau Sophie, die schon bemerkt hatte, daß Margot begonnen hatte, ihren Koffer zu packen, meinte dazu: „Kannst du denn nicht bis morgen warten, Margot? Ich muß morgen sowieso mit dem Wagen hinunter, dann kannst du mitfahren. Zu Fuß ist es doch ziemlich weit."

Einen Augenblick überlegte Margot, dann lehnte sie das Angebot ab. „Nein, ich möchte schon lieber heute gehen, sonst mache ich den Weg möglicherweise umsonst, weil tagsüber die Näherin oft nicht anzutreffen ist, wenn sie gerade auf der Stör ist."

„Da hast du auch wieder recht. Es war ja auch nur ein Vorschlag von mir. Im übrigen hast du mich da auf einen Gedanken gebracht; wir werden in Zukunft die Näherin auch wieder zu uns ins Haus auf Stör kommen lassen." — —

Als Margot dann so kurz nach fünf Uhr den Hof verließ, gab sie der Frau Tant die Hand, was sie sonst eigentlich nie tat, wenn sie nur kurz einmal wegging. Die Lindenhoferin nahm dies als ein Zeichen zur Bereitschaft einer Versöhnung hin, oder daß Margot damit beweisen wollte, sie trage keinerlei Groll in ihrem Herzen und habe sich abgefunden mit ihrem Schicksal, bei dem sie, die jüngere, unterlegen war.

Das entsprach auch so ziemlich der Wahrheit. Seit Margot um alles wußte, trug sie ihr eigenes Schicksal leichter. Ja, sie empfand sogar etwas wie Ehrfurcht vor dem Ungeborenen, das ihr den Verzicht leichter machte.

Bevor sie wegging, sagte ihr die Lindenhoferin noch: „In den nächsten Tagen wird ein Waggon Möbel ankommen, die ich da droben geerbt habe. Viel wird es zwar nicht wert sein, aber es könnte doch das eine oder andere Stück dabei sein, das dir gefällt. Du kannst es dir dann aussuchen."

Margot wollte vor Einbruch der Dunkelheit zurück sein. Aber als die Dämmerung kam und die Nebel aus dem Tal heraufstiegen, war sie immer noch nicht da.

Um diese Zeit saßen sich die Lindenhoferin und Mathias im Stübchen gegenüber. Zuerst hatten sie lange auf Margot gewartet, dann saßen sie ohne Appetit am Tisch und sprachen kaum ein Wort, obwohl sie sich soviel zu sagen gehabt hätten. Aber jedes scheute sich, an das Dunkle zu rühren, in dem sie seit gestern abend lebten.

Mathias hatte ein blaues Schulheft vor sich liegen, in das er säuberlich in seiner nach rechts gezogenen Schrift Tage und Namen derer eingetragen hatte, die den Mähdrescher noch ausleihen wollten.

Die Lindenhoferin saß mit tief gesenktem Kopf da und nähte einen Knopf an einem ihrer Spenzer an. Nur um überhaupt dieses tödliche Schweigen zu brechen, fragte sie:

„Was ist eigentlich mit dem Lorenz und der Loni los? Hat sich da was zusammengesponnen?"

Mathias legte den Bleistift weg und sah sie an. „Kannst du es ihnen verübeln? Wir sind ihnen ja mit gutem Beispiel vorangegangen."

„Ist es was Ernstliches?"

„Ich habe schon den Eindruck."

„Dann sollen sie heiraten!" Dieser Entschluß brach spontan aus der Lindenhoferin heraus. „Im Nebenhaus sind drei Zimmer. Die könnten wir dann gleich mit den Möbeln einrichten, die kommen werden."

Mathias nickte und schrieb wieder ein paar Zeilen ein. Dann ließ er sich einfallen:

„Der Anselm sollte einmal zum Doktor gebracht werden. Er jammert immer, daß ihm das Atmen so schwer wird. Du kommst morgen sowieso ins Dorf hinunter. Vielleicht denkst du daran, oder du nimmst ihn mit. Was hast du eigentlich für ein Geschäft morgen im Dorf?"

Sie sah ihn etwas überrascht an. „Kannst du dir das nicht denken, Mathias?"

„Ach so, ja —"

„Du müßtest um deine Papiere schreiben, Mathias. Ich glaube, man braucht auch einen Taufschein zum Heiraten."

„Das kann auch durch die Gemeinde geschehen. Die fordert das Nötige von meiner Heimatgemeinde an. Ich gebe dir die Anschrift mit."

Bei jedem Laut, der hörbar wurde, hob die Lindenhoferin den Kopf. Schließlich sagte sie: „Ich möchte wissen, wo sie so lange bleibt. Kurz nach fünf Uhr ist sie fort, und jetzt geht es schon auf neun Uhr."

Mathias bezwang die Unruhe, die auch an ihm zerrte. Er schloß das Heft und schaute auf die Uhr. „Ob ich ihr entgegengehen sollte?“

Da hob sie wieder den Kopf und sah ihn lange an.

„Du? Meinst du nicht, daß es besser wäre, wenn ich ginge?“

Er stand auf und verschloß das Heft in dem kleinen Wandschrank. Dann griff er in seine Tasche nach einer Zigarette. Er war eigentlich sonst kein starker Raucher. Aber in den letzten Tagen brauchte er dies, um sich zu beruhigen, genau wie damals in der Festung Dien Bien Phu, als sie sich ausrechnen konnten, wann sie kapitulieren mußten.

„Ich verstehe, du mißtraust mir.“

„Du irrst dich. Ich mißtraue dir nicht. Jetzt nicht mehr, seit mir Margot gesagt hat, daß sie am Samstag bereits abreist. Aber warum ängstigen wir uns eigentlich um sie? Margot ist kein Kind mehr. Sie kennt den Weg, und so finster kann die Nacht nicht werden. Der Mond muß bald kommen.“ — —

Ja, der Mond kam, aber er war nur halb, und die Nacht hatte nur ein mattes Licht, weil die Sterne die andere Hälfte des Mondes nicht ersetzen konnten. Zuweilen zog auch eine Wolke am Mond vorüber, und dann verwandelte sich alles in ein gespenstisches Halbdunkel.

Um diese Zeit war Margot auf dem Heimweg. Zuerst hatte sie lange auf die Näherin warten müssen, die auswärts war und erst nach sieben Uhr heimkam. Anschließend hatte sie Lust verspürt, sich beim Adlerwirt ins Salettl zu setzen und ein Glas Wein zu trinken. Der Wein war gut, aber man konnte sich einbilden, er sei bitterer Wermut, der ihrer inneren Stimmung entgegenkam und bis zur Neige geleert werden mußte. Sie trank noch ein zweites Glas, um dabei die Erinnerung an das Gestern abzutöten und in eine solch melancholische Stimmung zu kommen, daß man das Glas heben und „Prost, Mathias!“ sagen konnte. „Auf dein Wohlsein, Frau Tant, und — Gottes Segen für das Ungeborene —“

Sie war sich jetzt schlüssig geworden, mit der Abreise nicht bis Samstag zu warten. Morgen bekam sie das Dirndlkleid, und dann wollte sie gleich den Abendzug benutzen, denn jede weitere Stunde auf dem Lindenhof mußte jetzt nur noch zur Qual werden.

Eilig schritt sie bergauf. Der Wein rumorte ein bißchen in ihrem Köpfchen und machte es ihr leichter, sich mit der Rolle der verlassenen Geliebten abzufinden. Einmal blieb sie stehen und wischte sich den Schweiß von der Stirn. Die Wolken hatten den Halbmond gerade wieder freigegeben. Eine bleiche Helle lag über dem Land. Aber als sie in den Wald einbog, drang sein Licht nicht mehr durch die Zweige, und Margot mußte den Blick zu den Wipfeln aufrichten, über denen das Licht ein wenig schimmerte. Schon hörte sie das Brausen des Wasserfalles. In einer Viertelstunde mußte sie daheim sein.

Daheim? War ihr der Lindenhof noch ein Daheim? Nicht schon eher ein Fegefeuer für ihr geschlagenes Herz?

Mathias würde dasitzen, die Frau Tant, und dazwischen sie. „Iß doch, mein liebes Kind!“ würde die Tante sagen und nicht ahnen können, daß diese gespielte Güte schmerzhaft war, weil das Mitleid zu stark herausklang. Die Lindenhoferin spielte diese Güte großartig, im tiefsten Grunde ihres Wesens aber würde sie Margot nie verzeihen können, daß sie sich zwischen sie und den Mann gedrängt hatte, den sie nun einmal als ihr unbeschränktes Eigentum betrachtete.

Liebende, wenn sie um ihr Glück betrogen werden, neigen zu Mißtrauen und Ungerechtigkeit; so überkam auch Margot der Gedanke, ob da nicht ihr und dem Mathias etwas vorgespielt wurde, und daß nach neun Monaten erst herauskam, wie waghalsig die Lindenhoferin mit dem Schicksal gespielt hatte.

Sei es nun, wie es mochte, morgen würde sie auf alle Fälle abreisen, und die Frau Tante würde es sich wahrscheinlich nicht mehr wie früher einfallen lassen, zu sagen: „Komm nur im nächsten Jahr wieder, liebe Margot!"

Diese Einladung würde ausbleiben. Nie wieder durfte sie auf den Lindenhof kommen, wo es jetzt diesen Mann gab, in den sie sich Hals über Kopf verliebt hatte.

Plötzlich zuckte sie zusammen. Auf der Klammbrücke stand jemand. Ihr erster Gedanke war: Mathias! Und zugleich wollte sie Zorn übermannen. Konnte er ihr denn keine Ruhe lassen? Begriff er nicht, daß er es ihr nur schwerer machte?

Doch dann erkannte sie mit nicht geringerem Schreck, daß es der Jäger Vitus Brenner war. Die Büchsenläufe ragten gespenstisch hinter seiner Schulter auf.

Margot empfand etwas wie einen leichten Triumph und dachte hohnvoll: Kann es schon nicht Mathias sein, der Jäger bleibt mir immer noch als Dreingabe für diesen verpfuschten Sommer. Vielleicht bat sie ihn sogar, mitzukommen auf den Lindenhof, damit Mathias sehe, daß es außer ihm noch andere Männer gab.

Wie laut der Wildbach heute brüllte! Vermutlich konnte es der Jäger gar nicht hören, als sie ihm einen Gruß zurief.

„Grüß dich, Vitus!“ schrie sie.

Er stand da wie ein Pfahl, leicht an das hölzerne Geländer gelehnt und als sie jetzt näher zu ihm hinkam, streckte er die Arme nach ihr aus.

„Ich habe schon gedacht, du kommst nicht mehr. Seit zwei Stunden warte ich auf dich“, schrie er ihr ins Ohr.

Margot war auf einmal ganz nüchtern und dachte klar. Einmal hatte Mathias ihr helfend beigestanden, als der Jäger sie mit seiner Gier überfallen wollte. Nun stand er wieder vor ihr, dasselbe heiße Funkeln in seinen Augen. Es war ihr auf einmal unheimlich zu Mute. Sie zog das Schultertuch enger um den Hals und wandte das Gesicht zur Seite. Aus der Schlucht kam feiner Gischt und benetzte ihr Wangen und Stirn. Gleichzeitig spürte sie den heißen Atem des Mannes an ihrer Schläfe und hörte seine höhnenden Worte:

„Mich hast du bestimmt nicht erwartet, was? Aber der Herr Baumeister hat keine Zeit mehr für dich. Muß die Frau Tant zärteln. So ein Kerl hat es leicht: heute die Junge, morgen wieder die Alte.“

Angeekelt wollte sie sich abwenden. „Jäger, laß mich gehn.“

„Das könnte dir grad so passen. Hör mir einmal zu, Margot. Zuerst habe ich gemeint, du kämst mir bald wieder aus dem Sinn, und ich könnte dich vergessen. Aber diesmal sitzt es bei mir tiefer. Nimmer schlafen kann ich, und immer gaukelst du in meinen Gedanken herum. Ich vernachlässige meinen Dienst, bin ins Saufen gekommen und hab jetzt schon zwei Verweise vom Forstamt einstecken müssen. Und alles wegen dir. Ich bin verrückt nach dir, Margot, und du zeigst mir die kalte Schulter. Er aber hat nur mit dem kleinen Finger zu winken brauchen, und schon bist du ihm an den Hals geflogen. Ich hab euch nachspioniert. Einmal hab ich schon durchgeladen gehabt und hab mir gedacht: Kann ich dich nicht haben, soll der es auch nicht! Hab gar nicht gewußt, Margot, daß du so zärtlich sein kannst. Mir hast nicht halb so viel geschenkt wie dem andern."

„Du sollst mich gehn lassen!" schrie Margot, aber ihre Stimme erstarb im Donnern des Wassers. Sie hob die Hand und wollte zuschlagen. Aber er fing den Schlag geschickt auf und preßte seine Hand um ihre Handgelenke wie eine Eisenklammer.

„Schau, schau, wie das Katzerl seine Krallen zeigt! Ihn aber hast du gestreichelt und abgebusselt. Und wie! Hab alles gesehn und gehört gestern nacht. Gar nicht weit von euch bin ich in Deckung gelegen und habe euch nicht aus den Augen gelassen. Und jetzt will ich mein Recht!"

In hellem Zorn versuchte nun Margot, sich aus seiner Umklammerung loszumachen. Aber es half nichts. Seine Küsse zischten auf sie nieder, trafen sie auf Mund und Wangen. Sie fühlte ihre Kräfte bereits schwinden, als es ihr gelang, durch einen Schlag in sein Gesicht für ein paar Sekunden freizukommen. Aber schon hatte er sie wieder umfaßt. Sie rangen miteinander. Margot war unglücklicherweise durch eine Wendung an das Geländer gekommen und wollte sich mit dieser Stütze im Rücken gegen ihn stemmen.

Plötzlich stieß sie einen Schrei in höchster Todesangst aus. Das Geländer gab nach, sie verlor das Gleichgewicht — —

Zu spät erkannte der Jäger die Gefahr. Er wollte sie noch zurückreißen — da brach das Geländer berstend in die Tiefe und mit ihm das Mädchen Margot.

„Jesus — Maria!" schrie der Jäger auf und schlug vor Entsetzen die Hände vors Gesicht. „Das hab ich nicht gewollt —"

Aus der Tiefe kam kein Laut. Nur das gleichtönende Poltern der stürzenden Wasser, die Margot jetzt mit fortrissen.

Und über allem hing nun klar der Halbmond, die Sterne ringsum verklärten alles mit mildem Licht.

Da hörte Vitus Brenner von oben herabkommend einen langtönenden Ruf:

„Maaar-got! Maar-got!"

Es war die Stimme der Lindenhoferin, die immer näher kam. Da fuhr der Jäger entsetzt vom Boden auf und rannte in den Wald hinein.

*

Am andern Tag fand man Margot drunten im Dorf im großen Rechen der Sägemühle hängen. Das verbreitete sich wie ein Lauffeuer im Dorf, die Leute liefen zusammen, und die Bedienung vom Adlerwirt wußte zu berichten:

„Ja, das ist das Mädl, das gestern abend bei uns im Salettl gesessen und zwei Glas Wein getrunken hat."

Niemand wußte eigentlich, wer sie war, diese schöne Unbekannte, die über der Stirn eine tiefe Wunde hatte. Erst die Näherin Ambacher wußte dann Bescheid. Das war doch das Fräulein, das auf dem Lindenhof in Ferien war. Morgen hätte sie abreisen wollen, deshalb sei sie, die Agnes Ambacher, noch die halbe Nacht über einem Dirndlkleid gesessen.

Daß wußte man also jetzt. Es wurde gleich zum Lindenhof geschickt, und dabei wurde dann auch festgestellt, daß das Mädchen in die Klamm gestürzt sein mußte. Zwar konnte sich niemand erklären, wie das zugegangen war, Tatsache aber war, daß dieses junge Geschöpf jetzt drunten im Leichenhaus aufgebahrt lag.

War das Geländer wirklich so morsch gewesen, daß es beim bloßen Anfassen schon zerbrechen konnte? Und warum hatte Margot sich dort überhaupt angelehnt?

Ein furchtbarer Gedanke durchzuckte die Lindenhoferin. War es vielleicht gar kein Unglücksfall? Hatte Margot bewußt den Tod gesucht, weil sie sich keinen andern Ausweg mehr wußte aus dem Sturm ihrer Gefühle? War ihre Liebe zu Mathias wirklich so groß, daß sie ohne ihn nicht mehr leben wollte?

Die Lindenhoferin stand erschüttert vor ihr. Man hatte ihr das krustige Blut aus dem Gesicht gewaschen und das kupferdunkle Haar so geordnet, daß man die Stirnwunde nicht mehr sehen konnte. Ganz friedsam lag sie jetzt da, wie eine stille Schläferin.

Die Lindenhoferin wandte sich mit versteinertem Gesicht ab. Nachdem sie ein paar Telegramme aufgegeben hatte, fuhr sie wieder heimwärts. Qualen und Zweifel folterten ihr Herz, und sie machte sich bittere Vorwürfe. Ihr war, als sei ihr eigenes Leben mitgestorben.

Als sie auf den Hof zufuhr, sah sie Mathias am

Schuppentor lehnen. Da wollte bitterer Haß die Trauer ihres Herzens überschwemmen. War denn nicht er an allem schuld? Mit ihm war das Unglück auf den Hof gekommen. Ach, wäre doch sie an Margots Statt in die Klamm gestürzt!

Als aber Mathias nach einer Weile zu ihr in die Stube kam, nahm sie doch alles wieder zurück. Sein Gesicht war grau und verfallen, und aus seinen Augen schrie eine stumme Not.

„Ach, Mathias", flüsterte sie mit zuckenden Lippen. „Das hätte nicht sein dürfen."

Tief sank ihm der Kopf gegen die Brust. Aber dann hob sich seine Hand und legte sich scheu auf ihre Schulter.

„Gegen das Unglück kann man nichts, Sophie. Du hast es ja noch schwerer als ich. Aber ich will dir gern tragen helfen."

„Ich danke dir, Mathias. Aber wenn ich daran denke, daß sie freiwillig und in dem Vorsatz —"

„Das glaube ich auf gar keinen Fall", begehrte Mathias sofort auf. „Ein Unglück war es, weiter nichts. Und wir werden die Gemeinde verklagen, weil das Geländer schon lange morsch war und hätte gerichtet werden müssen."

Ein wehes Lächeln zuckte um ihren Mund. Als ob damit noch etwas gutgemacht werden könnte! Aber es tat ihr wohl, daß Mathias nach Worten suchte, die ihr Trost sein sollten, während sie sich insgeheim Vorwürfe machte, daß sie Mathias nicht hatte gehen lassen, als er Margot entgegengehen wollte. Auch sie selbst hätte sich dazu aufraffen sollen. Aber nein, da hatte man sich schlafen gelegt und gedacht: Die

Margot wird schon kommen. Sie ist ja kein kleines Kind mehr. — —

Spät am Abend noch kamen Margots Eltern, der Justizamtmann Georg Schrank und seine Gattin Anna, die Schwester der Lindenhoferin. Der Justizamtmann, ein Beamter voll Korrektheit bis in die Fingerspitzen hinein, bewahrte eine bewundernswerte Haltung, während sich seine Frau in herzzerreißendem Schmerz der Schwester an den Hals warf.

„Mein armes Kind, mein armes Kind! Dabei hätte sie es so schön haben können. Ich ganz allein bin schuld, denn ich setzte die Reise hierher durch.“ Sie zog ein paar Briefe aus ihrer Handtasche. „Da, lies nur, Sophie, was dieser nette, brave Mann aus St. Gallen schreibt. Er wollte sie einladen, wollte sie seinen Eltern vorstellen und hält in diesem Brief dann — nein, der da ist es — da hält er ganz förmlich bei uns um Margots Hand an. Aber ich Unglückliche habe die Briefe unterschlagen, weil ich gemeint habe, Margot wäre noch zu jung zum Heiraten, und dann — so weit weg. Ich war zwar in der Geographie nie so bewandert wie du, aber es wird schon sehr weit weg liegen, dieses St. Gallen.“

„Mit dem Wagen von hier vielleicht fünf Stunden“, sagte die Lindenhoferin und hätte gerne noch hinzugefügt: „Du bist an allem schuld — du mit deiner unglaublichen Dummheit!“

Margots Lebensglück wäre gesichert gewesen. Ein junger, strebsamer Mensch, der Margot gar nicht gleichgültig gewesen war, ja, auf dessen Lebenszeichen sie sogar sehnlich gewartet hatte, der sie in das Land der Eidgenossen einladen und wohl später heiraten wollte, hatte vergeblich auf eine Antwort warten müssen, weil mütterliche Engstirnigkeit und falsche Mutterliebe die Tochter auf einen anderen Weg hingeleitet hatten, der ihr zum Verderben geworden war.

Als die Lindenhoferin die Briefe gelesen hatte, sagte sie das, was sie vorher nur gedacht hatte, weil ihr die Trauer jede Heftigkeit verbot: „Du bist schuld — wie kann man nur so dumm sein!"

So betrachtet lag nun wirklich die Schuld bei dieser Mutter. Die Schuld jedoch suchte ein junger Staatsanwalt, der nach Holzhausen gekommen war, um die Leiche freizugeben. Auch er besichtigte das zerborstene Geländer und gab dann frei, was gar nicht mehr freizugeben war, weil es ja der Tod schon beansprucht hatte. Aber das Gesetz forderte es, denn es könnte ja immerhin sein, daß dieses Mädchen von der Brücke gestoßen worden wäre. Dafür ergaben sich aber keinerlei Anhaltspunkte.

Und so würde auf ewig Schweigen über den Tod der jungen Margot gebreitet sein, obwohl es unter diesem Schweigen brodelte.

„Gottes Ratschlüsse sind eben unerforschlich", klagte Margots Vater, denn er war sehr fromm. Und er putzte seine Brille dabei. — —

Am dritten Tag ging Mathias neben der Lindenhoferin hinter dem Sarg her. Das taten auch die Loni, der Lorenz und der alte Anselm. Man fand dies selbstverständlich. Es war die Anhänglichkeit der Dienstboten an ein junges Mädchen, das sie sehr gern gehabt hatten.

Frau Sophie hatte gemeint, Margot solle auf dem Dorffriedhof beerdigt werden, weil die Überführung doch sehr viel Geld gekostet hätte. Zudem betrachtete sie es als einen letzten Liebesdienst an der Toten. Auf diese Weise konnte sie jeden Sonntag nach der Kirche ein paar Blumen hinlegen und eine Weile still vor dem Grabhügel verweilen und die Tote bitten, sie möge ihr nichts nachtragen, wenn vielleicht bis zu jener entsetzlichen Minute des Abstürzens in ihrem jungen Herzen der Glaube genistet habe, daß auch die Frau Tant ein wenig mitschuldig an allem geworden sei.

In ihrem wirklich ehrlichen Schmerz achtete die Lindenhoferin nicht auf die verschlossenen Gesichter, die sie aus der Menschenmenge über das Grab her anstarrten. Sie und den Mann an ihrer Seite. Sie war vollständig ahnungslos und wußte nichts von dem Gerücht, das mittlerweile wie ein giftiges Gewürm in die Häuser gekrochen war.

Niemand wußte eigentlich, woher dieses Gerücht ausging. Aber es pflanzte sich hartnäckig fort, von Hof zu Hof, von Stube zu Stube: Die Lindenhoferin habe das junge Mädchen selbst in die Klamm gestoßen, weil es versucht habe, ihr den Liebhaber abspenstig zu machen.

Als sie nach dem Leichenschmaus gegen zwei Uhr nachmittags nach Hause kamen, waren inzwischen die geerbten Möbel angekommen, und weil niemand zu Hause gewesen war, hatte der Spediteur sie ganz einfach in einer Reihe an der Hausfront entlang aufgestellt. Wie zu einer Auktion standen sie da, und der Herr Justizamtmann putzte sogleich wieder seine Brille, betrachtete Stück für Stück mit Kennerblicken, spitzte den Mund, als ob er pfeifen wolle, und fragte voller Neid:

„Wo hast du denn das Zeug her?“

Die Lindenhoferin warf nur einen flüchtigen Blick auf die hölzerne Pracht, von der sie nichts verstand, und antwortete: „Das hab ich geerbt vom Onkel meines Mannes. Die Kosten des Transportes werden mehr betragen, als der ganze Krempel wert ist."

Trotz seines Schmerzes um sein verlorenes Kind jauchzte der Herr Justizamtmann innerlich und bat inständig: „Wenn es dir nichts ausmacht, liebe Schwägerin, diese Kommode hätte ich zu gern."

„Nimm sie doch. Ich werde sie hernach gleich vom Lorenz hinunterfahren lassen zur Bahn."

Hernach sagte seine Frau zu ihm: „Du hättest ihr ruhig den Schrank auch noch abschwatzen können. Sie hat ja noch zwei Kommoden, einige Truhen und — hast du denn diese wunderbaren Schränke nicht gesehen?"

„Mir reicht die eine Kommode, und es ist Gott nicht wohlgefällig, wenn man einen Menschen ausbeuten will, der von Barock keine Ahnung hat."

„Der Tisch und die Stühle sind allerdings Biedermeier", sagte die Frau und wollte ihre Kenntnisse glänzen lassen. — —

Die Lindenhoferin brachte Schwester und Schwager zum Abendzug, und als sie zurückkam, fragte Mathias sie: „Du weißt doch, was du da verschenkt hast?"

„Eine alte Kommode. Die können sie ruhig haben."

„Die alte Kommode ist nach derzeitigem Altertumswert unter Brüdern ihre siebentausend Mark wert."

Einen Augenblick stutzte die Lindenhoferin, dann sagte sie: „Sollen sie das Stück ruhig haben. Die Margot wird deshalb nicht mehr lebendig. Und das Zeug da, meinst du, ist wirklich soviel wert?"

„Ich verstehe mich zufällig darauf. Von diesem Zeug da kannst du drei Mähdrescher und einen neuen Wagen kaufen."

Kein Schimmer der Freude huschte über das bleiche Gesicht der Lindenhoferin. Sie sagte nur mit müder Stimme: „Dann schafft die Möbel jetzt wenigstens unter Dach", und ging ins Haus.

*

Am andern Morgen erschienen auf dem Lindenhof zwei Gendarmen und erschreckten die Lindenhoferin wie ein Blitz aus heiterem Himmel mit der Mitteilung, daß sie unter dem dringenden Verdacht verhaftet sei, ihre Nichte Margot in die Klamm gestoßen zu haben.

Die Lindenhoferin glaubte zunächst, nicht recht zu hören. In ihrem Gesicht war kein Tropfen Blut mehr. Dann warf sie den Kopf herum.

„Mathias, hast du das gehört?"

„Das ist ja Wahnsinn!" schrie er auf und stellte sich schützend vor die Frau. „Warum hätte sie es denn tun sollen?"

Die Beamten zuckten die Schultern. Sie hatten nur ihre Pflicht zu tun, sagten sie und wiesen den Haftbefehl vor.

Es half alles nichts, die Lindenhoferin mußte sich anziehen und mitkommen. Noch unter der Haustür rief sie verzweifelt:

„Mathias, hilf mir doch! Du mußt doch wissen, daß das alles nicht wahr ist!"

Ihr Jammer griff ihm ans Herz. Aufstöhnend riß

er sie an sich, streichelte ihr Haar und Wangen. „Nicht den Mut verlieren, Sophie! Ich werde alles tun, was ich kann, um dir zu helfen. Aber im Augenblick sind mir die Hände gebunden. Ich glaube an dich, Sophie, und das soll dir jetzt von allem das Wichtigste sein."

„Ja, Mathias", nickte sie und wischte die Tränen fort. „Schau auf den Hof und — besuch mich bald!"

Dann stieg sie in das wartende Auto und barg den Kopf tief in die Arme, damit niemand sie sehe, wenn sie durchs Dorf fuhren.

Erst allmählich beruhigte sie sich wieder und erholte sich von ihrem Schrecken. Ihr Gewissen war rein, und sie war voller Glauben, daß man auch bei Gericht von ihrer Unschuld überzeugt sei.

Um diesen Glauben aber wurde sie jäh betrogen. Voller Entsetzen erkannte die Lindenhoferin, daß sie in ein Gestrüpp von Paragraphen hineingezerrt worden war, aus dem es kein Entrinnen mehr zu geben schien.

Der Untersuchungsrichter, ein gewisser Dr. Seiler, anscheinend ein verständnisvoller, sehr höflicher Herr, stellte zuerst lange seine Fragen in gemütlichem Plauderton, um dann plötzlich in messerscharfem Ton zu fordern:

„Nun leugnen Sie doch nicht länger! Es liegt ganz klar auf der Hand, daß Ihnen Ihre Nichte im Weg gewesen ist, weil Sie auf Ihren Liebhaber, diesen Baumeister, ältere Rechte hatten. Ist es denn nicht so?"

„Aber nein, Herr Richter, das ist nicht wahr. Wir hatten alles in Güte abgeredet. Margot wollte am andern Tag abreisen, und ich hätte wirklich keinen Grund gehabt, das arme Ding in die Klamm zu stoßen."

„Warum sind Sie dann an dem fraglichen Abend,

als Ihre Nichte im Dorf war, um halb zehn Uhr aus dem Haus gegangen?"

„Weil ich in Sorge war und Margot entgegengehen wollte."

„Na, sehen Sie, da ist schon wieder ein Widerspruch. Ihr Mann behauptet nämlich —"

„Wenn Sie den Mathias Bleibtreu meinen, er ist noch nicht mein Mann."

„Aber er soll es demnächst werden, soweit wir informiert sind. Dieser Mathias Bleibtreu behauptet steif und fest, Sie seien am fraglichen Abend überhaupt nicht aus dem Haus gegangen, sondern die ganze Nacht bei ihm gewesen."

Die Lindenhoferin antwortete nicht. Aber ihre Augen leuchteten auf, als sie die Brücke erkannte, die Mathias ihr bauen wollte. Er will mich schützen, dachte sie. Du lieber, guter Mensch, sei gesegnet für deinen guten Willen! Aber es wird dir nichts helfen, man wird dich zwingen, die Hand zu erheben zum Schwur —

„Das Gericht geht nun von der Annahme aus", fuhr der Untersuchungsrichter fort, „daß Sie Ihre Nichte an jenem Abend absichtlich ins Dorf geschickt haben, um sie dann —"

Verzweifelt rang die Lindenhoferin die Hände. „Ich habe es nicht getan! Wie oft soll ich Ihnen denn das noch sagen? Glauben Sie mir doch, Herr Richter!"

Und zu allem, was der Untersuchungsrichter noch zu sagen oder zu fragen hatte, er bekam nur immer die gleiche Antwort:

„Ich habe es nicht getan. Zwar habe ich keinen Zeugen dafür als den Himmel, und der wird es nicht zulassen, daß man mich unschuldig einsperrt."

Erst nach einer Woche erkannte die Lindenhoferin,

daß sie in der Kette der Indizien gefangen war, und ergab sich dumpf ihrem Schicksal. Sie hörte auf, an die Gerechtigkeit zu glauben, hörte auch auf zu beten und war nur noch von dem einen Wunsch beseelt, daß sie das Kind gesund zur Welt bringen konnte. Mochte dann mit ihr geschehen, was wollte.

*

In der kleinen Dorfkirche dämmerte es schon stark, und der Kaplan Mayrhofer wollte gerade seinen Beichtstuhl verlassen, als die Kirchentür knarrte und eilige Schritte sich näherten.

Der späte Besucher warf sich schwer atmend im Beichtstuhl auf die Knie und hatte offenbar nur eine einzige Sünde auf dem Gewissen, die er auch gleich ohne jede Einleitung herausstieß:

„Ich habe die junge Margot in die Klamm gestoßen. Nicht absichtlich zwar — aber ich war doch daran schuld."

Der Kaplan zuckte zusammen, wartete eine Weile, und als weiter nichts mehr kam, beugte er sich vor. „Ich glaube, da sind Sie nicht an der richtigen Stelle. Das müssen Sie bei der Polizei melden."

„Nein, nein, unserm Herrgott allein muß ich's melden. Und Sie sind sein Stellvertreter. Und Sie dürfen es nicht weitersagen. Ich habe mein Gewissen erleichtert, und mehr wollte ich nicht."

Schon wollte er davonlaufen, aber der Kaplan war schneller und verstellte ihm an der Kirchentür den Weg.

„Ach, Sie sind es, Brenner? So lassen Sie doch mit

sich vernünftig reden! Was Sie mir da soeben erzählt haben, ist so ungeheuerlich, daß Sie nicht länger schweigen dürfen."

Störrisch versuchte sich der Jäger loszumachen. Aber der Kaplan hatte in diesem Augenblick keine Priesterhände, sondern die Pratzen eines Hufschmiedes. Und die hielten fest.

„Ich habe ja nicht geschwiegen, ich habe es Ihnen gebeichtet."

„Nein, Sie haben nicht gebeichtet. Sie haben nur ein Geständnis abgelegt, das Sie jedem andern Menschen auch hätten ablegen können. Seien Sie doch vernünftig, Brenner!"

Sie traten ins Freie. Durch die Sträucher des Friedhofs wehte ein kühler Wind. Irgendwo pfiff ein Vogel ein einsames Lied in der aufsteigenden Nacht.

Es war, als sei der Jäger jetzt aus einem Trancezustand erwacht. Mit zitternder Hand fuhr er sich über die Stirn. Im Licht der Straßenlaterne, das über die Friedhofsmauer fiel, sah der Kaplan das verstörte Gesicht nahe vor sich.

„Brenner — wie sehen Sie denn aus?"

Der Jäger lachte verzerrt. „Wie denn? Ist mir das Kainszeichen schon auf der Stirn geschrieben?"

Der Kaplan legte seine Hand auf die Schulter des Jägers. „War es Mord, Brenner?"

Heftig schüttelte Vitus Brenner den Kopf. „Ich schwöre es Ihnen, ich hab sie nicht hinuntergestoßen. Ein Unglück war es. Sie hat — sie wollte mir ausweichen, und dann — hat das Geländer plötzlich nachgegeben. Bei einem Haar hätte sie mich auch noch hinuntergerissen. Glauben Sie mir, Herr Kaplan, ich habe keine Nacht mehr ruhig schlafen können seit dem und hab mir schon oft gewünscht, die Margot hätte mich wirklich mit hinuntergerissen. Gestern bin ich die ganze Nacht an ihrem Grab gesessen. Ich weiß mir keinen Rat mehr, Herr Kaplan."

Der Geistliche stand erschüttert vor dem verstörten Menschen. Dann sprach er eindringlich: „Brenner, ich glaube, daß Sie die Wahrheit sagen. Und um der Wahrheit willen dürfen Sie jetzt nicht länger schweigen. Sie laden sonst noch eine viel größere Schuld auf sich, denn — das wissen Sie ja, daß eine Frau unschuldig des Mordes verdächtigt wird und in Untersuchungshaft sitzt. Das ist Ihre viel größere Schuld, Brenner. Erleichtern Sie um Gottes willen Ihr Gewissen und gehen Sie zur Polizei! Denn nur durch ein offenes Geständnis kommt Klarheit in den Fall und öffnet sich für die Lindenhoferin das Gefängnistor."

Man merkte, wie der Jäger einen schweren inneren Kampf mit sich ausfocht, wie er mit sich rang und schließlich doch der gute Kern in ihm siegte. Entschlossen warf er das bleiche Gesicht hoch.

„Kommen Sie mit, Herr Kaplan. Begleiten Sie mich zur Polizei. Ich will dort alles sagen, wie es war."

*

Wieder einmal wurde die Lindenhoferin aus ihrer Zelle zum Untersuchungsrichter geführt. Ihr Gesicht hatte in den Tagen alle Farbe verloren, und durch das schöne Blondhaar zog sich ein schmaler weißer Streifen.

Der Untersuchungsrichter Dr. Seiler stand am Fenster und schaute in den Gefängnishof hinunter, wo ein

Dutzend Gefangene Holz sägten und spalteten. Das Holz war für die Haushalte kleinerer Beamter bestimmt, die dafür nur wenig zu bezahlen brauchten und mit Zigaretten für die Achtwochensitzer nicht kleinlich waren. Schwerere Verbrecher saßen in dem kleinen Amtsgerichtsgefängnis nicht ein.

Als Dr. Seiler die Tür gehen hörte, drehte er sich um und setzte sich an den Schreibtisch. Er schob einen blauen Aktendeckel mit der Aufschrift „Mordfall Braunfeld“ zur Seite und deckte den Tintenlöscher über die Schrift, als schäme er sich selber dieser Worte.

„Bitte, Frau Braunfeld, nehmen Sie doch Platz.“

Diese Freundlichkeit am Anfang kannte die Lindenhoferin schon. Zuerst Zuckerbrot und dann Messerstiche. Aber sie war schon so apathisch, daß ihr alles gleichgültig war. „Ich habe es nicht getan“, würde sie wieder sagen.

Aufmerksam wurde sie erst, als Dr. Seiler den Aktendeckel heute gar nicht aufschlug, sondern vielmehr mit einer noch viel wärmeren Freundlichkeit fragte: „Nun, meine liebe Frau Braunfeld, was würden Sie jetzt zum Beispiel tun, wenn ich Sie freilassen würde?“

Sie sah an ihm vorbei zum Fenster hinaus. Legte sich der Untersuchungsrichter eine neue Taktik zu? Erwartete er vielleicht, daß sie darauf hereinfiele?

„Ich würde —“ antwortete sie nach einer Weile, „auf meinen Hof zurück gehen und weiterarbeiten wie bisher.“

Dr. Seiler nickte und lächelte väterlich vor sich hin. „Ich würde Ihnen aber raten, gehen Sie ein bißchen langsam ’ran. Schonen Sie sich lieber ein paar Tage nach all dieser Aufregung. Also, gehen Sie, Frau Braunfeld. Sie sind nämlich frei.“

Die Lindenhoferin schaute ihn fast mitleidig an. „Gehört denn das auch zu Ihrem Beruf, mich derart zu quälen, bloß weil ich nichts eingestehen kann?"

Statt aller Antwort nahm jetzt Dr. Seiler ein Schreiben aus dem Aktendeckel und reichte es ihr über den Tisch hinüber.

„Bitte, lesen Sie selber. Das ist nämlich das Geständnis des Jägers Vitus Brenner, mit seiner eigenhändigen Unterschrift."

Schon während sie las, hatte Frau Sophie mit den Tränen zu kämpfen. Als sie fertig war, brach sie in hemmungsloses Schluchzen aus.

„Meine arme, arme Margot!"

Langsam kam Dr. Seiler um den Schreibtisch herum. Er ließ sie eine Weile gewähren, weil er wußte, daß dies jetzt die Reaktion war auf die unschuldig erlittene Untersuchungshaft. Dann rührte er sie an der Schulter.

„Kopf hoch, Frau Braunfeld! Es wird alles wieder gutwerden. Jetzt kann ich es Ihnen ja sagen — im Grunde genommen habe ich selbst an Ihre Schuld nicht geglaubt. Aber unser Beruf bringt es halt mit sich, daß man manchmal hart sein muß. Ich habe bereits nachgeschaut, in einer Stunde geht ein Zug in Ihrer Richtung. Nehmen Sie jetzt in der Registratur Ihre Sachen in Empfang, und — leben Sie wohl, Frau Braunfeld. Auf Wiedersehen darf man ja hier nicht sagen." — —

Die Lindenhoferin befand sich dann allein und meinte immer noch zu träumen. Das war alles so unverhofft gekommen. Als sich der Gefängniswärter mit dem großen Schlüsselbund an der Tür zu schaffen machte, meinte sie immer noch, dies könnte eine Finte sein.

Aber dann stand sie draußen auf der Straße und mußte die Augen schließen vor dem hellen Sonnenlicht, das sie blendete. Als sie die Augen mit Gewalt ganz aufschlug, meinte sie, es narre sie ein Spuk. Drüben auf der andern Seite stand Mathias Bleibtreu, mit einem scheuen, fast hilflosen Lächeln um den Mund.

Um dieser Hilflosigkeit willen vergab sie ihm in dieser Minute alles von ganzem Herzen, woran er vielleicht einmal schuldig gewesen sein mochte.

Neben ihm im Schatten eines Kastanienbaumes stand der alte, verwitterte „Bergesel", und an den Rändern seiner Reifen hing noch der Staub der Bergstraße, weil Mathias nicht mehr dazu gekommen war, ihn nach der gestrigen Almfahrt zu waschen, wie es hätte sein müssen für diese Fahrt hierher.

Die Lindenhoferin lief über die Straße in Mathias' weit ausgebreitete Arme hinein.

„Mathias, ich bin frei!"

Ungeachtet der Leute, die vorübergingen, hielt Mathias sie in seinen Armen fest.

„Ich habe es schon gewußt, Sophie. Besuchen hab ich dich gerade wollen, und da hat man mir gesagt, du kämst gleich 'raus."

Der „Bergesel" ächzte ein wenig in seinen Federn, als sie übermütig auf die Sitze sprangen und zum Gasthaus „Drei Mohren" fuhren.

„Den besten Wein, den ihr im Keller habt!" rief Mathias der Bedienung zu und schob dann Frau Sophie die Speisenkarte hin, damit sie sich heraussuche, wonach es sie nun gelüstete nach der eintönigen Gefängniskost.

„Ich hatte nie Hunger“, erzählte sie ihm. „Als Untersuchungsgefangene hätte ich mir aus dem Gasthaus etwas holen lassen können. Aber mir war da drinnen aller Appetit vergangen.“

„Meinst du, daß mir etwas geschmeckt hat in dieser Zeit? Umeinandergerannt bin ich wie ein Verrückter, gestern noch. Und heut schaut sich alles so an, als wär es nur ein böser Traum gewesen.“

Sie faßte unter dem Tisch nach seiner Hand und drückte sie.

„Was man alles mitmachen muß im Leben“, sagte sie. „Weißt du eigentlich schon, daß der Vitus Brenner die Margot in die Klamm gestoßen hat?“

„Das ist wie ein Lauffeuer durchs ganze Dorf gegangen. Und gestern, da hab ich ihn wie eine Stecknadel gesucht. Vielleicht ist es gut, daß ich ihn nicht gefunden hab. Ich weiß nicht, Sophie, was geschehen wäre.“

„Die Margot wäre deswegen auch nicht mehr lebendig geworden.“

„Nein, aber daß du unschuldig —“

Sie legte ihm die Hand auf den Mund. „Davon wollen wir nie mehr reden, Mathias. Das ist vorbei, und jetzt fängt das Leben, unser Leben erst an. Und wenn wir jetzt gegessen haben — schau einmal ’nüber über die Straße, was steht da im Fenster der Autohandlung?“

„Ein Opel Kapitän.“

„Na also“, sagte sie und konnte nach vielen Tagen zum erstenmal wieder fröhlich lachen. „Dann prost auf den Herrn Kapitän da drüben! Aber eins sag ich dir, Mathias: unsern alten Bergesel, den behalten wir. Der soll sein Gnadenbrot haben wie der treue Anselm."

Erst spät am Abend fuhren sie heim.

*

Ein paar Tage später gingen sie Hand in Hand nach Feierabend über die Wiesen hin, kehrten in einem Bogen zurück und setzten sich auf die Bank beim Entenweiher.

Barmherzig senkte sich die Nacht über das Land. Die Sterne glühten auf, und einmal fiel in weitem Bogen eine Schnuppe nieder.

„Hast du dir etwas gewünscht, Mathias?"

„Ich habe keinen Wunsch mehr, seit du wieder bei mir bist, Sophie. Hast du dir etwas gewünscht?"

Sie nahm sein Gesicht in ihre Hände, zog es zu sich nieder und küßte ihn. Gerade hatte sie gemeint, zum erstenmal das neue Leben unter ihrem Herzen klopfen zu hören.

„Ich wünschte mir, daß es ein Sohn werden möge."

Mathias schluckte und suchte lange ihren Blick. „Ob Bub oder Mädel, ich will dich für alles segnen — du Frau — du —"

Leise geigte der Wind in den Zweigen. Zuweilen hörte man einen reifen Apfel ins Gras fallen. Die Ahnung des Herbstes war schon zu spüren. Die Sterne tanzten ihren flirrenden Reigen, und aus dem nahen Wald kam der Geruch von Pilzen und Moos.

Der Wind wehte jetzt stärker aus der Tiefe des Gebirges und verschenkte eine zärtliche Melodie an die Spätsommernacht.

Acht Tage später hielten sie ihre Hochzeit. Sie fuhren dazu in den Gnadenort Birkenstein, und zwar mit dem neuen Wagen. Niemand begleitete sie dorthin als nur der alte Anselm und die Sennerin Martha, die als Trauzeugen fungierten. — —

Trunken vor Glück gingen sie durch einen goldleuchtenden Herbst. Kam jemand von ihnen ins Dorf, dann raffte er im Garten an Astern und Rosen zusammen, was gerade blühte, um es auf den Grabhügel der jungen Margot zu legen.

Dann kam der Winter und deckte alles Land mit seinem weißen Bahrtuch zu. Alles war jetzt so leicht zu ertragen, der meterhohe Schnee, die klirrende Kälte. Die beiden Menschen waren abgeschirmt gegen alles, was von außen kam. Sie lebten nur ihrem Glück.

Um diese Zeit hörte man erzählen, daß der Vitus Brenner aus dem Ausland geschrieben habe, wohin er geflüchtet war.

Die beiden auf dem Lindenhof berührte das kaum mehr. Sie warteten voller Demut auf den Frühling, in dem vielleicht ein junger Lindenhofer mit einem hellen Schrei das Leben begrüßen würde.

*   *

*

Von Hans Ernst sind in unserem Verlag außerdem folgende Romane erschienen:

Dort wo der Ginster blüht

Eines Sommers Seligkeit

Herzen zwischen Alpenrosen

Wo die Alpenrosen blühn

Frau Erika

Wetterleuchten über Roßgotten

Die Schmuggler von der Raitner-Alm

Glück in der Lerchenau

Der Heimat Melodie

Die Erbin von Thalhub

Romanze am See

Solange der Sommer glüht

Der Ruf der Abendglocken

Der Schmied von Seehalden